Oscar classici moderni

Dello stesso autore
nella collezione Oscar

Le donne di Messina
Piccola borghesia
Uomini e no

Elio Vittorini

Il garofano rosso

OSCAR MONDADORI

I edizione Oscar classici moderni aprile 1997

ISBN 88-04-49253-8

Questo volume è stato stampato
presso Mondadori Printing S.p.A.
Stabilimento NSM - Cles (TN)
Stampato in Italia - Printed in Italy

Ristampe:

9 10 11 12 13 14 15 16

2001 2002 2003 2004 2005

http://www.mondadori.com/libri

Elio Vittorini

La vita

Elio Vittorini nasce, primogenito di quattro fratelli, il 23 luglio 1908 a Siracusa da Lucia Sgandurra e Sebastiano Vittorini. Il padre fa il capostazione ed egli trascorre la sua infanzia "in piccole stazioni ferroviarie con reti metalliche alle finestre e il deserto intorno", tornando nella casa materna di Siracusa solo per le vacanze. Elio, ragazzo irrequieto e ribelle, a tredici anni fugge da casa "per vedere il mondo" e, in quattro anni, ripete l'esperienza per tre volte, utilizzando i biglietti omaggio del padre ferroviere.

L'"avventura" entra a far parte del modo vittoriniano di conoscere e nel 1924 decide di non tornare più indietro, stabilendosi definitivamente nel Nord. La sua giovinezza d'altronde è già segnata dalla smania di evasione: la scuola tecnica per ragionieri di Siracusa, che egli frequenta senza alcun interesse, lo ha espulso per scarso rendimento ed è stato chiamato in questura per via della sua amicizia con Alfonso Failla, il quale fa parte di un gruppo di anarchici siracusani in lotta contro il dilagare dello squadrismo fascista. Tra una fuga e l'altra conosce e si innamora di Rosa, sorella di Salvatore Quasimodo, che si reca spesso in casa di Elio, dove il padre, autore di poesie e di drammi, organizza recite e letture. Per potersi sposare subito, i due giovani architettano ancora una volta la fuga. Il matrimonio "riparatore" viene celebrato il 10 settembre 1927. La coppia si stabilisce in un primo tempo a Gorizia, ospite dell'ingegnere Vincenzo Quasimodo, un altro fratello di Rosa. Elio, con l'aiuto del cognato, lavora come assistente in un'impresa edile e scrive i primi articoli su «La Stampa» grazie all'amicizia con Curzio Malaparte. Nello stesso anno scrive il racconto *Ritratto di re Gianpiero*, uscito il 12 giugno sulla «Fiera letteraria» e si dedica alla lettura di Gide, Joyce e Kafka. Nell'agosto del 1928 nasce il primo figlio, che viene chiamato in omaggio a Malaparte, Giusto Curzio. L'anno successivo comincia la collaborazione a «Solaria» con il racconto *Introduzione alla vita di Adolfo* e con una recensione a *Ritratto del mio paese* di G.B. Angioletti, e nel dicembre 1928, grazie a Giansiro Ferrata, direttore della rivista insieme con Alberto Carocci, realizza il sogno di vivere a Firenze, dove ha già tanti amici e parecchie collaborazioni. Nel 1930 la famiglia lo raggiunge, ospitata per qualche tempo nello studio dello zio di Elio, lo scultore Pasquale Sgandurra. Si trasferiscono poi in un appartamento di via della Carra 8 e, grazie all'interessamento di Bruno Fallaci, marito di Gianna Manzini, Elio è assunto come correttore di bozze a «La Nazione». La sera si incontra con gli amici alle *Giubbe rosse*, punto d'incontro di tutti i letterati e artisti non solo fiorentini, o in casa di Drusilla Tanzi, moglie di Matteo Marangoni, chiamata da tutti "Mosca": la futura compagna di Eugenio Montale.

In questi anni nasce l'interesse di Vittorini per la narrativa americana ed egli iniza a studiare l'inglese. Traduce il *Robinson Crusoe* e, successivamente, le opere di Lawrence, Poe, Saroyan, Faulkner, Powys, Steinbeck, Defoe, Caldwell, ecc. Nel 1931 inizia la collaborazione al «Bargello» e pubblica, per le edizioni di «Solaria», il suo primo libro di racconti, *Piccola borghesia*, dove l'autore manifesta quella coraggiosa spregiudicatezza che caratterizzerà ogni suo scritto e ogni sua impresa. L'anno successivo, su invito del settimanale di lettere, scienze e arti «L'Italia letteraria», fa un viaggio in Sardegna, per trarre da tale esperienza il diario da presentare al premio bandito dalla rivista e lo vince *ex aequo* con Virgilio Lilli. Dal primo *Quaderno sardo* nascerà poi il libro *Sardegna come un'infanzia* che sarà pubblicato nel 1936.

In questi anni Ferrata presenta a Elio la milanese Ginetta,

moglie del commediografo Cesare Vico Lodovici. Tra i due si consolida una forte simpatia e Vittorini decide di trasferirsi da solo a Milano. Tornerà a casa nell'agosto del 1934, per la nascita del suo secondo figlio, Demetrio, tenuto a battesimo da Montale. Le sue critiche al Regime, apparse sul giornale fascista il «Bargello», gli procurano una denuncia. Chiamato alla sede del Partito, egli consegna la tessera, ma continua la sua collaborazione con lo pseudonimo di Abulfede. Nel 1936 comincia la stesura di *Erica e i suoi fratelli*, che Vittorini interrompe in seguito alla guerra di Spagna e che rimarrà inedito fino al 1954 per lasciare spazio a *Conversazione in Sicilia*, pubblicato nel 1941 presso l'editore Parenti con il titolo "provvisorio" di *Nome e lagrime*. Con quello definitivo, invece, il libro sarà edito da Bompiani nel corso dello stesso anno. Nel 1937 pubblica sul n. 1 di «Letteratura» *Giochi di ragazzi*, un tentativo di prosecuzione del *Garofano rosso*.

Con Bilenchi e Pratolini, gli amici più cari di questi anni fiorentini, si accosta ai primi testi marxisti. Alla fine del 1938, con un incarico editoriale presso Bompiani, Vittorini si trasferisce con la famiglia a Milano, dove attraversa un lungo periodo di crisi per via del suo vecchio amore per Ginetta. Nel 1940 comincia il lavoro di preparazione dell'antologia *Americana*, che sarà pubblicata presso Bompiani nell'aprile dell'anno successivo. Ma la censura fascista pone il veto alle note critiche di Vittorini e nel 1942 il volume verrà rimesso in vendita con le note quasi integralmente soppresse. La dichiarazione di guerra coincide con la frattura tra Elio e Rosina Quasimodo.

Il 26 luglio 1943, durante una riunione clandestina per mettere a punto un'edizione speciale dell'«Unità», lo scrittore viene arrestato e rimarrà nel carcere di San Vittore fino a settembre. Tornato libero partecipa alla Resistenza, restando comunque nascosto nel Varesotto per via dell'ordine di Mussolini di spararagli a vista. Nel febbraio 1944 si reca a Firenze per organizzare uno sciopero generale. Identificato dalla polizia tedesca fugge precipitosamente e si ritira per un certo periodo sui monti, dove tra la primavera e l'autunno scrive *Uomini e no*.

Finita la guerra, le lotte partigiane, il fascismo, Elio torna a Milano con Ginetta e chiede l'annullamento del suo precedente matrimonio. Nel 1945 dirige per alcuni mesi «L'Unità» di Milano e pubblica *Uomini e no*. In questo periodo dirige e collabora al «Politecnico», un giornale vissuto tra il 1945 e il 1947, dove si imbastisce un dibattito sui problemi dei rapporti tra politica e letteratura e sulla necessità per l'intellettuale di equilibrare il proprio impegno sociale senza intaccare la libertà creativa. Vittorini si iscrive al Partito Comunista, ma i rapporti si fanno presto difficili, tanto che tra la fine del 1946 e l'inizio del 1947 egli imbastisce una polemica, ospitata dai periodici «Rinascita» e «Politecnico», rispondendo alle velate accuse mosse da Togliatti e Alicata di battersi per un'arte arcadica in pieno clima di neorealismo.

Sempre nel 1947 esce *Il Sempione strizza l'occhio al Frejus* e l'anno successivo Mondadori stampa *Il garofano rosso*, con una prefazione dell'Autore che verrà tolta dalle edizioni successive, ma che viene ripristinata in questa edizione come *Appendice*. Il romanzo era apparso a puntate su «Solaria» nel 1933-34, ma la censura fascista lo aveva giudicato contrario "alla morale e al buon costume", negando il permesso per la pubblicazione in volume. Nella Prefazione, Vittorini chiarisce i limiti del realismo documentario e insiste, piuttosto, sui valori formali, sulla "ricerca di verità" e sulla "tensione mai esaurita di scoperta".

Nel 1949 pubblica *Le donne di Messina* ed esce la traduzione americana di *Conversazione in Sicilia*, con prefazione di Hemingway. In dicembre inizia la stesura del romanzo *La garibaldina*. L'anno successivo Vittorini riprende la sua collaborazione a «La Stampa» con saggi sulla letteratura americana e, nel 1951, quelle stesse colonne ospitano la sua polemica con Togliatti. Egli riprende la sua attività di collaboratore editoriale, dirigendo la collana «I gettoni» di Einaudi e segnalando nomi di giovani autori, destinati a diventare protagonisti della nostra letteratura: Arpino, Cassola, Calvino, Fenoglio, Lalla Romano, Mario Rigoni Stern e molti altri. Resterà comunque famoso anche il suo rifiuto di pubblicare, nel 1957, *Il gattopardo* di Tomasi di Lampedusa, giudicandolo infarcito della "vecchia letteratura consolatoria".

Nel 1952 inizia la stesura del romanzo *Le città del mondo*, che verrà pubblicato postumo. Nel 1955 muore il primogenito Giusto. Nel 1957 pubblica da Bompiani *Diario in pubblico*, dove riunisce gran parte dei suoi scritti critici, corredandoli di annotazioni sulla propria attività saggistica. Nel 1960 passa alla direzione della collana mondadoriana «La Medusa» e nel 1961 si accosta al mondo del cinema, scrivendo la sceneggiatura del film, mai realizzato, *Le città del mondo*. Inizia anche la stesura del libro teorico *Le due tensioni*, pubblicato postumo.

Gli ultimi anni di attività culturale dello scrittore si svolgono intorno alla rivista «Il menabò», sulla quale egli affronta i problemi dei rapporti tra letteratura e industria e polemizza con la mentalità cosiddetta "umanistica", ossia quella dogmatica ed estranea allo spirito di ricerca e di sperimentazione. Nel 1963 Vittorini si ammala gravemente. Viene sottoposto a un primo intervento chirurgico, ma la malattia lo riprenderà nell'estate del 1965. Malgrado la malattia, Vittorini ha assunto nel frattempo la direzione della collana «Nuovo Politecnico» di Einaudi. Il 12 febbraio 1966 muore nella sua casa milanese di via Gorizia.

Le opere

Operatore culturale e traduttore, agitatore di idee e scrittore che non prescinde mai dalla "vita", Vittorini esordisce nella seconda metà degli anni Venti nel campo della pubblicistica, con articoli ideologico-politici in chiave malapartiana.

La prima comunione tra l'agitatore di idee e lo scrittore avviene nel racconto *Il ritratto di re Gianpiero*, pubblicato il 12 giugno 1927 sulla «Fiera letteraria» con presentazione di Enrico Falqui. Altri racconti verranno pubblicati in volume nel 1931 con il titolo *Piccola borghesia*. Il primo romanzo, *Il garofano rosso*, esce in volume nel 1948, a quindici anni di distanza dalla composizione. Una Prefazione dell'autore ne spiega la genesi e giustifica la ritardata edizione, dovuta soprattutto alle continue distrazioni di Vittorini, sempre preso da nuovi interessi. Questa sarà, in modo sempre più marcato, la caratteristica dominante nella fisionomia letteraria dello scrittore. Vittorini, infatti, parte sempre da un piccolo nucleo tematico, poiché scrive "procedendo dal particolare al generale", ma accade spesso che il progetto entri in crisi, mutando la fisionomia del libro che sta componendo o trasformandolo in un'opera incompiuta.

Lo scrittore dichiarò in un'intervista («La Fiera letteraria», 7 settembre 1952) che tra "*Il garofano rosso* e *Conversazione* vi sono stati, per esempio, "due romanzi", lasciati da parte poi "a causa appunto di interruzioni impostemi dalle circostanze esterne".

Uno di questi tentativi è *Giochi di ragazzi*, apparso in «Letteratura» nel gennaio del 1937 come una serie di brani collegati tra loro da brevi riassunti. L'altro è, invece, *Erica e i suoi fratelli*, che fu abbandonato in conseguenza dei fatti politici spagnoli del 1936, ma anche della ricerca vittoriniana di scrittura nuova, di una mediazione formale fra realtà e letteratura. L'autore cercava una "parola" che potesse trasformare la sostanza delle cose, avvalendosi di una vera e propria "fede in una magia".

La rinuncia a continuare *Erica* sigla la nascita di *Conversazione in Sicilia*, dove tensione lirico-mitica e tensione razionale e ideologica si fondono grazie alla dimensione allegorica, mettendo in risalto la vena poetica e musicale di Vittorini. Nel giugno 1945 esce *Uomini e no*, libro in cui si trova congiunta l'istanza storico-realistica e quella narrativa e linguistica. L'autore si propone di "cercare in arte il progresso dell'umanità", in un mondo dove umili e potenti, essendo resi "assoluti" dall'autore, si affrontano alla pari, pur conservando tutte le loro connotazioni storiche. Da una parte c'è la società attuale dominata dal fascismo, che è il mondo negativo, il male; dall'altra c'è, invece, la resistenza a questo stato di cose fino al rischio della vita, che è garanzia di bene e di verità. Nel libro si narra la storia di Enne 2, un partigiano che vive la Resistenza a Milano nel 1944, alla ricerca di una vita autentica. Il suo impegno viene però vanificato dal rifiuto di Berta, alla quale è legato da un amore impossibile. Disperazione sociale ed esistenziale condurranno Enne 2 a un'ultima, suicida, impresa di guerra. Composto durante la Resistenza, nel momento cioè di intense partecipazioni alla lotta antifascista, il romanzo riflette l'insanabile rapporto tra umanità e violenza. Sei interventi dell'autore, segnalati in corsivo, impongono all'attenzione del lettore le due realtà in cui l'uomo è condannato a vivere, due punti di vista e una diversa dimensione dei fatti.

Considerato in un primo tempo da Vittorini il suo libro migliore, malgrado le riserve della critica, *Il Sèmpione strizza l'occhio al Frejus* racconta, in una dimensione da favola, una vicenda di vita familiare, di cui l'"io" narrante è partecipe. Lo scrittore cambierà parere più tardi, ritenendo il libro inferiore alla tensione raggiunta da *Conversazione in Sicilia*, in quanto privo di "una certa novità formale, una certa tensione oggettivistica, una certa carica informativa". Un progettato seguito del Sempione, annunciato sulla «Rassegna d'Italia» del dicembre 1946 con il titolo *Il barbiere di Carlo Marx*, resterà un abbozzo.

La Sicilia come mondo, l'esemplarità della propria infanzia e la vita come ricerca, altrettanti temi topici dello scrittore, si trovano nel romanzo *Le donne di Messina*, anticipato con il titolo *Zio Agrippa passa in treno* nella «Rassegna d'Italia» del febbraio 1947. Scritto dal novembre 1946 al gennaio 1949, il libro è costruito in direzione epico-corale e segue quattro diversi registri narrativi: quello del narratore, quello diaristico degli abitanti del villaggio, quello dei viaggi in treno dello zio Agrippa e quello, infine, della diretta narrazione delle loro vicende.

Nel 1960, mutata la realtà storico-sociale italiana, Vittorini apporterà vistose varianti al testo, riscrivendone intere parti. Con *La garibaldina*, l'autore siciliano torna al romanzo breve, omogeneo, privo delle complessità architettoniche,

che denunciano "sudori freddi di studio". Scritto tra il dicembre del 1949 e il maggio 1950, il libro narra di un enigmatico viaggio in una Sicilia notturna e fiabesca. La "garibaldina" è una vecchia baronessa autoritaria e reazionaria ma capace di "aperture sociali" che la portano a disprezzare il governo, che non si rivela in grado di eliminare le ingiustizie dilaganti.

L'ultimo romanzo di Vittorini, *Le città del mondo*, è stato scritto nel periodo 1952-1959. Lasciato incompiuto dopo i primi quaranta capitoli, è stato pubblicato postumo da Einaudi nel 1969. Con questo libro l'autore ritorna allo sperimentalismo della costruzione, dell'intreccio di piani narrativi e di linguaggi diversi, riprendendo lo schema a lui caro del "viaggio". Numerosi sono anche i protagonisti e gli ambienti sociali che s'incontrano sullo sfondo di una Sicilia favolosa e sconfinata. Fra deserti e città viaggiano personaggi come Rosario e il padre pastore, con le pecore, l'asino e il cane; Odeida, una vecchia prostituta, peregrina con il suo carro in compagnia della giovane Rea Silvia, fuggita da casa; Barracuda, il camionista dalla vita avventurosa e dai discorsi inconcludenti; Manilla, ragazza nobile e spregiudicata, che lascia alle sue suddite il privilegio di usare l'acqua profumata del suo bagno.

Il mito della felicità naturale, la coscienza del male, dell'ingiustizia che gravano sulla società, l'aspirazione a diventare autonomi dai condizionamenti della vita storica si riversano così sulle pagine di Vittorini, sempre teso a ridimensionare realisticamente la sua filosofia di vita e di scrittura. Le sue rinunce mostrano in eguale misura l'artificiosità della sua tensione narrativa e lo strazio del tentativo di ricomporre, almeno sulla carta, un mondo popolato di umanità e violenza, di "uomini e no".

La fortuna

La fortuna di Vittorini è sempre stata caratterizzata da due linee di tendenza: quella rivolta a giudicare la sua opera secondo un'ottica ideologizzata e quella attenta, invece, ai processi formativi, linguistici e letterari. I giudizi della critica, quindi, contengono spesso parole come "populismo" o "innovazione stilistica", entrambe forzate. Un'altra caratteristica vittoriniana, che certamente fece discutere, sta nella sua natura di progettista della letteratura, teso a misurare le innovazioni sulla scorta di un vigile interesse per le esperienze che egli andava realizzando nell'ambito artistico e sociale. Questo suo modo di "costruire" il romanzo provocò, ad esempio, la reazione della maggior parte della critica alla pubblicazione delle *Donne di Messina*, in cui si riscontravano artificiosità e forzature, tese a complicare le architetture del racconto, "a rendere difficile il facile, e affastellato ciò che poteva essere evidente" (Cecchi). Molti critici, inoltre si dichiararono concordi nel rilevare in Vittorini una sorta di incapacità costituzionale a costruire un romanzo lungo e complesso. Il giudizio coincideva peraltro con le confessioni stesse dello scrittore, il quale dichiarava la sua avversione personale per il romanzo lungo, in quanto il sovraccarico di motivi e il loro intreccio contrastavano con la sua idea di modernità. La sua deliberata trascuratezza, inoltre, per le regole canoniche della tradizione e della critica specialistica, non giovò certo alla fortuna dei suoi esordi. Salvo l'eccezione degli studiosi legati all'ambiente solariano, infatti, il suo debutto fu caratterizzato da un discreto silenzio, volto soprattutto a respingere il dichiarato sperimentalismo delle sue prove. Per i periodi successivi, non giovò altresì l'esperienza storico-sociale dell'autore che, per alcuni, si proiettava senza schermi sulla sua opera. In linea generale, occorre però dire che, per converso, Vittorini ha subìto, soprattutto negli anni dopo la guerra, la ventura di rappresentare una vita esemplare e favolosa, di diventare una figura mitica, a prescindere dalla circolazione dei suoi testi. Alla mitizzazione di una biografia e alla sua trasformazione in vicenda esemplare contribuì, ancora una volta, lo stesso Vittorini, che puntò sulla sua vocazione di autodidatta, fondando la sua scrittura, più che sugli studi, sull'esperienza delle cose e del mondo. La fortuna della sua opera incontrò nuovi ostacoli con l'avvento del fascismo, la cui censura vietò, ad esempio, la circolazione di *Conversazione in Sicilia*, considerato unanimemente il suo capolavoro. La stessa ventura impose l'abolizione di tutte le note vittoriniane nella seconda edizione dell'antologia *Americana*.

Il grande successo di pubblico giunse nel dopoguerra, soprattutto dopo la pubblicazione di *Uomini e no*, che aveva per un verso un valore di testimonianza, e per l'altro, una programmatica indicazione sui nuovi compiti della letteratura. Dopo la morte dello scrittore si registra un interesse sempre crescente per la sua opera, che esce dalle angustie delle "due tensioni" per farsi premonizione di disperazioni storiche attuali e profezia di modi stilistici vicini alle prospettive e agli interessi della nostra "neoavanguardia". Dopo tanti dubbi e discussioni, la risposta sulla sua fortuna sta oggi nella bibliografia critica alla sua opera, che è talmente vasta da porre a pieno diritto Vittorini tra le figure centrali del nostro Novecento letterario.

Bibliografia

Prima edizione

Il garofano rosso, Milano, Mondadori, aprile 1948.

Monografie

AA.VV., *Omaggio a Elio Vittorini*, in «La Fiera letteraria», 29 ottobre 1950.

Il Politecnico - Antologia critica, a cura di M. Forti e S. Pautasso, Milano, Lerici, 1961.

AA.VV., *Omaggio a Elio Vittorini*, in «Terzo Programma», n. 3, settembre 1966.

AA.VV., *Elio Vittorini*, in «Il menabò», a cura di I. Calvino, n. 1, Torino, Einaudi, 1967.

AA.VV., *Omaggio a Elio Vittorini*, in «Rendiconti», nn. 15-16, luglio 1967.

AA.VV., *Elio Vittorini*, in «Il Ponte», a cura di S. Guarnieri, n. 7/8, luglio-agosto 1973.

AA.VV., *Elio Vittorini. Atti del Convegno Nazionale di studi*, a cura di M. P. Sipala ed E. Scuderi, Catania, Edizioni Greco, 1978.

AA.VV., *Il lungo viaggio di Vittorini. Atti del Convegno di studi*, Milano, 11-12 aprile 1986.
Addamo S., *Vittorini e la narrativa siciliana contemporanea*, Caltanissetta, Sciascia, 1962.
Aymone R., *La Manon a cavallo. Un'analisi di Vittorini*, Napoli, Guida, 1975.
Andreini A., *La ragione letteraria. Saggio sul giovane Vittorini*, Pisa, Nistri Lischi, 1979.
Briosi S., *Vittorini*, Firenze, La Nuova Italia, 1970; *Invito alla lettura di Vittorini*, Milano, Mursia, 1971.
Calvino I., *Vittorini, progettazione e letteratura*, Milano, Scheiwiller, 1968.
Catalano E., *La forma della coscienza. L'ideologia letteraria del primo Vittorini*, Bari, Dedalo, 1977.
Cittadini Ciprì A. M., *Italia e Francia nel secondo dopoguerra. Il caso Vittorini-Sartre*, Milano, Giuffrè, 1984.
Corti M., Prefazione a *Le opere narrative*, Milano, Mondadori, 1974.
Crifò C., *Il mito della Sicilia e la Resistenza in Vittorini*, Palermo, Manfredi, 1981.
Di Grado A., *Il silenzio delle madri. Vittorini da «Conversazione in Sicilia» al «Sempione»*, Catania, Edizioni del Prisma, 1980.
Finocchiaro Chimirri G., *Due solariani altrove: Gianna Manzini-Elio Vittorini*, Catania, Cuecm, 1986; *Il sorriso di Aretusa. Elio Vittorini ragazzo siracusano*, ivi, 1988.
Girardi A., *Nome e lagrime: linguaggio e ideologia di Elio Vittorini*, Napoli, Liguori, 1975.
Gironda G., *Per conoscere Vittorini*, Milano, Mondadori, 1979.
Greco L., *Gadda, Vittorini inediti*, Milano, Mondadori, 1983.
Gronda G., *Per conoscere Vittorini*, Milano, Oscar Mondadori, 1979.
Lo Dico O., *Elio Vittorini*, Caltanissetta, Sciascia, 1984.
Panicali A., *Il primo Vittorini*, Milano, CELUC, 1974; *Il romanzo del lavoro*, Lecce, Milella, 1982.
Pautasso S., *Elio Vittorini*, Torino, Borla, 1967; *Guida a Vittorini*, Milano, BUR Rizzoli, 1977; *Elio Vittorini*, in 900, a cura di G. Grana, Milano, Marzorati, 1979, voll. VI e VII.
Quasimodo R., *Tra Quasimodo e Vittorini*, Catania, Edizioni Lunarionuovo, 1984.

Toscani C., *Come leggere «Conversazione in Sicilia» di Elio Vittorini*, Milano, Mursia, 1975.
Zanobini F., *Elio Vittorini*, Firenze, Le Monnier, 1974.

Studi di carattere generale

Asor Rosa A., in *Scrittori e popolo*, Roma, Samonà e Savelli, 1965.
Bilenchi R., in *Amici*, Torino, Einaudi, 1975.
Bo C., in *Nuovi studi*, Firenze, Vallecchi, 1946.
Debenedetti G., in Il personaggio uomo, Milano, Il Saggiatore, 1970.
De Michelis C., in *Dizionario critico della letteratura italiana*, a cura di V. Branca, Torino, UTET, 1973.
Guarnieri S., *Cinquant'anni di narrativa in Italia*, Firenze, Parenti, 1955; *Condizione della letteratura*, Roma, Editori Riuniti, 1975.
Macrì O., *Caratteri e figure della poesia italiana contemporanea*, Firenze, Vallecchi, 1956.
Manacorda G., in *Storia della letteratura italiana contemporanea 1940-1965*, Roma, Editori Riuniti, 1968; in *Storia della letteratura italiana contemporanea tra le due guerre 1919-1943*, ivi, 1980.
Manzini G., in *Ritratti e pretesti*, Milano, Il Saggiatore, 1960.
Pampaloni G., in *Storia della letteratura italiana*, a cura di E. Cecchi e N. Sapegno, Milano, Garzanti, 1969, vol. IX.
Pancrazi P., in *Scrittori d'oggi*, Bari, Laterza, 1946, vol. IV.
Piccioni L., in *Sui contemporanei*, Milano, Fabbri, 1953.
Rodondi R., *Il presente vince sempre*, Palermo, Sellerio, 1985.
Spagnoletti G., in *La letteratura italiana del nostro secolo*, Milano, Oscar Mondadori, 1985.

Il garofano rosso

I

Aspettavamo la campana del secondo orario, tra undici e mezzogiorno, pigramente raccolti, sbadigliando, intorno ai tavolini del caffè *Pascoli & Giglio*, ch'era il caffè nostro, del Ginnasio-Liceo, sull'angolo di quella strada, anch'essa nostra, con la via principale della città, dai borghesi detta *Corso* e da noi *Parasanghea*.

I più fortunati mandavano giù l'una dietro l'altra granite di mandorla, la più buona cosa da mandar giù ch'io ricordi della mia infanzia; e c'era la tenda rosso marrone che bruciava di sole come un sospeso velo di sabbia sopra i tavolini. C'erano discorsi di grandi parole, di grandi speranze, e c'erano i pettegolezzi scolari sulle medie, i temi in classe, i professori e i compagni sgobboni.

I piccoli delle classi ginnasiali si rincorrevano da marciapiede a marciapiede, urlando, fin su allo sbocco di Piazza del Duomo che chiamavamo *Ponto Eusino*, e là subito le loro urla selvagge risuonavano più larghe e cantanti quasi come su una aperta campagna. Là era, difatti, una campagna di sole: piazza Duomo; amplissima nel suo asfalto ancora fresco, con le sue palazzine rosse settecentesche a semicerchio, col suo puzzo di preti che veniva dall'Arcivescovado insieme a un odore di limoni, e la gradinata del Duomo dal sommo della quale si scorgeva oltre tetti e tetti una striscia abbagliante di mare canuto.

Avevo sedici anni, quasi diciassette; mi piaceva ormai fare il "grande" e stare coi grandi veri, tutti dai diciotto in su, della seconda e terza liceale, a discutere, a fumare sotto la tenda color ruggine del caffè; ma ogni volta che l'urlo di uno dei piccoli andava lontano oltre la strada sulla prateria della piazza mi sentivo nitrire dentro e ritornare cavallino com'ero stato quando anche io dai gradini della cattedrale spiccavo il volo radente sopra l'asfalto.

Un pezzo era che più non osavo giocare a quel modo scalpitante. Una signorina della "seconda" mi aveva guardato; e avevo smesso senz'altro.

Era figlia di colonnello. Mi pareva bellissima, sebbene portasse un cappellino che le nascondeva metà della faccia. Andava da casa a scuola, da scuola a casa con una ragazzona dai grossi fianchi della sua classe, che le dava sempre la destra e pareva la sua serva.

Appena mi sentii guardato non esitai; mi misi dietro a lei tenendo dieci passi di distanza, e a tutte le uscite l'accompagnavo. Essa si voltava in tutto il percorso una volta sola, quando giungeva sull'angolo della strada di casa sua. Verso sera io ripassavo sotto le sue finestre in bicicletta più volte, e la musica d'un pianoforte scorreva sotterranea dentro alla lunga fila di alte mura fiorite. Le scrissi anche; ma lei non mi rispose; solo, perché in quella mia unica lettera l'avevo chiamata Diana, spesso mi faceva misteriosamente dire da qualche ragazza della mia classe che Diana mi salutava.

Un giorno mi mandò un garofano rosso chiuso dentro una busta.

Mi trovavo in classe mentre la professoressa di lingue moderne scandiva parole cantate di La Fontaine. Mi ama, pensai scattando, e la professoressa mi gridò di ripetere l'ultimo verso e io dissi, pensando mi vuole bene: « Ma neanche per sogno! ».

Fui cacciato dall'aula per tutto il resto della lezione; e andai a mettermi dietro la porta della "seconda" dove abitava lei. Speravo di udire la sua voce, non la conoscevo ma credevo di poterla riconoscere. Mi ama, pensavo. E la voce di "lei" si alzò, mentre quella dolente del prete che insegnava greco a tutto il Liceo, interrogava. Era una voce come di bambina che si sveglia, con un lungo "oh" di meravigliato raccoglimento al principio di ogni risposta.

C'era un gran caldo, sebbene fosse solo maggio, o giugno, e dalle finestre spalancate del corridoio veniva odore di fieno. Mi ricordava caldi mucchi di quando cominciai a non essere più bambino, e un caldo turbamento nutriva in me la fede che Giovanna, quella voce, mi volesse bene. Lontano si sentivano marciare nella palestra femminile le allieve di un altro corso.

Mi staccai dalla porta, la voce era diventata un'altra dentro all'aula, e mi affacciai alla finestra, mi misi a guardare giù in un cortiletto mai visto prima, ad osservare le foglie di un fico muoversi nel sole come lucertole, al di là di un muricciolo.

Poi l'uscio dirimpetto si aprì e in una ventata di voci uscì lei, quella giovane che mi voleva bene, vestita di verde e di azzurro sugli alti tacchi.

La vidi, nei vetri della finestra, esitare come pensasse di tornare in classe. Sentii che arrossiva. E tremai per il bene che mi voleva, che un nulla sarebbe bastato, credevo, a cancellare via dal suo cuore. Volevo far finta di continuare a guardar fuori ma appena lei svoltò l'angolo del corridoio le corsi dietro.

Mi guardò quando la raggiunsi e nient'affatto era rossa come avevo supposto. Era tranquilla e sorridente. Vidi che aveva gli occhi chiari, fieramente grigi nel viso di bruna.

« Oh » mi disse. « Vado a prendere il fazzoletto che ho dimenticato. Giù. In guardaroba. »

Pensai: "E se la baciassi?".

Di nuovo mi assalì il caldo del ricordo di quando rotolavo sui mucchi di fieno in un tempo felice con una ciurma di bimbi, e pensai "baciarla" come se fosse significato portarla su uno di quei mucchi, rotolare fino al tramonto di quel pomeriggio con lei che mi aveva mandato un garofano rosso, quasi un papavero. Ma fu un minuto solo, durante il quale mi tremarono le mani. E subito cominciò un terrore di farle male, di distruggere il bene, di perdere per sempre la felicità di avere il garofano rosso donato da lei.

Con timida civetteria lei disse: « Dunque? ». E appena sorrise era già incamminata per andar via. Ma la fermai, la chiamai col suo nome: « Giovanna! ». Era stato stupido, pensai, chiamarla Diana, mentre era così Giovanna col suo passo, le sue gambe, la sua nuca, il suo verde e azzurro; così Giovanna! Pure non trovavo parole, e non sentivo che un'acqua di mulino farmi dentro io-io-io e diventare calda entro di me, un turbine di io-io-io, al cui confronto ogni cosa pareva non essere vera.

Oh bisogna che sia vero! pensai. Bisogna fermare quel suo passo, quelle sue gambe, quella sua nuca, quel suo verde ed azzurro e renderli veri. Io le volevo bene per tutto questo che la facevano diversa da ogni altra scolara della terra.

Ma appena si voltò il mio sguardo entrò nel suo, sentii di volerle bene anche per qualcosa di più, come per una mia e sua bontà furiosamente vitale che avrebbe potuto farmi correre ammazzando le professoresse di franco-inglese attraverso afriche e americhe. Fu con questo senso di enorme bontà che la baciai; e fu appena un battito di labbra contro le sue labbra, profondo e vivo però nella sua gentilezza. Le sue labbra non fuggirono, le sentii anzi salire sotto le mie. E mi chiesi: "È un bacio? È stato un bacio?".

Esso sorrideva, poi non più. Alzò un braccio contro il mio petto ad allontanarmi e il garofano fu strappato dall'occhiello, cadde. Ma lei stessa si chinò a raccoglierlo, me lo assicurò con uno spillo, scappò via. Scappò in classe, non di sotto come doveva; e io rimasi solo, di nuovo travolto dal mio interno turbine di io-io-io.

Rividi il fico. Qualcosa di stranamente orientale era stato, l'albero dei fichi, nella mia infanzia. Una Persia, un'Arabia... A sei anni avevo imparato il catechismo in un recinto parrocchiale dove c'erano, oltre il prete e noi bimbi, un tacchino e un fico. E un fico c'era anche nel giardinetto della casa dove mi avevano raccontato di Aladino e del suo Genio e della Lanterna Magica certe amiche sempre vestite di nero che mamma chiamava "le signorine".

Rividi il fico con le sue foglie che si muovevano come lucertole nel sole, e rividi il cortiletto, l'aria, un uccello grigio che giunse di là dai muri e si posò su qualche cosa. Insomma rividi il mondo. Ma non mi riprese l'incanto disoccupato di prima. Tutto ora aveva una sua appuntita ragione precisa di piacermi. E tutto, anche l'odore del fieno, anche le voci di marcia e il passo di marcia che venivano dalla palestra femminile, ora mi facevano pensare in un nuovo modo. Quello ch'era successo sarebbe continuato... Il bacio di Giovanna sarebbe continuato.

Così come fui da qualcuno dei miei compagni invitato a rientrare in classe, perché la professoressa mi condonava il resto del castigo e mi chiamava a ripetere la lezione, risposi di no. Era osare troppo e senza ragione per un ragazzo, ma la felicità della cosa avvenuta mi metteva dentro una voglia di sfida senza ragione.

La professoressa di lingue imprecò al di là dalla porta; giù dagli uscieri un campanello squillò allarme. E la felicità della cosa avvenuta si fece epica in me: desiderio di guerra e di trombe.

Accorse un bidello.

Nello stesso tempo suonò la campana delle tre, dell'uscita. Cominciò il clamore delle scolaresche sguinzagliate fra i banchi. Le porte andarono a sbattere contro i muri. Vidi le tende azzurre sventolare al di sopra di teste e teste. Ed ecco mentre prendevo cappello e libri, venirmi addosso coi suoi occhiali feroci la professoressa di lingue.

Fui accompagnato dal preside.

« Impari per due giorni a capire che cosa significa essere allontanato dalla scuola » disse il preside, dal centro di un tavolo, con tartarea voce.

E tutti a quel paese! Che sapevano essi della gloria d'un garofano rosso?

Andai presto a letto quella sera e mi addormentai quasi subito mentre ancora la sguattera della pensione rimuoveva e lavava le stoviglie, parlando basso con la cuoca, in cucina. Ma i miei compagni di camera, di quella stanzona dalle sovraporte affrescate dove eravamo in quattro ad avere letto e tavolo, tornando più tardi mi destarono.

Caddero una dopo l'altra le loro scarpe, scricchiolarono le suste dei loro letti, e uno disse pure ch'era il tocco passato, ma non ripresi più sonno.

Sentivo scorrermi sotto la guancia l'acqua impetuosa del canale che una volta, proprio lì accanto al palazzo in cui c'era la pensione, doveva alimentare un mulino. Dalla finestra del gabinetto ci si affacciava su quell'acqua che un passo più in là precipitava dentro un arco buio sotto alle case. Tutta la notte mi parve davvero che una ruota di mulino macinasse quell'acqua e che il mio garofano mi fosse caduto là dentro e la ruota lo stritolasse.

Era anzi un'impetuosa corrente di garofani che mi scorreva sotto la guancia. E nell'ansia in cui ero mi accorsi che non sapevo più chiamare lei col nome di gioco che le avevo dato. Svaniva se la pensavo Diana. Mentre se la pensavo Giovanna era come toccarla.

Aspettavo lei l'indomani, alle otto e dieci, sull'angolo della sua via. Ero quasi triste, senza i libri, e più che mai avevo voglia di andare a scuola, dove lei avrebbe trascorso la sua giornata.

C'era un bar su quell'angolo e, dirimpetto, una farmacia; la farmacia d'un certo Gulizia che aveva il figlio in seconda liceo, nella stessa classe di Giovanna.

Ben noto a tutta la scolaresca liceale quel Gulizia, Cosimo di nome, ma chiamato meglio "il figlio del purgantiere". Era il ragazzo più debole del Liceo sebbene quasi diciottenne, vestiva abiti dimessi dal padre e adattati a lui da mani casalinghe; balbettava; facilmente attaccava liti da cui usciva ogni volta scappando col fazzoletto sotto il naso.

« Va' là; in seminario dovevi studiare » gli dicevamo.

Aveva un'aria biondiccia nonostante i capelli di carbone, che faceva perdere la pazienza anche ai piccoli del Ginnasio, solo che cercasse, quando si parlava alto ai tavolini del caffè, di dire la sua.

« Rana » lo chiamavamo.

Perciò restava appartato e non aveva rapporti che con signorine, le quali, fuori di scuola, si lasciavano avvicinare solo da lui, come lo sentissero inerme, e, si diceva, lo accoglievano anche nelle loro case a studiare insieme durante le epoche, così temute in capo a ogni bimestre, delle ricapitolazioni.

Mi parve di vederlo, quella mattina, nel buio della farmacia, col suo berretto di stoffa scozzese calzato fino alle orecchie e libri sottobraccio, ma non vi feci caso. Mi occupava l'incanto dell'ora presto, così piena di Giovanna.

Nell'aria, al di là delle alte ombre dei palazzi, spuntavano fogliolìne di sole. Altro sole, liquido, veniva giù lungo la facciata dell'albergo *Vermouth di Torino*; e in fondo alla via di Giovanna appariva, velata di lontananza, la montagna rosa, non so se di sabbia o roccia, della vecchia città. Là era mare, presto sarebbero cominciati i bagni, sulla spiaggia appiè di quella montagna; i bagni; e il vaporino che andava e veniva fischiando attraverso il porto.

Dal bar alcuni fiaccherai che bevevano caffè corretto mi squadrarono da capo a piedi, concentrarono gli occhi sull'occhiello della mia giacca, sorrisero.

Passarono frotte di ragazzini delle elementari, vociando, con le loro cassette di fibra a tracolla. Di nuovo una autoinnaffiatrice risalì verso il Corso spruzzando i muri di lembi del suo ventaglio d'acqua. Alla farmacia il giovane di bottega in maniche di camicia metteva giù le imposte verdi delle invetriate. E aroma di caffelatte con benzina e asfalto bagnato saliva al cervello come qualcosa di essenziale dell'ora.

Passò un questurino.

Regia-guardia una volta, mi era noto pei nostri studenteschi tafferugli del '22: gli avevo tirato un pomodoro alla faccia uno di quei giorni. Anche lui mi squadrò come i fiaccherai, dalla testa ai piedi, ma senza simpatia, poi passò oltre col suo passo di segugio, e dondolava il bastone sul di dietro, nelle mani intrecciate, come una specie di coda.

Istintivamente mi cercai al risvolto della giacca il garofano rosso.

Erano i tempi dell'affare Matteotti, ogni sera la città rigurgitava di *Ultime edizioni* dispiegate dinanzi ai lumi dei negozi, nei caffè si tendevano le orecchie ad ogni voce d'avvocato che discuteva di rimpasti ministeriali, dimissioni, eccetera.

"Ma il garofano non me lo levo" pensai.

Sentivo di volergli bene come a Giovanna stessa che l'aveva tenuto dentro il petto. E del resto mi faceva piacere che Briscola, il questurino regia-guardia, tornasse, col suo occhio che non aveva dimenticato il pomodoro, a sorvegliarmi come una specie di sovversivo.

Che desiderio aveva di picchiarmi, quando sciolsero la Regia Guardia, e rimase per un pezzo sbirro a spasso! Mi aspettava dal tabaccaio di faccia al portone della pensione tutte le volte per dirmi sempre la stessa terribile cosa:

« Non ti ci ho portato io dentro, ma ti ci porteranno. »

E ogni volta fremevo di rabbia e orrore ma non sapevo ribattergli altro, dal mezzo dei miei spalleggiatori in calzoni corti, che "mica si era andati a scuola di sbirraglia inseme, per darmi del tu".

D'improvviso mi sentii chiamare da una voce chioccia.

« Signor Mainardi. »

Era la *levatrice*. Così chiamavamo la ragazzona che accompagnava Giovanna. Era sola: usciva da casa di lei.

« Ho da dirle qualcosa da parte della mia compagna, ma bisogna che camminiamo » disse.

« Già; sono le otto e venticinque » dissi io, affrettando il passo dinanzi a lei.

« Ma non così forte » disse la *levatrice*. E abbassò ancora la voce, chiocciando vicino a me, come con un suo pulcino.

« Dunque senta. La mia compagna oggi sta male. »

« Ah, è malata? »

« Non proprio; cose passeggere. Ma la mia compagna è molto turbata per gli avvenimenti di ieri. »

« Avvenimenti? » scattai. « Che avvenimenti? »

« Insomma » proseguì, molto calma, la *levatrice*, « delle parole corse tra lei e la mia compagna. E appunto ha raccomandato di dirle che fu uno scherzo. Lei capisce che non può esserci nulla di serio fra la mia compagna e lei. Lei ha davanti a sé tutto il Liceo e l'Università prima di potere pensare a qualcosa di simile. E la mia compagna ha invece diciott'anni e prima o poi vedrà che il colonnello non le lascia prendere nemmeno la licenza e la sposa a qualcuno. Insomma la mia compagna è una donna e lei, Mainardi, scusi se glielo dico, lei è un ragazzo. Per conto mio la mia compagna ha fatto male a darle qualche speranza... »

E mentre io la divoravo con occhi infuocati, essa strascicò lunga lunga quella "speranza" come se dovesse farmi molto bene e calmarmi, così molle sulla mia fronte che ardeva.

Eravamo giunti, sulla Parasanghea, quasi all'altezza del caffè *Pascoli & Giglio* che ai rintocchi della campana di scuola si stava sfollando.

Ma prima di svoltare, la *levatrice* si fermò, salì sul marciapiede come per essere un po' più alta di fronte a me che la dominavo di tutta la testa, e ancora soggiunse:

« Sappia essere uomo questa volta tanto da dimenticare il poco che c'è stato. E ora mi lasci, arrivederla. »

C'era dietro a lei il negozio d'un armaiolo e intanto che essa parlava le lunghe canne scintillanti dei fucili in vetrina mi affascinavano. Un fucile c'era, appeso al muro, ma arrugginito, nella vecchia casa di campagna di zio Costantino, e arrivavo a toccarne l'estremità del calcio se mi arrampicavo sulla spalliera del divano. Lo toccavo, poi mi mettevo in un angolo, quieto, a meditare un assassinio. Crescevo così, ed ero in grembiule, aspettando un giorno in cui avrei potuto staccare quel fucile dal muro e sparare fuori dalla finestra su qualcuno. Avevo anche deciso su chi, mi ero scelto un tipo con una barba grigia che vedevo sempre nell'aia della fattoria accanto buttare manciate di granoturco ai suoi tacchini. Sognavo zolfo, zolfo, e gialla polvere da sparo sulle mie mani. E nel '22 avevo posseduto una rivoltella, una Mauser, finalmente, ma fu solo per mezza giornata. Mai, ecco, avevo fatto uso vero di un'arma, mai tirato un colpo, e mai ammazzato qualcuno. E invece, più che mai ora, dopo il tempo del grembiulino, mi pareva che fosse necessario avere steso a terra nel sangue qualcuno, se veramente volevo entrare nella vita, al di là della *levatrice* e del prete insegnante di greco, nella vita dove si coglievano garofani rossi e si baciava Giovanna.

Che significava il Liceo e l'Università davanti a me?

Io sentivo di volere bene a Giovanna proprio nel punto in cui mi trovavo con tanto Liceo davanti e tanta Università; e sentivo che nulla poteva esserci di più serio di questo fra me e lei, e di più reale. Ma poco dopo, quando la via del Ginnasio-Liceo restò deserta, ruminando ancora su quelle parole demolitrici, ebbi quasi piacere che mi fossero state dette, oscuramente piacere come di essere stato ammesso a un mondo diverso dal mio, e di essere entrato con una parte da protagonista proprio lì dove si ragionava alla maniera della *levatrice*.

In ritardo passò il figlio del purgantiere.

« Rana » gli gridai, con tutta l'ira che avevo.

Misteriosamente quello mi sorrise, come di derisione, e pur correndo via verso il portone della scuola, per un attimo mi fece sentire il suo alito sulla faccia.

« Lo so che ti ha dato quel garofano » disse.

« Figlio di puttana » gli urlai dietro.

E di nuovo pensai alla *levatrice*, che d'un tratto mi parve non avesse parlato proprio come una *grande*, che avesse solo rappresentato una sua buffa parte di grande. Le votai morte nel cuore, e furioso contro Giovanna, e nello stesso tempo confusamente felice di essere fuori da quella scuola dove lei non c'era, me ne andai giù per la Parasanghea a trovare in pensione il mio grande amico Tarquinio; e avevo quasi voglia, malgrado tutto, di fischiettare.

II

Tarquinio Masséo era un ragazzo di diciott'anni, che per una complessa vicenda di bocciature non aveva preso a tempo la licenza ginnasiale e ora si preparava da esterno per quella del Liceo. In pensione c'era per questo; ma con quali professori studiasse non si sapeva; e quando noi tornavamo, di luglio, ai nostri paesi, soltanto lui, come non avesse parenti, restava a godersi l'estate della città coi bagni, le orchestrine a mare, e i varietà all'aperto. Raccontava poi delle ballerine che erano venute a pensione ai nostri posti e delle prove di ballo ch'esse facevano, ancora in pigiama o in camicia, nella grande sala comune tutta la mattinata.

In quella nostra pensione della signora Formica ce l'avevo portato io.

L'avevo conosciuto una sera del '22 nella bottega di un fabbro-tipografo dove si stampava un giornaletto di scolari su carta grossa come da pacchi, a quanto ricordo.

Si entrava nel ridotto tipografico passando per la caverna delle incudini, tra le scintille, e spesso non si entrava nemmeno, ci si fermava sulla soglia a guardare maestro e garzoni affaccendati intorno a un cavallo, poiché spesso, quel fabbro, ferrava anche cavalli.

Si divenne amici, io e Tarquinio, continuando tutte le sere tra le sette e le otto a frequentare quella bottega, anche quando il giornale smise di uscire.

"La cava", la chiamavamo.

« Allora t'aspetto alla "cava" » mi diceva Tarquinio ogni volta salutandomi con un cenno per aria della sua mano.

E "cava" non era soltanto la bottega, ma quell'ora speciale di buio e di lumi accesi, tutti quei vicoli là presso, su quell'ora, pieni di scalpiti misteriosi di cavalli, e tutte le cose che avevamo da dirci, là dentro, rosicchiando castagne secche, di donne, di terre, di bastonate, d'aeroplani e automobili, di gioco del calcio, di libri e di avvenire. Era quello che avevamo in comune.

« Allora presero Liebknecht, mentre dormiva, e lo portarono dal generale. Dunque non volete sciogliere la lega? disse il generale. Perché dovrei scioglierla? disse Liebknecht. Se la sciolgo chi difenderà il popolo di Berlino dagli uomini come voi? Bene, disse il generale e lo congedò con una stretta di mano. Da un'altra porta entrava Rosa Luxemburg che avevano presa anch'essa mentre dormiva. E Liebknecht scese le scale senza nessuno che lo accompagnasse, mentre Rosa Luxemburg rispondeva le stesse cose di lui al generale. Uscì Liebknecht e c'erano sulla porta quattro bavaresi che lo aspettavano. Due gli misero le manette, e due con la mazza di ferro dietro alle spalle lo massacrarono. Così è finita con questa carogna, dissero. E cominciarono con Rosa Luxemburg che scendeva le scale, usciva e altri due bavaresi le misero le manette, altri due con la mazza di ferro la massacrarono... »

Questo raccontava Tarquinio, e diventava tra noi comune.

Tutte le cose ch'egli sapeva diventavano tra noi comuni. I suoi libri diventavano i miei libri, le sue idee diventavano le mie idee, la sua logica diventava la mia logica. E questo accomunarci, questo riconoscerci nelle nostre aspirazioni di ragazzi, noi chiamavamo "la cava". Tarquinio parlava di tutto questo anche nei caffè, con gli altri, ma allora non era "la cava". Pareva non potesse esserci "cava" fuori di quell'ora, quegli scalpiti di cavalli, quel buio e quei lumi, quelle castagne secche che rosicchiavamo, quei garzoni fabbri e maniscalchi, quel padrone fabbro e maniscalco, quella bottega.

« Ah, è come cospirare qui! » diceva Tarquinio.

Raccontava anche di sé, naturalmente, del suo paese favoloso, Quero, dove non era stato più da dieci anni, dei suoi genitori morti, della sua parentela sconosciuta, della sua infanzia tra alte montagne.

« Ogni contadino, ogni pastore abita in una reggia, a Quero » diceva. « La loro vita è umile, ognuno fa umili lavori e si ciba di ulive, ricotta e montone ma ognuno abita una casa di re. Oh se solo si potesse abitare tutti case di re! Ci fu un gran re negli antichi tempi che riempì Quero di fontane e di statue... »

E raccontava: « Nella mia casa c'erano scalinate di marmo,

alti cancelli di ferro battuto, e grandi balconi a pancia sul fiume... Nelle stanze il soffitto era profondo come le cupole delle chiese... E dal cortile entrava fogliame di nespoli a tutte le finestre... Ma c'erano sempre temporali » raccontava, « e io tremavo pei fulmini che vedevo strappar giù le teste alle statue... Non potevo soffrire la luce dei lampi, sai. Del tuono non mi importava ma la luce mi dava ai nervi. Anche ora, del resto... ».

Così egli dava via anche le sue paure, e qualche volta io lo burlavo e lui diceva: « È incredibile, Mainardi, come non capisci niente ».

Io allora restavo mortificato e dopo un po' raccontavo anche io una mia paura ed era lui, allora, a burlarmi: « Questa è una paura stupida » diceva. E si litigava. « Ci sono paure stupide e paure intelligenti? » dicevo io. « Altro che! » lui diceva. « Altro che! La gente si allea nelle paure. E tu vedi come i bravi e i giusti siano alleati in una paura intelligente... Come i perfidi siano alleati in una paura idiota! L'umanità è tutta divisa da patti e alleanze contro le paure... »

Poi Tarquinio venne, con la sua cassa verde e le sue valigie di cuoio nero, ad abitare anche lui dalla signora Formica, e tutta la pensione fu "il protettorato" e la vasta stanza dalle sovraporte affrescate fu "il campo". Ma egli trascorreva buona metà della giornata sotto "la tenda".

III

Lo trovai là, dico nel suo lettuccio di ferro, col capo dentro alle coperte che dormiva o meditava quieto come in sonno.

Avevo bisogno di destarlo, farlo alzare, uscire insieme a lui, e cominciare a spendere, tutti, al sole, quei miei due giorni di castigo. Sarebbero stati due meravigliosi giorni con lui, anche a trascinarsi senza scopo da caffè a caffè; due interi giorni di "cava"!

Ma di Giovanna non gli avrei parlato; temevo i suoi due anni di più, che mi facevano vedere in lui una specie di me stesso cresciuto che avrebbe potuto portarmela via, magari sposarla.

« Tarquinio » chiamai.

Nella stanza semibuia penetrava, dall'invetriata socchiusa del balcone, un accordo di pianoforte. Di qualcuno che studiava, ed era così esile di lontananza che mi parve suonassero da dentro il suo sogno.

Poi, siccome avevo spalancato il balcone e la finestra (che dava sul canale), egli si destò nell'aria fresca della corrente guardandosi attorno, tutto arruffato, coi suoi occhi già ironici ma stupefatti, come si trovasse d'un tratto sopra la tolda d'un veliero.

Mi vide, dove m'ero seduto, che me la ridevo.

« Ah » disse e ricadde col suo capo crespo sul cuscino. « Ma accidenti, che t'è preso di svegliarmi a quest'ora? »

« A quest'ora? » dissi io. « Ma se esco di scuola » soggiunsi.

Balzò a sedere: « Che mi vuoi dare ad intendere? Ma se avevo detto di chiamarmi alle otto e mezzo. Dovevo essere fuori; alle undici... ».

M'accorsi che sul suo tavolo da studio c'era il vassoio con la tazza del caffelatte e il panino.

« Vedi bene » dissi indicandoglielo, « che sono venuti a chiamarti. E tu ti sei riaddormentato. »

Era sconcertato eppure già distratto come se già stesse rassegnandosi all'idea di aver perso l'appuntamento.

« Be'! Ma che ore sono? » disse.

« Ti dico. Esco di scuola... »

Ma ammutolii sotto il primo rintocco d'un orologio che nel nostro teso silenzio, al di là dello scroscio monotono del canale e del filo di musica, e del rotolìo del tram ondulante lontano, suonò dalla chiesa dell'Angelo Custode, lì presso, dieci colpi.

« Ah, le dieci sono? » disse Tarquinio sbadigliando; con indifferenza estrema.

Poi mi guardò, ammiccante:

« Esci di scuola? »

Gli dissi dei miei due giorni liberi.

« Grazie a quell'occhialuta... » dissi.

Tarquinio si stiracchiava, si sgranchiva, si lisciava come una specie di gatto.

« Ah, Madre di Dio! » esclamò. « Pensa che mi sognavo di volere bene... »

E per un momento ebbe la sua voce calma delle grandi confidenze.

« Ci credi? A una che non vedevo e suonava, figurati. Come dire che volevo bene a una musica... E doveva essere questo stesso abbicì di piano; lo senti? Ma nel sonno era un'altra cosa... Che coglione! »

Bussarono.

Entrò col suo vasto cappello a piume di avantiguerra, con la sua larga faccia vescovile, la signora Rosmunda Formica.

« Ragazzi, la posta... »

Ansimava. Buttò una lettera sul marmo della specchiera. « È per il ragusano » disse, e il suo bonario sguardo un po' strabico di donna grassa passò su di noi, ridente, senza far caso se Tarquinio era a letto, se io mi trovavo lì invece che a scuola.

« Signora, signora... » la richiamò Tarquinio, quando, data attorno un'ultima occhiata, essa stava per uscire di stanza.

« Me le manda un paio di calze pulite? » disse.

Essa si fermò, come soprapensiero, e lo contemplava evasiva, girando e rigirando nella sua manina guantata di nero il pomo della porta.

« Ah?! Be'?! Così allora? » disse. E varcò la soglia.

« Ebete » disse Tarquinio tranquillamente, scuotendo il suo capo ricciuto.

Scoppiammo a ridere, soddisfatti di noi, e ci raccontammo, recitandola come una lezione, la solita storia.

« C'era una volta la signora Rosmunda Formica che venti anni fa fu abbandonata dal marito e ci pensava ancora... »

« Ma via » esclamai dopo; e intanto gli avevano portato le calze. « Sarebbe così straordinario fuori. Fa' presto. Ti offro la granita se siamo al Giglio per le undici e mezzo... »

Mi chiese se avessi molti soldi, fischiettò, mi pregò di porgergli il caffelatte che bevve d'un fiato, si stirò, sbadigliò, e accese una sigaretta.

« Non ti spaventare » disse. « Me la fumo in un attimo e mi vesto. Tanto all'appuntamento non ci vado. Non ci vado. Era per fissare alcune lezioni di trigonometria; con quel Bongiovanni, sai... Me ne infischio. »

E continuò con l'aria di una canzonetta in voga:

Sì, me ne infischio
Sì, me ne infischio
Sì, me ne infischio
Me ne strainfischio
Me ne strainfischio
E tu? E tu? E tu?

« Oh, io » risposi.

E feci un gesto che avevo imparato guardando i fiaccherai. Ma subito, non so perché, ne arrossii.

« Che hai? » disse Tarquinio, con uno sguardo strizzato, quasi sardonico. « Non sei in perfetta forma, mi pare. »

Senza ribattere uscii sul balcone.

Ampio, panciuto balcone di gran signori, alto sul Corso dove le lente carrozzelle, la lenta folla nera, il lento fruscìo della città pancia all'aria nel sole, gridavano la splendida, splendida vita. E in un punto preciso oltre tetti e tetti, c'era l'amore di Giovanna: nell'immenso mondo di sole.

Come un comignolo, o una di quelle teste d'albero con pavese che spuntavano di là, dov'era il molo; e sarebbe bastato esserci, in quel punto, starci quieto, calmo, abbracciandomi le ginocchia, per sentirmi d'un tratto felice. "La cava" era qualcosa di simile... Una rimessa di felicità. E quand'ero bambino, nella casa di campagna dello zio, avevo un mio posto speciale, in cucina fra l'uscio sempre aperto e il muro, dove correvo zitto ad accoccolarmi e diventavo, qualunque fosse il mio dispiacere, diventavo, così solo a starci, felice.

Suonò la mezz'ora dopo le dieci.

« Senti » dissi a Tarquinio, dal balcone, « com'è passata mezz'ora e non hai finito di fumare... »

Ma non udii quello che mi rispose poiché la sua voce arrivava dissolta nell'aria ronzante del balcone, pieno di sole.

Rientrai un po' irritato.

« Ma tu non esci mai di mattina? »

« Neanche tu esci mai, se non t'alzi per la scuola... Per me è sempre come la tua domenica. »

« Sei tu che me le guasti le domeniche... E i giorni come questi pure. »

Mi offendeva quel suo parlarmi della domenica come se io fossi uno scolaro modello e non mi prendessi tutte le vacanze che volevo.

« Ecco, mi metto la camicia... » disse lui.

E toltasi la buffa magliettina azzurra che indossava per la notte s'infilò la camicia; poi ristette con le mani dentro le lenzuola abbracciandosi le gambe.

« Ma... » disse. « Pensavo a una donna. La più bella donna del mondo... »

« Dove l'hai vista? » chiesi ansioso, e vagamente temevo che si trattasse di Giovanna.

Egli ricadde col capo sul cuscino.

« Da madama Ludovica... » disse. « Ma non avevo i soldi. E oggi riparte. Alle undici; sai. »

Intanto il suo sguardo venne a posarsi su di me come un moscone che era ronzante, ronzante, e me lo trovavo addosso d'improvviso.

« O che hai? Un garofano all'occhiello, rosso... »

E scandiva le sillabe.

« Non ti sei affiliato alla Pro Spada della Giustizia?! »

Arrossii di rabbia con una voglia di scagliarmi su di lui, e percuoterlo.

« Io? Vorrei che tu lo fossi un altro Matteotti e ti farei sentire... » dissi.

Egli non era il questurino Briscola che poteva vedere in uno con garofano rosso un sovversivo. Egli non vedeva che un romantico rivendicatore – e questo mi faceva rabbia, orrore.

« No » protestai ancora, ma con troppa veemenza; e non mi riusciva di distruggere il suo insopportabile sguardo ironico che mi vedeva, lo sentivo, con fiaccola in una mano, bilancia in un'altra, la bocca atteggiata nell'invocazione di Giustizia e Normalità.

E avrebbe cominciato a darmi del borghese.

« Tutta questa gazzarra, in cui comunisti, massoni e liberali si ritrovano unanimi sotto un vessillo da Esercito della Salvezza rivela la mentalità piccolo-borghese e nient'affatto rivoluzionaria dei vecchi partiti italiani. E per il fascismo è un bene, ve lo dico io. Il fascismo, che credevate reazionario, ne uscirà rivoluzionario davvero e antiborghese... »

Mi veniva in mente con queste sue parole che erano anche mie, come lo avevo visto a volte inveire contro taluni dissidenti figli di bottegai, nell'aula della sezione. Ah il fascino della parola "antiborghese"! E che voglia di fucilate!

« Allora un'anadiomene? » disse invece.

Assentii con slancio.

« Sì... Si chiama Giovanna. »

E gli raccontai di una grande passione d'amore, inventandomi storie di appuntamenti con baci, di scalate alla casa, ma gli dissi anche di quella furiosa bontà che m'invadeva quando ero vicino a lei.

Egli mi chiese soltanto a che ora andassi a far le scalate.

Non mi persi d'animo.

« Oh, scalate per modo di dire... » dissi. « Sai; qualche metro di muro e op, c'è subito il terrazzo... »

« Sì, ma a che ora » disse lui.

E io: « Mica sempre... Sarà stato tre, cinque volte. Un momento, mentre i suoi sono che mangiano. »

« E lei non mangia? » disse lui.

Sospirai.

« Dico. Mentre i suoi si attardano a tavola, come succede. Giovanna s'alza, gira un po' per le stanze e viene in terrazzo... »

« Tu poi in un balzo » concluse Tarquinio calcando sulla mezza rima.

Ma capii che in fondo egli credeva, se non a tutto a molto, e si accaniva a fingere di non credere, come per salvarsi dal turbamento che nebbiosamente scendeva sul suo cuore per questa cosa che io dicevo di avere ed egli non aveva mai avuto.

« E non hai una fotografia? » mi chiese, dopo un breve silenzio.

« Scusami » mentii, « non posso mostrartela. »

E mi feci un po' discosto col presentimento di una di quelle lotte che mi capitava di sostenere quando voleva togliermi di tasca qualche sciocchezza che m'ero rifiutato di mostrargli; e ci si rincorreva, ci si buttava sui tavoli, si rotolava in terra, ci si mordeva le orecchie, sempre mezzo ridendo, finché lui, più forte di me, non riusciva a levarmi e portarmi via la giacca.

Ma adesso era in letto; non aveva nemmeno le mutande, pensai. Ecco, però, che le prendeva.

Soprapensiero, e con voce crucciata come di rammarico, mi domandò:

« Ma perché non m'hai detto mai nulla?! Alla "cava" ci si diceva ogni cosa... »

Questo inatteso suo rimprovero, che mi colpiva in maniera così affettuosa, proprio nella nostra favola di vita insieme, mi fece perdere tutta la mia voglia d'esser fuori. E sentii l'inutilità della mia bugia, che m'aveva portato ad esagerare, senza che me ne accorgessi, quella specie di mancanza d'amicizia.

« Non so » dissi; e volevo dire un'immensa verità. « Mi pareva che tu dovessi rubarmela. Essa è grande come te. »

Egli scoppiò a ridere.

« Ah, tipo d'idiota... Te l'ho fatta la profezia che finirai un borghese qualunque. Ti pareva che... Sta tranquillo, preferisco le pandemie. »

Bussarono.

Entrò la Peppa, la nostra terribile Granatiera cinquantenne addetta alle stanze: servizio e pulizia. La chiamavamo anche Igiene, e qualche volta Innaffiatrice. Si presentò, mani sui fianchi, dopo aver posato in terra il secchio d'acqua e appoggiata al muro la sua scopa.

Aveva proprio la faccia del cosiddetto "buon viso a cattiva sorte" sorridendo nel suo modo speciale, un po' grosso, di incassatrice di frizzi. Ma Tarquinio le indirizzò, senza molta voglia, un paio di contumelie già molto usate, affrettandosi a concederle il « fate pure. »

« Madre di Dio » protestai. « Ma prima che finisca sarà mezzogiorno. Aspettate Peppa... Che scenda dal letto, prima, perlomeno... »

« Per me » disse quella, alzando le spalle, e già buttava all'aria i materassi d'uno dei letti, « il signorino Masséo lo sa che può fare anche balli nudo: o si vergogna lui? Ma mi sgombri il suo letto, però... »

Guardai Tarquinio interrogativamente.

Con un muso conciliativo, pur come chiedendo una breve proroga, egli accennò di sì.

« Son quasi vestito » disse. « Anche le calze ho messo, vedi. »

E stirò un piede fuori dalle coperte.

« Mi fumo solo una sigaretta... » soggiunse.

« Ancora? » dissi io.

« Via, cinque minuti... »

Tornai al balcone.

Cominciava a calare l'ombra che nel pomeriggio avrebbe risalito addirittura fino ai tetti là di faccia, a calare su di me dall'alto del palazzo. Un antico palazzo di nobili, dove la signora Formica aveva avuto la fortuna, meravigliosa per noi, di installare a primo piano i lettini di ferro e i tavolini d'abete della sua pensione per studenti. Giù adesso, era più bello. La folla nera indugiava sui propri passi, senza più niente della fretta mattutina... Più che mai avevo voglia di uscire. Fuori di vista ronzava un aeroplano. E pensai il fremito di felicità, a trovarsi su un marciapiede di sole verso le undici, sentir ronzare un aeroplano, e guardare alto, alto, strizzando gli occhi...

Nella stanza, tutte le seggiole accumulate sui tavolini, la Granatiera spazzava. Era d'impetuoso umore, mi era sempre dietro con la sua scopa, e non sapevo da che parte scansarmi.

« Si levi, si levi » mi diceva continuamente, con tetra energia. « Ma signorino Mainardi, ma s'è messo a scuola privata anche lei? » proruppe quando cominciò a strofinare il pavimento con lo straccio e gli camminai sul bagnato.

Saltai sul mio tavolo e sedetti lassù in una poltrona.

Suonarono le undici.

« Le undici? » disse Tarquinio buttando lontano la sua cicca.

« Né più, né meno » dissi io dal mio trono, e ostentai soddisfazione.

Infilandosi i pantaloni egli balzò giù, mise i piedi nelle scarpe, e si rigirava attorno cercando fra i suoi panni, con gesti di impazienza improvvisa.

« La barba anche, debbo farmi » disse poi, come tra sé, guardandosi nello specchio immenso, dall'alta cornice dorata, ch'era tra il suo letto e il mio. E stanco, svogliato di nuovo, si lisciava perplesso le guance.

« Potresti anche fartela una volta sì e due no » dissi io nella mia ansia di vederlo pronto.

Ma egli non mi diede retta.

« Presto Peppa. La ciotola dell'acqua calda » disse alla Innaffiatrice. E preparò il suo Gillette.

Poi la Peppa portò via secchio e scopa, egli andò a lavarsi, tornò, si pettinò, si annodò la cravatta, e dalla strada fischiarono a noi i nostri amici del Terzo che usciti allora di scuola risalivano la Parasanghea.

Gridammo loro che li avremmo raggiunti al Giglio.

« E ora dove andiamo? » mi chiese invece Tarquinio quando fummo sulla soglia del portone.

Neanche io sapevo ora dove avessi voglia di andare.

« Vedi » soggiunse, « se si faceva in tempo, si poteva correre alla Marittima... Partiva alle undici e dieci. Ti giuro che è una donna straordinaria. »

« E non tornerà? » dissi io, con vago interesse.

« Dovrebbe tornare » disse lui. « Ho sentito che madama Ludovica la vuole per un paio di mesi almeno. Ma sai, è una donna che se ne infischia, così al di là, al di là... »

Tacque, stringendo i suoi occhi di miope che guardavano lontano, come se il ricordo di quella donna gli diventasse insopportabilmente vivo, d'improvviso, ora che si trovava nell'aria allegra del mondo.

« Bisogna averla vista, assonnata, assorta, in piedi vicino alla finestra del salottino senza curarsi di nessuno. Essa non è come le altre. Non viene addosso, sollevandosi la veste con quel chiasso da vispe Terese... Se la vogliono, è lì, vicino alla finestra. E credi che non si può fare a meno di volerla. È magnifica, magnifica... »

« Non mi piacciono le Magnifiche » dissi io, ma avevo in bocca un sapore aspro di desiderio, come di monete di rame.

« Oh! » egli disse, « non volevo dire una Solenne. »

E la sua voce era stridula.

« Pensa una donna alta » disse, « un po' scura, dagli occhi neri ma sul serio, mica del solito castano, e bionda di capelli! Cammina con una lentezza, una lentezza... Sai la lentezza di un animale da corsa, da fuga, di una gazzella, quando non è più libera con un Far-West davanti a sé? Deve aver corso e galoppato come matta ai tempi che aveva dodici anni. E la chiamano signora, le sue compagne... Dicono che sia sposata. »

Guardai su, ai balconi, da uno dei quali, l'ultimo della fila, il pappagallo della signora Formica urlava:

« Quinio!... Quinio! »

« E come si chiama? » chiesi con voce anch'io stridula.

« Come si fa chiamare, vuoi dire » disse il mio amico. « Indovina. È un nome da mille e una notte quasi. »

« Sheherazade? Fatima? » dissi io.

« Ma no! Zobeida... »

« Zobeida?! »

Lo presi sottobraccio e ci incamminammo.

IV

Dal diario di Mainardi

Giugno 1924, domenica.

« Da quattro giorni non la vedo, la mia *demoiselle élue*, e comincio ad aver paura che non torni più a scuola. Se non torna domani scommetto che non tornerà più. Che fare? Sono passato sotto le sue finestre e non è successo nulla. Nemmeno il piano ho udito. E mi pare curioso che di giugno tengano i vetri chiusi in quella casa. Che siano andati in campagna? Oh Dio! e so bene che Giovanna mi ama e che io l'adoro. Sicuro; ci vogliamo bene; potremmo esser felici; e invece, ecco questo mistero.

« Stamani avrebbe dovuto recarsi a messa, come sempre; ero uscito con tanta speranza e sicura gioia, ero accorso sull'angolo ad aspettarla, tutto era bello, con un sole più forte di sempre, ma non ho visto che il genitore passarmi davanti in uniforme di gala per la rivista dello Statuto.

« Deve essere un complotto della *levatrice* tutto questo. E un po 'anche di Rana. Quell'idiota, iersera, è venuto a cercarmi in pensione, cosa stranissima perché non abbiamo mai avuto nulla in comune, e credo che lui mi detesti né più né meno come io detesto lui. Per disgrazia ero fuori. Gli hanno chiesto cosa potessero riferirmi da parte sua e ha risposto che non c'era nulla da riferirmi e che anzi era meglio non mi dicessero niente d'esserci stato lui a cercarmi. Ma io lo cerco sì, e se l'acciuffo bisogna bene che abbia molte cose da dirmi o gli rompo il muso.

« Con Tarquinio non oso parlare di Giovanna. Ed egli continua a sospirare la sua Zobeida. Zobeida. Zobeida. Zobeida. Me la figuro grassa e bianchissima; distesa sempre nuda su un sofà di velluto azzurro quasi nero con alberi di fichi attorno, e la testa bionda in un piccolo turbante. E non capisco come mai ogni volta che si dice il suo nome, sento che vorrei infinitamente più bene a Giovanna, e che sarei assai più felice di volerle bene, se Giovanna fosse una specie di questa Zobeida, una mia Zobeida. In realtà, poi, non potrebbe essere così. Si può voler bene a una donna di quella specie?

« Ad ogni modo, eccomi qui, col mio diario. Dico: col mio vecchio *Diario d'uno Stratega*; che tanti anni fa ho cominciato quando ero bambno in quella campagna di cotone, e si andava all'assalto dei fortilizi di fieno al di là delle siepi dei fichidindia. Erano due anni che non lo tiravo fuori e non ci scrivevo più nulla. Dall'ottobre del '22, santo dio, e precisamente dal giorno che divenni amico di Tarquinio sul serio, che fu la sera del 31 ottobre nella bottega del fabbro-tipografo, dove solo e triste aspettavo il ritorno dei miei compagni dalla Marcia su Roma.

« Non mi avevano voluto con loro nemmeno per suonare la tromba. Ricordo bene che il Pelagrua, quello vestito in giacca nera filettata e pantaloni nocciola di gabardine, allora in prima liceo, ma più che diciottenne, credo, mi aveva afferrato per i capelli perché smettessi di insistere e io l'avevo morso a una mano. E aspettavo nella bottega del fabbro, riassaporando il gusto del sangue di quella mano e del grido selvaggio di rabbia e dolore del Pelagrua, aspettavo appoggiato allo stipite della porta di strada mentre faceva più buio, più buio, pensando che forse sarebbe stato meglio diventare comunista e tutta la vita battere col martello sopra l'incudine.

« Oh, lo pensavo sul serio; e io che avrei cominciato subito; e c'era in qualche punto una Rosa Luxemburg da cui bastava andare a stringerle le mani alla spartachiana, e subito sarebbe cominciata una caccia feroce attraverso il mondo ai professori, alle guardie regie e ai Pelagrua.

« Avevo posseduto uno di quei giorni una Mauser ma per la mia caccia feroce avrei voluto un fucile.

« "Un fucile" chiesi al vecchio fabbro "si carica come una rivoltella?"

« I due garzoni scoppiarono a ridere ma il mio fabbro mi guardò con serietà sollevando la mano nell'aria luminosa di riverbero che veniva dal forno.

« "Tutto si carica allo stesso modo" disse.

« Allora capitò Tarquinio insieme a quattro o cinque in camicia nera. Erano arrivati da qualche minuto, dissero; eccitati parlarono del viaggio, d'una lunga marcia nella campagna, d'una pianura di tende, e delle guardie regie a cavallo. Essi volevano fare uscire subito un numero del nostro giornaletto.

« "Ecco, tu ci scriverai l'articolo di fondo" venne a dirmi, posandomi una mano sulla spalla, Tarquinio.

« Lo conoscevo appena di vista ma già mi era simpatico, e malgrado mi facesse rabbia d'essere creduto utilizzabile per scrivere un articolo, so bene che in fondo gli ero grato e quasi riconoscente.

« "Ma nient'affatto" però dissi, "io non so scrivere degli articoli. Per gli altri. Fatevelo voi che ci siete stati."

« Tarquinio non aveva smesso di tenermi la spalla con la mano leale ed ebbi un po' l'impressione che volesse abbracciarmi.

« "Meglio era che fossi venuto anche tu, certo. Tu almeno, avresti consumato delle cartucce" disse.

« Di nuovo si rise di me dentro la fucina, mentre qualcuno tornava a dimostrarmi la più profonda considerazione da uomo a uomo che mai avessi potuto sperare.

« "Non c'è niente da ridere" egli disse ancora. "Quel Pelagrua per esempio non ha nemmeno caricato il suo fucile."

« "Ah, non ha sparato?" chiesi ansiosamente.

« E seppi che non solo non aveva sparato ma che la mattina del 28 aveva piantato in valigia, grigioverde e camicia nera e se n'era andato per Roma a sbandierare i suoi calzoni di gabardine.

« "Bellissimo" esclamai. Ma subito ridiventato tetro: "Siete tutti così" dissi e digrignavo i denti "tutti figli di bottegai... Lo so. Io voglio Carlo Liebknecht."

« "Carlo Liebknecht?" esclamarono gli altri di nuovo pronti a sghignazzare di me.

« "È uno pseudonimo di Lenin, Carlo Liebknecht?"

« Arrossendo uno dei due garzoni disse che lo sapeva chi fosse quel tale.

« "Era l'innamorato di Rosa Luxemburg" spiegò guardandoci tutti, insieme timido e fiero, e aveva l'aria di aspettarsi in risposta una rivoltellata.

« Ma Tarquinio mirò me coi suoi occhi dalle palpebre palpitanti.

« "Amico" disse. "Tu ci devi scrivere un articolo proprio nel senso del Liebknecht che hai nel cuore. Ora è questo che bisogna dire. Che non è stata una marcia di industriali; e che fascismo deve essere qualcosa di più e di meglio di un comunismo e non qualcosa di meno del liberalismo. Capisci?"

« Capivo, pressappoco; ma non ero stato a Roma...

« "E credi" dissi "credi che si combatterà ancora?"

« Un tale rispose che era *un'idea*. O Mussolini, allora, non aveva preso il potere?

« "Ma non è che una qualunque presa della Bastiglia!" protestò vagamente Tarquinio e si strinse nelle spalle. Poi mi venne vicino sino a farmi sentire il suo alito di fumo recente sulla faccia e all'orecchio mi sussurrò con baldanza:

« "La Montagna saremo noi; vedrai!"

« Allora gli volli bene. Ed ecco; è da allora che siamo amici, che abbiamo cominciato a stare insieme e a raccontarci tutto, ad avere "la cava" nell'antica fucina – e proprio da allora io non ho scritto più niente nel mio *Diario d'uno Stratega*.

« Questo, però, mi pare stupido: di non aver scritto più niente nel diario – e adesso mi sento felice, nel mio amore per Giovanna, se non scrivo a lei, di potermi dire, almeno, delle cose segrete e tutte mie, e di appartarmi, per questo, anche da Tarquinio. Forse, non so, qualche cosa è successo tra noi, tra me e Tarquinio, ieri l'altro mattina, che ci ha diviso nel cuore; qualche parola sua o mia; o forse è cominciata per me una nuova vita da solo come era prima, ai tempi delle strategie; ma è certo che un respiro profondo mi occupa tutto, e sono come un gallo che sta per cantare, se mi dico: IO. »

Lunedì.

« Oggi sono accorso con ansia a scuola, ma niente Giovanna neanche oggi. Allora ho cercato della *levatrice*, deciso ad affrontarla e dirgliene quattro, ma è riuscita a sfuggirmi. E che brutti occhi biechi mi ha fatto!

« Ho cercato anche di Rana e non c'era. I ragazzi dicono che il suo farmacista genitore stia sperimentando in corpore di lui gli effetti d'un nuovo sciroppo purgativo. Ed è detto bene.

« Intanto, a scuola, è stato così triste, il sole mi ha pesato addosso come terra, al banco, tutta la mattinata, e quando la Bermùda mi ha interrogato sulle conquiste di Alessandro, non ho voluto nemmeno alzarmi, e ho avuto voglia di urlare. Non ci mancherebbe altro che mi mettessi a fare con la Bermùda, che è così bella, come con la Sempresei di franco-inglese. L'anno scorso ero il *suo orgoglio* in quinta ginnasio.

« Eppure io so che saprei studiare ed essere bravo ma qualche cosa mi manca per questo; qualche cosa che oggi avrei avuto se Giovanna fosse venuta a scuola invece di no. Se questo mistero continua e Giovanna non ritorna a frequentare la scuola e se io non posso ricominciare a dirmi che *ci si vuol bene*, neanche la Bermùda potrà più essere bella in questo mondo. E sarà tutto *rane*, tutto *levatrici*, tutto *Sempresei*, e dentro di me, prima pianto, pianto, e poi cattiveria.

« Gran Dio! E di Tarquinio che me ne importa?

« Mi fa rabbia e non mi farà che rabbia, lui, d'essermi amico, se non avrò più e di più, vicino al mio cuore, Giovanna.

« Ieri pomeriggio voleva condurmi alla partita di foot-ball, aveva due biglietti per la tribuna, tutto contento di essersene procurati due, uno per lui, uno per me, e mi sono rifiutato di andarci. Per questo oggi non ci parliamo, ci guardiamo torvo, e francamente, confesso che mi piace proprio, per oggi almeno, di non parlare con lui.

« Era là, dianzi, con la *Gazzetta dello Sport* spiegata davanti alla faccia, sicuro in cuor suo che mi rodessi d'invidia, e non sa che me ne infischiavo.

« A mezzogiorno poi è stato odioso.

« Eravamo al Giglio, come al solito, aspettando la campana del secondo orario, e sono passate due carrozze piene di donne dalle braccia nude, che ridevano. Era la quindicina nuova di madama Ludovica; ai tavolini, appena ce ne siamo accorti, s'è fatto chiasso e Tarquinio d'un tratto ha gridato loro che qualcuno aveva un garofano rosso per chi di esse si fosse chiamata Giovanna. E una vestita di bianco ha risposto ma non ho capito cosa perché la carrozza, mentre essa ancora si voltava e ci rideva, è scomparsa al trotto nella Parasanghea.

« Ma il mio garofano rosso me lo tengo ed è cosa mia, altro che! Me lo son messo nel portafoglio.

« E del resto era idiota volerlo ostentare all'occhiello come il primo giorno. Per poco, sabato, non avevo un conflitto con quelli del terzo; m'hanno preso per matteottardo, figurarsi, e io, pur di stare in tutti i modi dalla parte del mio garofano, ho avuto quasi voglia di dire che sì.

« Ma adesso che abbiamo ammazzato e che tutti i borghesi

e i professori ci sono contro, sono troppo fiero d'essere un fascista, troppo fiero, e voglio restarlo. »

Martedì.

« Mi sono destato oggi in un rotolìo di tuoni.

« Erano le sei, tutti dormivano a polmoni pieni, e da un tuono all'altro pareva che la casa, oltre le pareti e il tetto della stanza, crollasse attorno in pioggia. Dentro la pioggia si sentiva la cuoca macinare il caffè, e in fondo in fondo l'acqua del canale che rombava come di cavalli.

« Poi il ragusano ha cominciato a bestemmiare, quell'altro pure rimpiangendo il bel tempo dei giorni scorsi, e Tarquinio ha inveito contro ambedue.

« Allora ho avuto voglia che ci fosse un diluvio nelle strade e non si potesse andare a scuola. Infatti, non ci sono andato. Ma dopo le nove l'ultimo tuono ha ululato lontanissimo appena come una nube che si smembra, ed è tornato sole.

« "Vogliamo uscire?" mi ha detto Tarquinio alle dieci e mezzo.

« Zitti zitti ci siamo vestiti, e alle undici eravamo fuori.

« Stupito che in mezz'ora gli fosse riuscito d'esser pronto gli ho chiesto se non s'è messo a cura da qualche medico ad energia elettrica. M'ha risposto ch'era forse effetto del temporale.

« "Ah già! Tu sei quello che ha paura dei tuoni" io dissi.

« E lui mi guardò con rimprovero, poi disse: "Ti dispiace?".

« "Mi dispiace cosa?"

« "Ti dispiace che non sia rimasto in letto a sbadigliare?"

« Davvero, confesso, forse mi è dispiaciuto sì che non sia stato il solito pigro anche oggi.

« Su per il corso abbiamo svoltato nella via di Giovanna; dapprincipio non me n'ero quasi accorto, e d'un tratto mi ha preso una specie di panico. Volevo a tutti i costi tornare indietro ma Tarquinio duro.

« "È qui che abita la tua Giovanna?" mi ha chiesto.

« Ho accennato col capo di sì e m'è parso di vederlo inghiottirsi un sorriso. Uno di quei sorrisi cattivi suoi d'un attimo che gli attraversano la faccia dagli occhi alle labbra quando trionfa.

« "Non sai raccontarmi nulla di questa Giovanna" ha detto e ha infilato il suo braccio nel mio. "Curioso. Come non ti fidassi di me... Vediamo, mostrami dov'è che abita."

« "Oh, è lì" ho detto io vagamente con un gesto verso sinistra.

« E lui invece ha toccato subito a segno.

« "Diciannove, no!"

« Con una sicurezza così canzonatoria lo ha detto che per un momento ho pensato se non abbia fatto all'amore con Giovanna una volta. E, francamente, non mi dispiacerebbe che ciò fosse già stato... Ho paura che sia da essere!

« Ma, ecco, egli ha cominciato a tormentarmi, e a volere che gli mostrassi il terrazzo di cui gli avevo parlato, eccetera, sempre con un tono incredulo e canzonatorio, che mi ha dato tutta la sfacciataggine che so avere, se detesto.

« E sono stato fortunato per imporgli di più la mia bugia.

« C'è una sottovolta come una specie di galleria proprio accanto al numero diciannove.

« "Ecco" ho detto. "È di qua."

« E son passato oltre con arrabbiata speranza.

« Ci siamo trovati in un cortile vasto come un'aia con un prato d'erba in mezzo, e attorno basse costruzioni gialle di laboratori. In terra, tra la ghiaia, c'erano fili di paglia. Un rimorchio da camion era fermo in un angolo carico di casse. E il fragore monotono di una segheria veniva dall'al di là delle invetriate, come da un altro mondo.

« A Tarquinio è piaciuto tutto questo e ha detto ch'era più bello della "cava".

« "Non è straordinario?" ha detto. "E tu lo sapevi e non me n'hai parlato. Anche questo è Giovanna? Tutto per conto tuo. Che mascalzone!"

« E ha fatto un gesto di darmi un pugno.

« Poi ha soggiunto: "Il padrone lo conosci?".

« E io: "Così così, ci salutiamo... Ma non vuol gente dentro".

« E lui: "Cos'è? Un misantropo? E se volessi apprendere il mestiere?".

« Io: "Bah. Ti pare che sia serio di voler apprendere un mestiere tutti i momenti? Alla 'cava' ti sentivi nato per ferrare i cavalli".

« Egli mi ha guardato un po' con esitazione come per decidere in cuor suo se valesse la pena di rispondermi o no, e quindi:

« "Non so proprio" ha detto. "Ferrare cavalli o altro, è certo che la mia vita d'uomo me la immagino solo in una specie di mia fucina, di mia segheria accanto a qualche macchina che ronza o a un fuoco che arde. Mi penso, a cinquant'anni, come il nostro vecchio della 'cava'; come mai mio padre nel suo studio di notaro, quand'era vivo... E tu?"

« Io non mi sono pensato ancora come vorrei essere a cinquant'anni, anzi mi pare piuttosto buffo di poter avere cinquant'anni, anch'io; tento, tento, mi rivedo nella campagna di cotone, nella grande casa vicino alla fornace di papà; e mi viene da ridere.

« "Oh, tu non c'è bisogno che te lo chieda" ha soggiunto subito Tarquinio. "Si sa che tu ti sogni professore. Con Giovanna moglie professoressa di storia e geografia e i figli tutti ingegneri."

« È ben stupido a voler essere spiritoso per forza, mentre sa che proprio quello che lui sogna di fare, potrò farlo davvero nella mia fornace di mattoni, e dovrò farlo, io! Gliel'ho detto e si è quasi impermalito. Bel tipo!

« E ha voluto entrare nella segheria.

« Siamo rimasti un pezzo sulla soglia, a guardare, con le mani in tasca, e dovevamo aver proprio l'aria di gente al sole perché nessuno si è precipitato a prendersi le nostre ordinazioni...

« Tornando fuori, egli si è ricordato del terrazzo.

« "Dunque dov'è che ti arrampichi?" mi ha chiesto.

« Mi sono cercato attorno e dapprincipio non ho trovato nulla che avesse potuto essere il mio terrazzo d'appuntamento. Ho visto tetti, tetti, tetti ma poi, proprio sul lato della casa di Giovanna, su fino a un sette metri, una catasta di tronchi d'albero.

« "Vedi quei tronchi?" ho detto.

« "Ebbene?" ha detto lui.

« "Di là si passa sopra quel tetto e si arriva... Vedi dove ci sono i vasi delle fresie?" ho detto io.

« E così ho scoperto che Giovanna ha davvero un piccolo terrazzo, e che è pieno di fresie. C'è anche la pianta del mio garofano, ho visto. E aveva un garofano anche oggi, uno solo, ma non proprio rosso come il mio. Chi sa se non lo ha colto adesso. "A chi lo darà quello?" ho pensato. Ma esiste ancora, è esistita una volta, Giovanna?, è lì?, e quel giorno a scuola è stato vero? »

Idem.

« Stasera all'Ideal comincia il *Guanto di cavallo* e durerà nove sere. Un film come piacciono a me, coi cappellacci, le sabbie, le palizzate, e fumo pim-pam di pistole; che gioia nove sere!

« Mi ricordo dell'anno scorso quando abbiamo avuto *Il Vascello Fantasma*, e andavamo insieme tanti del Ginnasio con le Ardizzoni e la Giaquìnto. Che chiasso si faceva, era così bello... Stavamo al buio, stretti nella stessa fila, e pareva che ci si volesse un gran bene. Ma ormai! Ci siamo trovati tutti grandi quest'anno; e non è più capitato. A Giovanna non deve piacere, il cinematografo. Non ce l'ho mai vista.

« Stasera ci vado con Tarquinio. »

Idem.

« C'è un movimento in città. Sono arrivate edizioni speciali di giornali e s'è fatta folla. Dicono che ci sarà corteo. Tarquinio è scappato di corsa e non m'ha lasciato detto niente per il cinematografo. »

Idem.

« Poco fa dev'esser successo qualcosa. Quelli del *soldino* arringano. Ma non ho potuto occuparmi di sapere che diavolo abbiano.

« Avevo visto Rana nella folla e l'ho rincorso, rincorso finché l'ho acciuffato.

« "Oh Gulizia" gli ho detto. "Ma che piacere! Non hai un mucchio di cose da dirmi?"

« "Io? Perché?" ha detto lui e balbettava nel suo modo che pare faccia apposta.

« "Ah no?" ho detto io. "Mi pareva."

« E d'un colpo secco gli tiro via un bottone scagliandolo lontano.

« "Oh" egli ha detto diventando livido. "Cosa, cosa credi che non sia capace di reagire? Se non fosse che siamo in mezzo alla strada..."

« Io: "Me ne infischio proprio della strada".

« E mi sono accorto che aguzzava gli occhi, a coniglio, sul mio distintivo di fascista.

« "E che guardi?" ho detto io. "Ti senti un po' Matteotti, di' la verità... Ma basta che tu mi dica che cosa volevi sabato sera. Qua la mano."

« Lui: "Sabato sera?".

« Io: "Sabato sera sì. Sei venuto a cercarmi in pensione e non hai detto nemmeno chi eri. Ma t'illudi se ti ritieni indescrivibile. Uno che puzzava di fiele di bue, mi dicono, e chi poteva essere?".

« "Questa poi" ha scattato, con un tentativo convulso di liberarsi dalle mie mani.

« E io: "Stai buono, stai buono. E ragioniamo. Dato che sabato sera sei venuto a cercarmi, e mai prima avevi salito quelle scale né per me né per altri nella tua vita, non è ovvio che avevi qualcosa di molto importante da dirmi? Ammesso per assurdo che tu ora non abbia più voglia o ragione di dirmela, la mia curiosità resta ferma, non è così?, e bisogna in qualche modo soddisfarla... Inventa, di' balle, ma parla... Ti do tre minuti di tempo".

« E lui: "Ma niente. Era quella storia del garofano...".

« Ed è diventato rosso, come un pinocchio, sopra gli zigomi.

« "La storia del garofano?" ho detto io.

« "Pensavo che tu potessi vendermelo" ha detto lui.

« "Il garofano?" ho detto io.

« "Sì, ecco" ha detto lui. "Io ti odio, Mainardi, sai. Io l'avevo chiesto alla signorina Giovanna, ma essa lo ha mandato a te. E pensavo che te lo avrei comprato. Ecco. E ora" ha finito quasi singhiozzando "ora andiamo al Matto Grosso."

« "Sì" ho detto. "È necessario."

« Andare al Matto Grosso significa andare a picchiarsi, ed è un posto tutto chiuso da steccati che abbiamo alla Darsena Vecchia. Un tempo era il recinto della dogana ma da un pezzo è stato abbandonato, la casa è in rovina, e la gente dice che di notte ci sono gli spiriti. Prima capitava quasi ogni giorno di accompagnare al Matto Grosso due che dovevano picchiarsi. Ed era di regola che i due fossero soli nel recinto; gli altri si aspettava al Vecchio Imbarcadero, poi si entrava a lotta finita, quando il vincitore dava un fischio, per acclamare lui e soccorrere quello abbattuto. Adesso capita di rado, e ci si prende a pugni senza tanto cerimoniale dovunque ci si trova. Ma per una questione che non si sa come può finire, è sempre meglio andare al Matto Grosso, lì non ci vede nessuno, e vi abbiamo ancora, nascosta nel pavimento della casa, una cassettina con bende, dell'aceto e della tintura di jodio. E con Rana la questione era seria.

« Appena arrivati ci siamo tolta la giacca e camicia e subito lui s'è messo a correre e saltare come un cannibale, con strida di galletto, attorno a me.

« Confesso che per un momento m'ha fatto paura e ho creduto che il Matto Grosso doveva mettergli dentro qualche sinistro potere.

« "Stabiliamo le regole" ha detto. "Se vinco, il garofano sarà mio..."

« Sentendolo balbettare mi è tornata tutta la sicurezza di me.

« "Va bene" ho detto. "E se vinco io tu dovrai servirmi."

« E lui: "Come sarebbe a dire?".

« E io: "Sarebbe a dire che dovrai aiutarmi a rompere il mistero".

« Lui: "Il mistero?".

« Io: "Sì; il mistero che m'avete fatto, tu e la *levatrice*, attorno a Giovanna, sai bene. E ora guardati".

« Così gli corro adosso e gli do un gran colpo con la mano aperta, di quelli che accendon la pelle, a un lato del torace.

« "Brucia, eh?" ho detto.

« Egli dà indietro d'un passo, urla, salta, poi si slancia a testa giù cercando di colpirmi allo stomaco. Lo afferro al collo e mi sento le sue unghie fitte nei polsi. Lo scuoto, andiamo a terra, vedo i suoi denti avidi di mordermi. E subito egli mi lascia i polsi e vorrebbe agguantarmi all'inguine... Allora scatto inferocito. Lo rivolto a faccia sotto e gli sbatto il muso sul suolo, due, tre volte, quattro. Dopo è molle.

« "Sarebbe a dire che hai vinto" dice, e sento che piange.

« In terra vedo sangue. Lo metto supino, corro a cercare la cassetta dei medicinali, poi comincio a lavargli il viso con aceto. Ha gli occhi chiusi e lo penso morto. È Matteotti, penso: ora lo butto nella darsena. – Ma non ha nessuna ferita e sanguina dal naso. Ma sanguina, sanguina. Lo guardo. Penso che non finirà più di sanguinare. "Gli ficco dentro della tintura di jodio?" mi chiedo. Allora lui ha socchiuso gli occhi e ha detto: "Lasciami solo".

« E lì l'ho lasciato, mi sono rivestito e sono venuto qui come deluso e nient'altro. Ho avuto un gran pianto di mezz'ora, poi, ecco, mi son messo a scrivere calmo. E ho scritto proprio questo perché ora ho bisogno di qualche specie di perdono. È strano. Non so che cosa gli ho fatto, ma vorrei che lo avessi ammazzato e potessi chiedere un'immensa bontà di perdono, una grande, grande bontà tutta fatta di Giovanna. »

« Ieri non s'è mica fatto chiusura con Rana. Rana non è stato che il principio. Ho avuto serata movimentatissima. Qualcosa come una guerra, e punto *Guanto di cavallo*, ma pim-pam sì, e come anche!

« È cominciato subito dopo cena. Tarquinio non era a tavola con noi.

« "Bisognerà lasciargli tutto freddo; no?" dice la signora Rosmunda. "Sì. Lo credo proprio. Non c'è altra decisione da prendere. No ragazzi?"

« "Certamente signora Rosmunda Formica" rispondiamo in coro.

« E si ode uno sparo.

« Corriamo ai balconi e vediamo che la strada è deserta con un tranvai fermo all'Angelo Custode, abbandonato. Ma lontano verso la Prefettura c'è folla che sembra assista a una esecuzione capitale. Poi si sente una marcia di gambe marziali nel vuoto d'una strada accanto, e ad intervalli, l'*a noi* d'un tempo, come piuttosto un *chi va là* che s'allontana.

« Scappo a mettermi in camicia nera, mi cerco un bastone e scendo.

« La Sezione dell'Angelo è chiusa, guardata da carabinieri. Incontro gente che mi chiama "balilla" e fischia. In piazza Duomo mi trovo tra fascisti, non li conosco, ma non importa, giro con loro. Dicono che i *soldini* (e questo mi fa venire in mente *codini*) avrebbero intenzione di attaccare la Sede, e che il grosso dei nostri è là attorno.

« "Allora ci vo" dico, pensando che ci saranno anche quelli del Liceo con Tarquinio.

« "Sei armato?" mi chiede uno che ha le stellette ai polsi della camicia nera.

« "Son due passi" rispondo.

« E lui: "Senti mozzo" mi richiama. "Sai sparare?"

« E io: "Certo che so sparare. Avevo una Mauser quando è stato di Roma. Questione è che l'ho venduta".

« E lui mi porge una cosa diaccia che mi luccica in mano come d'argento.

« "Ma che la guardi a fare?" dice. "Sai sparare o no? Mettila via. Bada di non servirtene che in caso estremo. E domani riportala al Fascio. Come ti chiami?"

« Gli do nome e cognome che lui annota, poi li lascio e a poco a poco allungo il passo, poi mi metto a correre.

« Allora mi sento felice. Mi sento il freddo della rivoltella battermi sulla coscia. Mi viene voglia di camminare e camminare così tutta la notte, e di avere duelli misteriosi, e di passare per la via di Giovanna. Penso Rana disteso nel suo sangue al Matto Grosso. "L'ho ammazzato" mi dico. "L'ho ammazzato oggi con *questa*." E mi stringo forte la *questa* con la mano dentro la tasca.

« Giunto alla Sede chiamo Tarquinio e gliela mostro.

« Ma subito qualcuno urla che bisogna andare in piazza. Anch'io vado, con Tarquinio, in una trentina. E dov'è la folla vediamo altre venti o trenta camicie nere che chiudono lo sbocco della Parasanghea.

« Tra noi si scherza, si ride, e non si sente nulla dell'uomo che sta commemorando Matteotti in qualche punto della piazza. Sappiamo solo che parla, che c'è questa voce commossa e un po' nasale a tratti stridula come alle arringhe della Corte d'Assise, e che c'è quest'Unto della Giustizia Borghese gesticolante sopra coscienze e coscienze come per farle figliare – ma non lo vediamo e fischiettiamo tra noi "Giovinezza".

« La folla zittisce. Questurini vengono a pregarci di aver pazienza. Una voce urla: "Viva Matteotti!" e prima che diventi un grido di tutti, scattiamo coi bastoni impugnati.

« Ma si son lasciati picchiare. Non volevano che fuggire con dignità, come se battersi fosse stato fuori di decoro; e si lasciavan picchiare picchiare. Ne ho dato di batoste! Era tutta la classe media che legge i giornali; dai commendatori ai barbieri... Preso in mezzo, portato via sempre picchiando, a un tratto mi sento gridare contro: "Vergogna coi vecchi!". E vedo che il mio vecchio è un pezzo di cinquantenne dai mustacchi neri che avrebbe potuto rompermi l'osso del collo se voleva. Allora ho avuto il senso che tutto fosse sciupato, inutile... E voglia di essere piuttosto con la folla, ma con una terribile folla nera di carbone a lottare contro mitragliatrici.

« Tarquinio dice che la vera rivolta siamo noi mentre tutta la folla è un'immensa e pesante casta privilegiata. E che la vera libertà la vogliamo noi perché vogliamo distruggere tutti i privilegi. Delle massonerie, dei portafogli, dei *fatti morali*, dei fori, e delle anonime, eccetera.

« Io non so...

« Ma è certo che dopo le rivoltellate, che ci sono state più tardi alla Sede, passando verso casa con Tarquinio e altri davanti all'Ideal m'è venuta voglia di entrare lì; e l'ho anche detto.

« Tarquinio m'ha capito, credo, perché s'è fermato con me a guardare i cartelloni. Le sabbie, le palizzate... Siamo rimasti zitti in una specie di incanto, un pezzo. E anche lui deve aver sentito come me un bisogno di altro adempimento, di conclusione. Lo sportello dei biglietti era già chiuso, diversamente ci saremmo precipitati tutti e due dentro il cinematografo, lo so, a respirare nel *Guanto di cavallo* un fumo di morte, come dire?, un fumo di morte e ferocia assai più persuasivo.

« P. S. – Questo significa che Tarquinio è pur sempre il mio grande amico, no? »

Idem.

« A casa, poi, gli ho raccontato la storia di Rana.

« Tutta la notte abbiamo parlato, basso, alla finestra che dà sul canale. Giovanna e Zobeida ma soprattutto Zobeida, Zobeida, Zobeida... E prima di andare a letto ci siamo stretta la mano proprio come sulla soglia della "cava" quando si usciva di là. »

V

Continua il diario di Mainardi

Venerdì.

« Ora abbiamo scioperato a scuola. I professori avevano commemorato Matteotti ieri all'Università, e noi per protesta si fa sciopero di tutte le scuole.

« Avremo adunata alle quattro, oggi. Ma non è come prima quando percorrevamo urlando la Parasanghea con bandiera nera alla testa, e andavamo all'assalto dell'Istituto Tecnico perché quei *lacedemoni* dell'Istituto non erano mai buoni di resistere al richiamo della campana e bisognava farli uscire noi dopo. Mi credevo il Pirata delle Filippine alla Riscossa, altro che scolaro; e che ci fosse stata una nostra flotta schierata nei mari attorno in linea di fuoco.

« Oggi, tuttavia, come primo giorno, non è stato male. S'è calcolato che più d'un terzo delle scolaresche è fuori, ma domani le vogliamo fuori al completo. Il Pelagrua, quello dai calzoni di gabardine dell'ottobre, che ora è al terzo, ci ha presentato, me e Tarquinio, ai tre della Squadra Universitaria. Sicché loro tre, il Pelagrua, uno del Liceo Scientifico detto l'Anziano, uno dai capelli rossi che si chiama Capuleto, *lacedemone*, e io e Tarquinio, abbiamo in mano la strategia di tutta la faccenda... Non per nulla questo è il *Diario di uno Stratega*... Scherzi a parte, ho un'idea mica male per fare che lo sciopero sia assoluto... L'esporrò a comizio. »

Idem.

« Ma ecco com'è successo che mi trovo nello Stato Maggiore di questo sciopero.

« Eravamo fuori fin dalle otto e mezzo stamani io e Tarquinio, per tutte le strade dove ci sono scuole, e passando dal

Fondaco, ch'è un caffè stile Arabia & Sudamerica a due passi dall'Università, vediamo a un tavolino dietro alla vetrata persone di conoscenza, cioè il Pelagrua, l'Anziano e il Capuleto insieme a quei tre universitari che ho detto. Li salutiamo scoccando le dita contro il vetro e il Pelagrua ci fa cenno.

« "Voi due?" dice quando siamo entrati, e si liscia a lungo la sua chioma corvina di parrucchiere. "Qua, Masséo, senti. Sedetevi qua..."

« E ci addita ai ragazzi.

« "Vi conoscete?"

« Assentiamo tutti, dandoci forti strette di mano, sebbene ci si conoscesse appena di vista coi tre goliardi.

« "Questo vedete" attacca allora il Pelagrua "è il famoso Masséo, Tarquinio Masséo che ha dato olio di ricino a tutti i suoi professori, nel '22, come la storia racconta. È stato anche in seminario a suo tempo... Non è così?"

« "Così" assicura il mio amico mostrando i denti.

« "Bene. Ma la sua vocazione è di fare il Saint-Just del fascismo: dal pallore fatale... Non è così?"

« Stavolta Tarquinio tiene strette le labbra.

« "Così dunque. Pretende un Comitato di Salute Pubblica, e centomila teste. Lo ha scritto anche su un quindicinale. Di Roma, no? A cui collabora. Poiché egli è un Collaboratore, un apprezzato..."

« Si guarda attorno.

« "Mi sbaglio?"

« E certo sente che le sue moine son per tutti di troppo.

« "E quello" soggiunge in fretta per finire presto ma con gloria "quello è Mainardi Alessio di cui nulla ancora si legge nei certificati penali ma che promette bene... Una volta fu idrofobo, eccone la prova."

« E mostra attorno la mano con la cicatrice del mio morso del '22.

« "Anche lui scrive; su qualche giornaletto... Sotto dettatura."

« Mi è stato sempre antipatico il Pelagrua, ma mi sento troppo diverso da Tarquinio ed egli può insinuare come vuole che copio il mio amico, nel linguaggio, nelle idee, nelle opinioni; benissimo; non perdo davvero la calma, sicuro del resto che nessuno ci crederebbe, e taglio corto con qualche frase glaciale.

« "Giusto" dico. "Difatti te lo scrivo sotto la tua dettatura se vuoi, che sei imbecille come un nume."

« E lui accavallando le gambe: "Curioso. Non mi risultava che i numi fossero imbecilli...".

« "Però basta" grida con voce stridula uno dei goliardi, dai capelli lisci come d'olio e il visino sottile. "Credo che due come voi" dice a me e Tarquinio "arrivano a proposito in questa faccenda. Ci state?"

« E rivolgendosi ancora al Pelagrua: "M'immagino che abbiano molte aderenze nella classe studentesca".

« "Molte?" dice il Pelagrua. "Grandi!... *Anzi meravigliose!*"

« E uno scandisce: *"Taide è la puttana che rispose..."*

« Poi riprende a parlare lo Stridulo dai capelli d'olio, ed espone le più complesse istruzioni circa lo sciopero, in linguaggio strettamente tecnico che non m'ha fatto svenire di meraviglia sebbene lui non cercasse altro, e parla parla, ascoltato come un Mazzini dai suoi due colleghi e come una specie di fachiro dagli altri.

« "E ora andiamo a pesarci?" dice Tarquinio appena fuori tutti e due soli.

« "Per vedere di quanto siamo cresciuti con le istruzioni?" »

Domenica.

« Corro pericolo di essere espulso per sempre dalla scuola ma non me ne importa nulla. Tanto, so bene ora qual è la mia vocazione. Aspetto di compiere i diciassette anni e mi arruolo allievo-pilota nell'Aeronautica.

« In questi giorni hanno messo campo anche qui. Ieri sera si vedevano aviatori dappertutto, e sono meravigliosi, vestiti di azzurro, impossibile non pensarmi così. E poi, se Giovanna non deve più frequentare la scuola, io voglio che scoppi una guerra. In ogni caso essa mi vorrà bene di più e sul serio quando mi saprà in un campo a volare tutti i giorni come a una guerra, e se non potrò mai sposarla me ne infischio. Bah, non c'è proprio altro che sposarsi in questo mondo? »

. . . .

« Ma è triste che lo sciopero sia finito. Venerdì a quel comizio, molti volevano che si smettesse al punto che s'era perché, così sotto alla chiusura delle scuole, poteva essere dannoso, eccetera... Ma Tarquinio ha ribattuto che va bene, ma che occorreva avere una giornata di sciopero totale di tutti gli scolari, per evitare che si prendessero provvedimenti contro quei pochi che avevano scioperato fino allora.

« E allora ho esposto, in Consiglio Segreto, la mia idea; occupare la sera tutte le scuole, barricarsi dentro, e tener duro...

« "Stile bolscevico" dice il Pelagrua. "Ciefferre: occupazione delle fabbriche..."

« Ma agli altri, specie a Tarquinio, scintillavano gli occhi d'avventura.

« "In compenso" dico io "ci porteremo la Marcia Reale, dentro, se è indispensabile alla tua salute."

« Poi solo il *Mazzini* o fachiro che dir si voglia, insomma lo Stridulo, era esitante; assillato da cento dubbi di tecnica.

« Ma ci si decide e chiamati da parte i ragazzi più di fegato si formano sette squadre, una per scuola. »

. . . .

« E venerdì sera, alle nove e mezzo, io e Tarquinio aspettavamo dal balcone della pensione che gli altri tre della nostra squadra passassero a chiamarci. Gli altri tre erano del Terzo, uno, si capisce, il Pelagrua che non voleva mostrarsi vigliacco, uno, certo Mazzarino che ha una grossa voce d'uomo, un buon diavolo di ragazzo, e Manuele Guiscardo, un tipo che studia e sa mezza Odissea a memoria ma grosso come un pugilista. Ci dànno un fischio e io e Tarquinio scendiamo.

« Pelagrua ha una valigia.

« "Che parti?" dico io.

« "Bisognerà bene che mi metta un pigiama stanotte, e domani mi lavi..." dice lui.

« Omericamente si ride. Impermalito egli va avanti, e noi quattro ci si piglia sottobraccio.

« Uno, due, uno, due, marciare nella via già sfollata ci occupa del tutto. Strano poi, dentro, questi momenti così. D'un tratto è stato come se mi accorgessi proprio allora di voler bene a Giovanna, a *qualcuno*. E m'è venuto voglia di correre.

« "Piano luogotenente" dice Tarquinio. "Eccoci arrivati."

« L'ingresso di servizio del Liceo è in un vicolo ed è tutto buio.

« "Tu, Masséo" dice il Pelagrua "sbrigatela tu, che non sei della scuola col Padre Guardiano."

« "Ma si capisce!" dice Tarquinio.

« Intanto, com'era premeditato, noi della scuola ci mascheriamo coi fazzoletti.

« Tarquinio tira forte il cordone del campanello che a lungo manda un suono di secchia che ruzzola. Poi arriva da oltretomba il *chi è?* d'una voce di megera.

« "Il curato" risponde Tarquinio.

« "Il curato? Come il curato? Che significa?" chiede la voce di vecchia venuta più vicino.

« E Tarquinio insiste cercando di imitare l'insegnante di greco: "Sì, buona donna. Sono io, padre Caffaro. Mi son dimenticato i compiti di quei benedetti ragazzi, su...".

« E quella della voce socchiude come solo per vedere di che si tratta. Tarquinio spinge, entriamo tutti e richiudiamo, sprangando. La vecchia salta, chiama aiuto, accorre il marito Lombrico con la cinghia dei pantaloni in una mano e si comincia a lottare.

« Nella ressa mi si scioglie il fazzoletto.

« "Ah, lei?" dice il povero diavolo. "Lo sentivo all'odore ch'era una cosa dei ragazzi. Siete tutti di qui? Ma che volete? Questa si chiama aggressione..."

« "No egregio" gli dice duro Tarquinio. " Questo è lo sciopero. E silenzio su Mainardi, inteso?"

« "Va bene" dice l'uomo intascando un biglietto di dieci lire.

« Ma io sapevo ch'era fatta; e pazienza; tanto pensavo già che mi sarei arruolato aviatore. Solo mi seccava che gli altri fossero diventati mogi.

« "Del resto" dico "anche se parla... Non potevo sperare di esser promosso quest'anno. Ho una famosa media di quattro e due, cari miei; tranne in greco, non so perché, e nelle materie della Bermùda... Bocciato per bocciato, tanto vale una punizione, vi pare? Io credo di sì. E *La Morale* crepi nel suo brodo..."

« "La Morale?" chiede Emanuele. "Come sarebbe a dire?"

« Interviene Tarquinio sorridendo.

« "Lui chiama *La Morale* il suo babbo" dice.

« "Sì" dico io con fervore "è papà. Vedeste ogni volta che esce dalla fornace, e il più piccolo accorre ad avvertirci, viene *La Morale*, viene *La Morale*... E che occhi rossi fa la mia *Morale*, ragazzi, quando la sua collera scoppia. Mica solo come il Tartareo Preside. Più. E quando passa sospettoso al largo da noi che gioia dircelo sottovoce, passa *La Morale*..."

« "Eh, l'ho pensato sempre che sei un delinquente" sospira con voce di sbadiglio il Pelagrua.

« E il vecchio portiere approfitta. "Povero padre!" dice.
« Ciò mi dà ai nervi. Per un po' ci si sente coprire da tutto il deserto della scuola al buio che stranamente viene evocata da quelle due parole e si resta in imbarazzo... »

. . . .

Idem.

« Poi Tarquinio prega i due vecchi di lasciarsi rinchiudere nel loro *riservato*, poi buona notte, e si va appiè dello scalone
« "Attenti ragazzi" dice il Mazzarino "a non accendere le luci. Dalla strada si vedrebbero. Non avete le *tascabili*?"
« E lui si accende in tasca la sua. Tarquinio e Manuele pure, tac, tac, si fanno lume in tasca come bizzarri segnali.
« "Oh io" dice il Pelagrua "io l'ho nella valigia."
« "Tirala fuori" gli dice il Mazzarino "perché bisognerà bene dividerci... Anzi stabiliamo. Io dormirò nell'aula di chimica così sorveglio l'ingresso principale..."
« "E io nel salotto del Preside" dice Pelagrua.
« "Bravo Agamennone" dice Manuele. "A lui la tenda reale, lui che ha il pigiama."
« E Tarquinio: "Ragazzi, calma. Dividiamo il dominio in cinque zone. Una: questa che s'è scelta Mazzarino, zona anteriore A, va bene? Capitale sala di Chimica".
« Mazzarino: "Chiamiamola zona Marittima. È la più aperta sul di fuori".
« E Tarquinio: "Buona idea. Marittima. Subito oltre, poniamo la Mesopotamia che prende il resto del pianoterra e i padiglioni. Capitale... Capitale la Palestra coperta. No? La vuoi tu Manuele? Bada ch'è la più pericolosa".
« Manuele: "Sicuro che la voglio io, se è così... E i piani di sopra?".
« Allora alziamo gli occhi a guardare dentro la tromba delle scale.
« "Ora su" dice Tarquinio con voce più bassa che suona come caduto da quell'alto "può essere un Pamir per Alessio Mainardi. Zona excelsior perimetrale. E attento che ci fa capo la scala dell'antico ingresso di via Seminario. Le porte degli altri piani, su quella scala, non furono tutte murate?"
« "Certo" assicura Mazzarino. "Fu nel '21 che le murarono."
« E Tarquinio: "Allora intesi. Pelagrua nella zona anteriore

B, così può prendersi il salotto del Preside se ne ha la chiave... Mainardi al Pamir. Io faccio di collegamento e tengo d'occhio le steppe del West... Sono sempre abbandonate vero?, quelle vecchie aule sui giardini dell'Arcivescovo?...".

« "Oh sì" dice, e sbadiglia, il Pelagrua.

« E soggiunge con sussiego: "Posso andarmene nel mio satrapato?".

« Allora Mazzarino fa una voce d'uomo di quaranta anni:

« "Un momento. Prima è meglio visitare il terreno tutti insieme."

« "Ma lascia che vada" dice con stizza Emanuele che non riesce a soffrire il Pelagrua, e perciò mi è più simpatico. "Non bastiamo noi quattro?"

« E Pelagrua: "Ecco, io vi lascio decidere se bastate. E caso mai decidete di no, datemi un fischio".

« Poi il suo passo risuona sopra come quello del Calcante e per un po' stiamo ad ascoltarlo che apre una due porte, fa cadere qualcosa, urta contro qualche mobile, sufola... Sufola, sufola, e d'un tratto, di colpo, silenzio mortale.

« "Be'. Dunque si fa questo giro di ronda?" dice Mazzarino.

« Intanto un orologio del mondo fuori suona nella notte undici colpi.

« "Appena le undici..."

« Giunti sull'ultimo pianerottolo sotto il lucernario, ci si appoggia braccia conserte alla balaustra. Qualcuno lascia cadere uno sputo. È stanchezza, e quasi noia. Sospiriamo. Tarquinio mi passa il braccio attorno al collo e mi dice che posso esser contento d'aver avuto un territorio per me caro.

« "Non è sempre a questo piano l'aula del secondo B?" dice.

« "Tutte le liceali B sono a questo piano" dice Emanuele.

« E io sento che Tarquinio è cattivo e che racconterà tutto di Giovanna, così male come sa lui...

« "E la figlia del colonnello c'è pure sempre?..." dice ancora.

« I due ridono.

« "Domandalo al tuo amico che ci fa l'amore..." dice uno.

« Questo mi fa rabbia sorprendendomi, ma nello stesso tempo quasi piacere. Dunque è *così vero* che lo sanno tutti? penso. E me ne sto zitto, ansioso ora di rimaner solo nel territorio *nostro*, vicino al corridoio dov'è avvenuta quella *cosa nostra*, e di entrare nella sua classe, andare al suo banco...

« “Senza complimenti, Mainardi” continua spietato Tarquinio “se vuoi installarti subito, buona notte. E figli maschi...”

« E io riesco a ribattere appena: “Ma non ho lampada”.

« Intanto mi ritorna vagamente nella coscienza un orgoglio di avere qualcosa addosso, che avevo dimenticato di avere e che è assai più, assai più delle loro lampadine. E torno a sentire un contatto di freddo alla coscia. Piano piano, tiro fuori di tasca la rivoltella della sera del conflitto...

« “Ragazzi” dico, e ho la voce rauca. “Che ve ne pare?”

« Ma i ragazzi si spaventano. Emanuele mi guarda come mi scoprisse qualche orribile bestia di morte sulla faccia.

« “Dio!” esclama. “E perché?”

« E Mazzarino: “In un bel pasticcio ci hai messi”.

« E Tarquinio: “Com’è che non l’hai restituita? Ma che idea portarla qui! Capisci che domani, novanta su cento, potremo essere perquisiti dai questurini. E se trovano che abbiamo una rivoltella...”.

« E Mazzarino non sa darsi pace: “Che coglione! Che coglione! Dico io, perché non hai portato una bomba?”.

« Allora Manuele: “Bisogna farla sparire. Sapete cosa? Andiamo a seppellirla”. »

Idem.

« Questo non mi dispiaceva; di seppellirla; e un giorno dover scavare nella terra per riprendermela.

« Così scendiamo tutti e quattro, passiamo al di là dei cortili e ci troviamo fuori nella notte del giardino dov’è il fico, accanto alla Palestra femminile.

« “Poi bisognerà barricarsi da questa parte” dice Mazzarino passando. “Dai muri di là verranno sbirri.”

« Io decido: “Sotto il fico”.

« E Tarquinio: “Corri Manuelito, in palestra, prendi qualche roba per scavare”.

« Coi loro lucignoli, tutti e tre, mi pare per un momento che si allontanino, e camminino via in mezzo agli alberi, lasciandomi solo. Emanuele torna con uno dei bastoni di ferro per le flessioni.

« “Non ho trovato di meglio.”

« E sono io che glielo prendo di mano e mi accanisco a scavare profondo sotto il piede del fico.

« Tarquinio va sull'albero.

« "Toh" esclama "ce ne sono..."

« E butta giù fichi.

« "Piano a parlare" bisbiglia Mazzarino. "E bada che son fichi falsi, sono amari..."

« E Tarquinio di su: "Ma c'è ancora il nespolo? Quello faceva roba dolce...".

« E si lascia scivolare a terra. E tutta la notte sembra rimuoversi in quelle foglie, poi lontano altro fogliame d'albero fruscia.

« "C'è ancora" dice Mazzarino "vedi che Manuele è andato proprio lì?"

« Tarquinio corre a raggiungere Manuele, anche Mazzarino corre, subito dietro a lui, e sento i loro passi lievi, i loro bisbigli allegri, e che si dànno spintoni. Anch'io correrò.

« Metto nel buco la rivoltella, riempio con la terra, pesto.

« Allora mi viene in mente che bisognerà seppellire anche Rana... Mi pare proprio di averlo ammazzato, e lo vedo in mezzo al Matto Grosso, disteso, col sangue in faccia già secco, e un corvo venuto dal mare che salta e urla su di lui. Ma io non ho più forza, penso, come potrò scavare una fossa così grande?

« Quando i ragazzi tornano mi chiedono che diavolo ho.

« "Sei tutto sudato freddo" dice Tarquinio che mi tocca la fronte. "Stanco per tanto poco?"

« "Ora vo per le nespole anch'io" dico.

« "Se mangi foglie, vai" dice Emanuele. "Ma ne abbiamo anche per te. Ecco..."

« E un pugno per uno mi colmano le due tasche della giacca. Poi ci mettiamo al lavoro per barricare coi banchi di un'aula vicina la porta della Palestra. Suona mezzanotte.

« "Non si va a dormire un due ore?" dice Mazzarino. "Al resto si penserà dopo."

« E Manuele: "Occorrerà mettere in disordine tutti i banchi. Così ne avranno bene per una mezza giornata e più, prima di pensare a lezioni...".

« E Mazzarino: "Già. Quasi penso se non basterebbe mettere tutto in scompiglio e filare".

« "Ma no!" Tarquinio dice. "Alle otto e mezzo gli scolari entrerebbero lo stesso, li chiamerebbero all'appello in cortile, e sarebbe come non scioperato, vi pare?"

« Mazzarino si gratta la nuca: "Giusto!" dice.

« Allora, più sorprendente di uno sparo, si ode nel gran vuoto buio della scuola, mentre bisbigliamo, una scampanellata.

« "Niente paura" assicura Tarquinio. "Sarà qualcuno dei nostri, scommetto, che viene a sentire se ci siamo."

« Difatti è così. È il *Mazzini Stridulo* che ha fatto il giro di tutte le scuole, e ha visto che è andata bene dovunque, tranne alle Normali. La squadra delle Normali è con lui, e ci salutano dicendo che in compenso andranno a prendere posizione da madama Ludovica.

« "Si pianta qui Pelagrua e si va anche noi?" dice Tarquinio. Ma si capisce che ha detto per gioco.

« E tornati allo scalone ecco Pelagrua che scende a precipizio, in ondulante pigiama giallo Canarie.

« "Che succede? Che succede? Avete sentito che suonavano?"

« Poi ci si divide, ognuno diretto al proprio quartiere, e io salgo al mio Pamir, accompagnato fino al secondo piano da Tarquinio che ha voluto esser di guardia come primo quarto. Rimasto solo comincio a mangiarmi nespole, scagliando gli ossi contro il lucernario. Ta, fanno gli ossi, e ripiombano perduti nel vuoto.

« Non ho la lampada, ma non m'importa, mi pare anzi che avrei una gran paura se potessi frugare attorno con la luce. Sento di star bene nel buio, e che sono buio. Sugli altri sì, potrei fare "uuuh!", sul mondo...

« E sono nel territorio della *cosa nostra*. Entro nella classe di Giovanna, Seconda B. Mi siedo sul suo banco. Fumo.

« Al fuoco di brace della sigaretta vedo che sul banco c'è scritto, *Diana*. E col mio temperino mi accanisco a incidere sotto *Alessio*. Dopo vo alla lavagna e col gesso scrivo:

Diana e Alessio
Si vogliono Bene Bene

« Poi suona il tocco mentre medito appoggiato alla ringhiera delle scale. E canta un gallo da misteriosi giardini. Tre piani sotto sento Tarquinio muoversi seduto sull'ultimo scalino e vedo il fuoco della sua sigaretta. – Non c'è altro, nel buio, che quella punta di fuoco che è Tarquinio... E d'improvviso monta una nebbia dentro di me perché tutto questo, con Giovanna, e i nostri due nomi sulla lavagna, dovrà presto finire. Lo capisco da quel punto vivo di fuoco. E mi viene una rabbia di non averci pensato prima; che pochissimi giorni ancora mancano, la scuola si chiuderà, sarà estate, e mi toccherà partire. Allora è per me come fosse domani. E mi sembra ingiusto; ingiusto. E che non c'è stata bontà. Rana torna a sanguinare disteso in mezzo al Matto Grosso, si risveglierà, si rialzerà e verrà a cercare la rivoltella sotto il fico... E tutto, di nuovo, sarà *rane*, nel mondo per sempre vuoto di me. »

. . . .

Idem.

« Iermattina, poi, sin quasi alle undici, la ciurma urlante dei ragazzi, fuori, esaltati dall'avvenimento. Avevamo sbirri a tutte le porte, nel giardino, sui tetti... Sui marciapiedi di faccia i professori al completo, e Calcante che passeggiava su e giù braccia conserte. E sole, campane; e gran fame di granite...

« Non sapevamo come scappare. Ma avevo tanto bisogno di buttarmi in qualche diluvio. E mi sono affacciato alla finestra della stanza dov'ero, e ho gridato ai ragazzi fuori che avrei aperto per farli entrar tutti e fare una baraonda.

« "Urrà, urrà" essi gridavano.

« E quando ho spalancato il portone i quattro questurini che c'erano davanti sono stati sbattuti contro i muri dalla valanga felice dei calzoni corti. Hanno pestato, scompigliato, strappato giù tende; a tutti i costi avrebbero voluto bruciare i registri.

« E nel pomeriggio eravamo più di duemila scolari con le tasche piene di ciliegie al Campo di Marte, tra baracche di Tirassegno e Montagne Russe. »

Martedì.

« Oggi ho saputo che Rana è all'ospedale con pleuro-polmonite. »

Mercoledì.

« I professori mi hanno sospeso fino a chiusura delle scuole. Solo questo. Vuol dire che hanno fifa di Bandiera Nera... Ma si capisce che perderò l'anno. »

Venerdì.

« Andato oggi con Tarquinio e Manuele da madama Ludovica.

« "Le Calzette" avverte su la portinaia suonando il campanello. Così ci chiamano loro: Calzette, perché siamo nell'età in cui tanti non hanno i calzoni lunghi che ci coprano le calze.

« Madama Ludovica e quel suo ganzo solito, che qualche volta abbiamo visto entrare o uscire per qualcuna delle camere sempre in pigiama, litigavano. Una certa Leonia era spaventatissima. Quel ganzo era stato con lei, e madama li aveva sorpresi e picchiati. E lui: "Amore, angelo mio, lo sai bene che ti adoro, perdonami quest'ultima leggerezza della mia vita e sarò per sempre il tuo scendiletto, il tuo bracciolo, un cuscino per la tua testa di fata". "Aveva tentato di uccidersi con la Gillette" diceva seria la ragazza. E noi, nel caldo del nostro salotto, lo sentivamo che ancora piagnucolava di sopra: "Parla, vuoi che mi tagli i... Dimmelo, idolo mio, se lo vuoi, sì, dimmelo, e non esiterò...".

« Poi ho sentito, o m'è parso, che Tarquinio e una bionda che s'era presentata per viennese, parlavano, stando da parte, della Zobeida. E insieme sono andati in camera. Io non ho voluto nessuna.

« Però ci sono tornato dopo da solo e anch'io mi son preso la bionda. »

Domenica.

« Tutto è sempre peggio.

« Ho affrontato la *levatrice* e ho potuto sapere che Giovanna è in Alta Italia da cinque giorni con la zia, e che si è quasi fidanzata. Ma ho capito che non diceva sul serio, circa quest'ultima cosa. E gliel'ho cantato che doveva essere una bega sua, se quella zia s'è portata in viaggio Giovanna. »

Lunedì.

« Domani ultimo giorno di scuola. Ricevo lettera della *Morale*: epigrafica e furibonda. Dice che sono il *Disdoro* della famiglia.

« Incontrato Pelagrua, era gentilissimo, e m'ha confidato, quasi con le lagrime agli occhi, che ha preso una terribile blenorragia. »

Martedì.

« E oggi a scuola hanno messo fuori i quadri degli scrutini.

« Io, bocciato in sei materie; arrivederci all'anno venturo. Giovanna promossa, Rana idem. *Levatrice* idem. Francovich rimandato ad ottobre per storia e geografia, piangeva, l'idiota. Quanto ai miei amici del Terzo, c'è Pelagrua conciato in modo tale che non può presentarsi agli esami di Stato. »

. . . .

« Giovanna, ora, potrà più voler bene a uno sempre del Primo, questa figlia di colonnello? Porco Giuda! E al diavolo anche il diario; dopo tutto! Stasera torno a prendermi la viennese e voglio anche sentire che tipo di... è questa Zobeida! »

VI

Partii per la "campagna delle fornaci" all'indomani di quel martedì che segna l'ultima data del mio vecchio *Diario di uno Stratega.*

Non ricordo bene del mio dolore di partire ma so che telegrafai con rabbia a papà: « *arriverò stasera ore diciannove stazione Vostro Disdoro* ». Da Tarquinio mi congedai freddamente. Egli voleva accompagnarmi al treno alle dieci ma era in letto ancora che si fumava un'ultima sigaretta, e alle undici, mentre giù mi aspettava la carrozza, si insaponava la faccia per farsi la barba.

« Un minuto solo, un minuto solo... » replicava fremente alla mia impazienza.

« Impossibile, il treno parte alle undici e venti, non so nemmeno se ci arrivo... »

E tagliai corto: « Ecco, ti saluto così. Arrivederci ».

Poiché aveva le guance piene di spuma, non ci abbracciammo, e una stretta di mano fu tutto.

« Scriverai? »

« Ma sicuro! »

Nel corridoio c'era la signora Rosmunda quasi in lagrime e la servitù al completo.

« Be'. Così allora? » disse la signora, e bovinamente scoteva la testa.

« Caro ragazzo Mainardi! Quest'altro anno l'avremo ancora, non è vero? Le farò tutti i giorni quella minestra di lenticchie che le piace tanto. »

Poi mi trovai in carrozza, con le mie valigie a cassetta, e un enorme cocchiere vasto di schiena come due uomini insieme, davanti a me.

Dal balcone del pappagallo giunse la solita voce chioccia chiassosa di richiamo: « ... Quinio!... Quinio! »

E quando la carrozza, al trotto, fu per svoltare dietro l'Angelo Custode vidi su in alto il mio grande amico, in maniche di camicia e con la faccia insaponata, che dal balcone della nostra camera, dal balcone del "campo", mi faceva un ultimo gesto di saluto strizzando i suoi occhi di miope.

"E perché?" pensai con animo ostile. "Perché? perché? Parto mica per una guerra dopotutto."

Ma poi mi dissi ch'ero un mostro e che non volevo più bene a nessuno.

Poi si passò davanti ai giardini dove sboccava la via di Giovanna. "Ecco" pensai "per un pezzo non attraverserò più i miei giardini."

E capii di nuovo che cos'era partire anche se non per una guerra e dover stare "un pezzo" fuori del mio mondo, tre mesi e forse quasi quattro: un pezzo senza attraversare più i *miei giardini*. Ma Tarquinio, la signora Formica e tutti non avevano ragione; essi che restavano.

Presi posto alla Marittima, nel trenino delle cosiddette Ferrovie Associate, in uno scompartimento di terza classe d'un vagone verde quasi nuovo. E fu d'improvviso che mi trovai lontano dalla città, dopo uno stridulo fischio che più non finiva dentro la galleria, viaggiando in riva al celeste del mare.

Lontano, a destra, mi lasciavo anche la montagna rosa che si vedeva in fondo alla via di Giovanna.

Poi cominciarono le saline.

Così ogni volta. L'ultima era stato per Natale. Ma mi pareva di aver fatto quel viaggio soltanto una volta prima d'allora, una volta ch'era al principio della mia esistenza, quando arrivammo per mare non so di dove alla città della montagna rosa, e poi prendemmo quel trenino con mamma e babbo sui velluti rossi della prima classe.

Mamma mi teneva sulle ginocchia e io le chiedevo di tutte le cose che passavano fuori.

« Ma è acqua, ragazzo mio » rispondeva mamma. « Non vedi? È acqua. »

Doveva essere di autunno, a tratti pioveva di luminosa pioggia, e c'era dell'uva nella campagna, a tratti, splendida di bagnato sotto le foglie. E mamma diceva "acqua" del mare celeste, della pioggia, dell'uva, delle saline, col suo vago sorriso assente di mamma.

« Acqua come? » insistevo io.

Ma non avevo più risposta, allora scendevo dalle ginocchia di mamma e me ne andavo a sedere sul velluto rosso vicino a mia sorella Menta più grande di me che già sapeva leggere e mi diceva almeno cosa c'era scritto sulla faccia delle stazioni.

Ogni momento, adesso, il trenino si fermava, come allora, ma adesso c'era sole e sonno e al di là delle voci dei ferrovieri si udiva il fremito profondo delle cicale.

Si viaggiò per un pezzo attraverso le saline finché non fu perso di vista il mare.

E cominciarono nuove fermate in mezzo agli alberi, sotto il fogliame dei castagni, e lunghe salite quasi a passo d'uomo mentre alle svolte i cantonieri in maniche di camicia si facevano lentamente da parte, coi loro badili in pugno, passandosi sudici fazzoletti a scacchi blu sulle facce sudate.

Ci si fermò anche in un punto dove non s'udiva nessuna voce, e c'era solo una bandierina rossa fissata a un ramo d'albero. Poi a un disco chiuso. E il treno fischiò e fischiò, fermo in mezzo ai canneti, sopra un mormorìo di acque nascoste che scorrevano.

A quella stazioncina tra le canne s'incrociò un merci; e ancora si salì e si ridiscese; nello scompartimento eravamo cinque, a volte sei, un prete che pensai arabo tanto era tetro senza mai dire una parola, un marito e una moglie contadini allegri che montarono dopo le saline, una vecchia di faccia pellerossa che dormiva contro sole con un paniere di nespole sotto le gonne, e, da una stazione a un'altra, qualche boscaiolo dall'aria saturnina che si lasciava cadere, costernatissimo, sull'orlo del sedile, senza nemmeno togliersi di tracolla la scure avvolta in vecchie mollettiere di soldato.

Fu pomeriggio, furono le tre, poi le quattro, e io non avevo più Giovanna...

Vampe di sonno mi salivano al volto d'improvviso e per un minuto di terribile assopimento sentivo la voce di Tarquinio, la voce della signora Rosmunda, insopportabilmente vive, dire le cose comuni della mia vita con loro. "Mi fumo un'ultima sigaretta... Un'ultima sigaretta... Quest'altro anno l'avremo ancora, non è vero?..."

E a poco a poco si entrò nel paese dello zolfo, viaggiai in vista di alture cosparse di gialli splendori, e l'aria puzzava di polvere da sparo e di demonio.

Nelle stazioni ci si fermava più a lungo, adesso, e si stava caldi, ascoltando altercare voci di carrettieri verso il piano scaricatore della Piccola Velocità dove erano ammonticchiati, come difese di guerra, i sacchi dello zolfo.

"Ma perché tanto?" pensavo stizzito della fermata.

E mi affacciavo al finestrino e vedevo la colonna dell'acqua col suo lungo braccio di ghisa, rifornire la locomotiva. Poi si ripartiva e da lontane strade maestre giungeva l'inerte canto brontolante dei carrettieri.

E si arrivò sotto a una città di cupole alta su un colle e rividi gli archi dei suoi famosi conventi accavalciati sui dirupi.

Quella era il Tibet; nei giochi coi miei fratelli.

Guglielmo, che ci studiava a collegio, raccontava cose straordinarie delle sue processioni con ceri grossi come colonne e delle sue Settimane Sante.

Pensai con sollievo che avrei trovato già a casa Guglielmo. Era stato promosso, come sempre senza rimandi a ottobre, in terza ginnasio quest'anno. E La Morale avrebbe detto che bisognava mettere anche me in collegio da quei monaci.

Suonarono le sei di lassù e a poco a poco le cupole si allontanarono nere della loro ombra contro il sole; e vidi che già si correva sulla grande pianura coperta d'assenzio. Corse leggero il trenino fra gli esili alberi che facevano come una nebbia di verde in lontananza, poi si passò a tutta mitraglia il ponte di ferro che la prima volta mi aveva spaventato col suo fracasso e pareva non dovesse più finire.

"Si arriva" pensai, con tetro animo di presagio.

E tirai giù le mie due valigie, al di sopra della testa del prete bieco, ultimo rimasto con me nello scompartimento.

"Chi sarà venuto a prendermi?"

Alla stazioncina fra gli eucalipti fui l'unico a scendere, di tutto il treno. Di là dal fogliame sentii schioccare una frusta e mi affrettai trascinando le valigie, verso il cancelletto dell'uscita.

"Sarà Guglielmo col calesse" pensavo.

Invece vidi ch'era mia sorella.

« Oh, Menta! »

« Sicuro » disse mia sorella, con un viso raggiante, e balzò giù senza lasciare di tenere in pugno la frusta.

« Come va, eh? » venne a chiedermi, afferrandomi forte per un braccio.

Allora sentii che avevo voglia di piangere.

« Uhm! » mugolai.

Ma ero contento che fosse venuta a prendermi proprio lei invece di qualunque altro. Vestiva di grigio con qualcosa di verde sotto, ed era una giovane cosa bella dal collo forte e dagli occhi pieni di gioia.

« Volevano mandare il camion, figurati! » disse quando fummo insieme su, seduti vicini.

« Il camion? » dissi io. « Perché non ero degno del calesse questa volta? »

Il cavallo partì al trotto. E io tentai di prendere le redini a mia sorella ma non mi riuscì.

« Perlomeno, mettilo al passo » dissi. « È così bello quest'ora... »

« Di' che non hai voglia di arrivare » disse Menta diventando seria.

Ma sulla strada maestra, rossiccia della polvere dei nostri mattoni che i camion portavano al treno da mattina a sera, era bello veramente andar lenti al passo senza più una parola mentre l'ultimo sole sbiadiva sopra l'immensa pianura di cotone. Gran folti verdi di eucalipti qua e là splendevano ancora – lucidi di foglie e di tronchi – i cari alberi sotto i quali avevo letto i libri più bizzarri di avventure cannibalesche. In masse nebbiose gli alberi del pepe oscillavano agli orizzonti – erano fumate interminabili lungo i canali attraverso la pianura.

Il paese più bello del mondo sarebbe stato, avrebbe potuto essere...

E pensai ai giardini dagli alti alberi quasi azzurri che erano all'altro capo della via dove abitava Giovanna.

« Come mai non è venuto invece Guglielmo? » chiesi poi.

« Ma perché ho avuto voglia di venire io » disse Menta. E mi raccontò, giuliva di soddisfazione, che ogni giorno, più o meno a quell'ora, il calesse era suo. Andava sino al villaggio, in genere, o sulla strada verso il mare sino al paesino della festa di San Vincenzo.

« Ti ricordi? Ormai l'hanno smessa di fare gli scrupolosi, babbo e mamma... Non sono abbastanza grande, ti pare? »

La guardai un po' turbato per tutta la sua *grandezza* di donna che dovevo giudicare. E rosso di confusione per tante cose che mi opprimevano il cuore, mi voltai da parte cercando di sentire gli odori della campagna, invece del suo di giovinetta così simile a quello di Giovanna. E riuscii a sentire l'odore secco di sabbia bruciata delle fornaci.

Veniva con un'ombra di fumo che calava nell'aria, adesso che il sole era scomparso anche dalle cime degli alberi.

Le fabbriche e le case non si scorgevano ancora, ma laggiù c'era il campanile del villaggio e qua e là sparse fattorie, tutto in mattoni rossi come quelli che si fabbricava noi. Si udivano muggiti; e poi una campana che suonava da un pezzo, lontanissima oltre il sud dei campi di cotone, smise di colpo.

« Dunque, non mi trovi molto cresciuta? » disse Menta.

« Certo che sei cresciuta » io dissi, senza guardarla. « Sei un bel pezzo di ragazza, non c'è che dire... »

E con un improvviso ritorno furioso a tutti i miei rancori le strappai di mano la frusta.

Sfogai sibilanti colpi per aria e il cavallo prese il trotto.

« Ma io ero venuta anche per dirti come stanno le cose » disse mia sorella. « Sai, Alesso, hai dato un grosso dispiacere a quei due... »

« Alla Morale, eh?... » dissi io.

« Anche a mamma » disse mia sorella.

A mamma? Forse essa aveva alzato la sua bella faccia incipriata sopra la lettura, e aveva scosso il capo con un lungo sospiro un po' come la signora Rosmunda Formica. Ma erano già molti anni che non mi importava niente di far dispiacere a mamma. Tutta la mia infanzia essa stessa non mi aveva raccomandato altro... « Non dare un dispiacere a mamma tua... » E per ogni piccola cosa era stato un ossessionante modo di guardarsi bene dall'arrecare dispiacere a mammina. Non s'era fatto altro che sacrificarle i nostri giochi, i nostri bisbigli, e talvolta anche i nostri passi, quando fuori pioveva e bisognava star dentro; perché essa era misteriosamente sempre occupata con le sue invisibili Emicranie, o leggeva, o suonava al piano. E quell'altro, il signor La Morale, era stato il Gran Sacerdote di questo culto. Si era così stufi di doversi sentire cattivi anche se solo fischiavamo; e che bisogno avevamo di esserlo, cattivi!; che bello ci pareva di poterlo essere, quando si scappava fuori nella campagna! E non si giocava altrimenti che "Ai Cattivi!". Sempre a farci male e a tirarci sassate, con Menta Regina Cattiva, io Pellerossa Cattivo, Guglielmo Capitano Cattivo, e Ciro e

Giuliano Cattivi Semplici contro tutto l'esercito dei Buoni Mocciosi di figli d'operai e di piantatori. E si tornava su qualche volta così pazzi che neanche La Morale riusciva a farsi rispettare, e ci dovevano rinchiudere in una stanza vuota del secondo piano, dove non avendo nulla da fracassare, strappavamo i mattoni del pavimento per scaraventarli fuori dalla finestra.

Ma ora sentivo che ero rimasto solo nel mondo, così pazzo.

Menta era seria. Tutta la sua gioia di giovane cosa s'era consumata. E più avanzavamo sulla strada maestra in vista dei tetti delle fornaci più vedevo la sua faccia oscurarsi di apprensione.

« Insomma » dissi risoluto « non mi aspettano mica con la frusta spero... »

E soggiunsi ch'ero pronto a tornarmene indietro, se no.

« Macché » disse Menta « tutt'altro... »

Poi sospirò, tirando sulle redini per rallentare l'andatura troppo rumorosamente svelta del cavallo.

« Non vogliono vederti, non vogliono. Capisci? »

Scattai e il cavallo riprese il suo trotto impetuoso.

« Ah sì? E cosa credono? Io me ne torno via » gridai « me ne torno via. Lasciami scendere. Ritorno a piedi alla stazione. »

« Mi fai spaventare il cavallo » urlò Menta in risposta.

E si affannava, tutta rossa, a tirare sulle redini.

« Ma sai che papà è molto malato? » disse dopo con grande calma.

Fui quasi per ribattere che me ne infischiavo. Ma vicino alla grande calma di mia sorella esitai.

Non si udiva che l'acciabattìo degli zoccoli del cavallo e il cigolìo delle molle sulla strada attraverso quella campagna già grigia piena di cicale. L'aria s'era oscurata in lontananza, sotto il cielo ancora chiaro di celeste, e alberi e tetti apparivano confusi. Ma nessun lume s'era acceso. E solo le tre colonne di fumo che scaturivano dalle torri delle fornaci diventavano rosse di fuoco a mano a mano che in cielo faceva più scuro.

Poi cominciammo a incontrare gli operai di là, che tornavano a piedi ai loro villaggi con la giacca sotto il braccio e le mani in tasca. Chiacchieravano; qualcuno ch'era solo cantava o fischiava; e ci salutavano alla voce.

« È arrivato il rivoluzionario, eh? » gridò un tale che dalla voce mi parve parlasse dentro una gran lana di barba bianca.

Mia sorella sorrise, come tra sé.

« Ti sei fatto popolare, qui. Lo sai che ti hanno messo sul giornale? »

Non sapevo e la notizia mi eccitò ancora più. Ma mi avevano dipinto come un sovversivo, disse Menta, cioè un comunista sovvertitore dell'Ordine Ristabilito dal Fascismo, una specie di piccolo aspide nel seno della Patria Locale.

« Ma come mai è malato babbo? » risposi.

« Di fegato » disse mia sorella. « Un po' ne ha sofferto sempre, dice. Ma lunedì, a un tratto, pareva che dovesse morire. Siamo corsi, io e Guglielmo, alle sei del mattino, a chiamare il dottore. Era proprio verde, povero papà. Si tratta di bile andata nel sangue, credo... »

« E che c'entro io se è malato? » dissi ansioso.

Poi, lasciando cadere la frusta ai piedi di mia sorella, mi presi il capo tra le mani.

« Sono così infelice » mormorai. « Non me ne importa niente che non vogliono vedermi. Mi lascino partire. Mi farò allievo-pilota. Non ne posso più di vivere così infelice... »

Sentii che mia sorella mi stringeva il gomito.

« Perché, Alessio? » chiamò. « Scommetto che sei innamorato. »

« E se lo fossi? » proruppi con irritazione.

Mi ribellavo all'idea d'essere infelice perché volevo bene a "qualcuno".

Ma poi le confidai ogni cosa, e che la ragazza, una del secondo liceo, le dissi, non era più venuta a scuola, era scomparsa, dopo il giorno del primo bacio, e non m'era più riuscito di poterla vedere.

« È buffo » disse Menta, sorridendo fisso davanti a sé. « E come si chiama? »

Allora mi parve di dover dire che si chiamava Zobeida. Era tanto più bello che Giovanna, pensavo. E lo dissi: « Si chiama Zobeida ».

« Che nome è? » esclamò Menta. « Mai sentito un nome simile. Ma cos'è? Una turca, forse? »

Inventai: « È quasi egiziana, sicuro... È nata al Cairo. Ma suo padre fa il colonnello da noi ».

E Menta: « Che bella dev'essere; vero? Dev'essere un tipo molto bruno... »

Era bruna, Giovanna, lo avevo in mente bene, con gli occhi

fieramente grigi, ma ora che l'avevo chiamata Zobeida, sentivo che dovevo darle capelli biondi.

« Piuttosto bruna come tipo » dissi. « Ma ha i capelli biondi... »

« E gli occhi? » incalzò mia sorella.

Mi tornarono a ricordo le parole di Tarquinio: « Occhi neri, ma sul serio, mica del solito castano » aveva detto. Ma gli occhi di Giovanna erano una grigia luce dentro di me, troppo viva, e non mi riuscì di mentire di più.

« Non so come sono proprio » risposi. « Grigi piuttosto. Però densi, densi... »

Mia sorella sospirò.

« Bella dev'essere. E potremmo essere amiche, non ti pare? Se si abitasse in città... »

Un tempo si era avuta casa, pei mesi invernali, nella città della montagna rosa, ma poi La Morale aveva voluto tutta la famiglia alle Fornaci. E anche mia sorella aveva dovuto venir via.

« Non dovevano metterti a collegio? » chiesi. « Perché non l'hanno fatto? »

E lei: « Io non ho voluto. Qui, almeno, corro... Sai che so falciare anche? ».

E raccolse la frusta e la fece schioccare alta, sino alle fronde degli alberi. Una foglia cadde, portata via, sulla groppa del cavallo.

« Ecco che arriviamo » disse.

Lumi brillavano oltre il fogliame sebbene non fosse del tutto buio, ancora. E s'udirono voci di bimbi cantare vecchie filastrocche, dalla parte dove sapevo che c'era il piazzale.

Madama Madama Giulia
Di dove sei venuta?...

Poi qualcuno, saltando fuori da un fosso, ci intimò di arrenderci.

« Alto le mani... »

E Guglielmo, Ciro e Giuliano, armati di lunghe canne, ci circondarono urlando, dopo aver fermato il cavallo.

In gran chiasso, con quei tre diavoli che mi eran venuti sopra e mi abbracciavano e pestavano, si attraversò il piazzale dove bimbi d'operai cantavano in girotondo sotto il riverbero del fumo infuocato delle fornaci. Da una finestra della nostra casa, una persona che doveva esser mamma ed era lì aspettando, si ritrasse.

« Calma oh » raccomandò Menta per le scale « vi dimenticate che papà è malato... »

C'era tavola imbandita in sala da pranzo ma La Morale aveva dato ordine di farmi andare a letto senza cena.

Benissimo! E chi diavolo aveva voglia di cena?

E fui solo nella mia camera mentre giù mangiavano, ascoltando gli stessi rumori di piatti e posate che da bimbo mi toglievano il respiro, tutti i mezzogiorni e tutte le sere, quando ero in letto malato.

Per due giorni mi ostinai a restare chiuso in camera.

« Tieni duro, eh? Fai bene » diceva Guglielmo che dormiva nella mia stessa stanza.

In quella accanto c'erano Ciro e Giuliano e di notte l'uscio restava aperto tra le due stanze. Mi ricordavo di quando si era assai più ragazzi e si dormiva tutti in una camera vicino a quella dei genitori. Giuliano non era ancora nato. Era Ciro il più piccolo, e voleva sempre che papà e mamma lasciassero aperto l'uscio di camera loro, mentre io e Guglielmo lo volevamo chiuso. E aspettavamo che Ciro si addormentasse per andare a chiuderlo, poi bisbigliavamo un pezzo nella notte.

Tutti e tre adesso mi tenevano chiassosa compagnia da mattina a sera, e Giuliano voleva ad ogni costo che giocassi col suo cannone e tirassi sui vetri della finestra che lui non osava mandare in frantumi.

« Dopo verrai a giocar fuori? » chiedeva Ciro. E non capivo a che cosa si riferisse con quel misterioso "dopo". Quanto a Guglielmo egli aspettava già impaziente che quella mia segregazione volontaria, l'« Esilio », diceva, avesse termine, per fare ai Robinson nella campagna come l'anno avanti.

Saliva anche Menta ogni tanto a trovarmi.

« Mandala fuori » urlava Giuliano. « È una spia. »

Ma ci mettevamo alla finestra, io e mia sorella, e parlavamo della città della montagna rosa.

Le raccontavo come eravamo grandi amici con Tarquinio; e della "cava".

« E Zobeida? » essa chiedeva infine.

Allora trasalivo. Pensavo a quell'altra che non avevo visto mai e poi agli occhi grigi.

Una volta mi scappò detto « Giovanna ».

« Chi è Giovanna? » disse mia sorella, e fu con vaga ironia. Mi confusi.

« È Zobeida stessa » dissi. « Prima avevo creduto che si chiamasse Giovanna... È stato uno della sua classe che m'ha imbrogliato. Un certo Rana... Ma l'ho quasi ammazzato, quando ho saputo com'era invece. »

E guardavamo la bassa campagna coperta d'assenzio, dov'era incolta, al di là delle tre torri delle fornaci.

Volevo un gran bene, ora, a mia sorella eppure a volte mentre stavamo così a gomito a gomito, alla finestra, e la vista della campagna ci ammutoliva, avrei voluto non averle confidato nulla, e mi veniva voglia di detestarla come l'avevo detestata al principio di quando non fui più un bambino. Avevo paura che potesse confidarmi lei, a sua volta, qualcosa. Sentivo che sarebbe stato intollerabile e che me ne sarei andato bruscamente lasciandola con la sua dolcezza secca in bocca. Ammettevo che essa dovesse diventare per qualcuno quello ch'era per me Giovanna, e glielo auguravo; ma volevo che avvenisse di nascosto un giorno, ch'essa sparisse nell'avvenimento e che tornasse tra noi solo dopo anni e anni quando avesse già tanti figli e potesse raccontarci di una sua casa, di una sua vita. Non c'era gelosia di sangue in questo; noi non ci sentivamo affatto una "razza", eravamo cresciuti credendoci migliori di babbo e mamma, con un acuto senso di generazione nuova, e avevamo l'animo aperto agli altri che ci fossero simili negli anni e in tutto. Avevo anzi potuto immaginarlo, qualche volta, il ragazzo che si innamorasse di Menta, l'avevo anche aspettato, altri tempi, amico per me e pieno di remissiva bontà, grande con gli occhi azzurri, disposto a lasciarsi torturare da noi più piccoli, e che misteriosamente arrivasse con una vettura tirata da un cavallino tintinnante di campanelli; ma non avrei mai voluto che Menta lo prendesse troppo sul serio. Le nozze, la cosa seria, dovevano poi avvenire di nascosto. E noi avremmo dovuto stupirci che, guarda!, quel tipo là fosse diventato nostro cognato.

Nominando con lei Tarquinio mi capitava ora di pensare il mio grande amico un po' nella luce del fantastico ragazzo d'altri tempi e mi chiedevo se avrei potuto ammettere ch'egli si innamorasse di Menta, se sarebbe stato possibile vederlo arrivare nella nostra campagna in scampanellante calessino. Ma mi sottraevo a quel pensiero come a qualcosa di scabroso. Era troppo vero, troppo poco irreale, Tarquinio, per accettare che si innamorasse di Menta; e il suo arrivo in calessino fatato non sarebbe stato un arrivo dal nulla. Egli sarebbe arrivato dai nostri discorsi, dalle nostre giornate di viva e a volte bellicosa amicizia, dalla nostra esistenza insieme, sarebbe arrivato diritto dalla "cava"; e io non ammettevo che Menta si insediasse sopra i nostri discorsi, nella nostra "cava".

Spiavo il silenzio ch'essa faceva intorno al nome del mio amico ma nulla mai del suo silenzio mi insospettì. Mi disse anche che una volta, in occasione di una mia malattia nella città, aveva risposto lei per mamma cui Tarquinio si era rivolto. No, non verso quella parte potevo temere confidenze del suo cuore; ma non volevo, ad ogni modo, una possibilità di confidenze. Essa non doveva aver bisogno di confidenze; essa doveva essere una regina per il fantastico ragazzo che sarebbe venuto come per me era una regina Giovanna.

Ogni giorno fino a che la mia volontaria segregazione durò, era lei che mi portava da mangiare in camera. Ma una sera all'improvviso entrò, portando il vassoio, la mamma.

L'abbracciai in silenzio.

« Be', ragazzo, speriamo che questa sia l'ultima » disse mettendosi a sedere sul letto di Guglielmo.

Poi soggiunse con grande calma:

« Vedo che non stai male. Sei addirittura più grasso di questo inverno. »

« Già » dissi io chinando il capo, mezzo imbronciato.

Cominciai a mangiare contento, eppure a poco a poco mi venne voglia che se ne andasse. Mi intimidiva. La sentivo estranea a tutto quello che avevo dentro. E del resto, da bimbi, quando mi trovavo solo con lei e babbo in una stanza dove essi parlavano tra loro, tante volte m'ero chiesto se proprio erano mamma e babbo, e se non erano invece due barabai che mi avrebbero mangiato un giorno o l'altro, ridendo e parlando tra loro.

« Ma non avevi nessun desiderio di vedere i tuoi genitori? » disse mamma. « Arrivi e ti chiudi in camera. Cosa si deve pensare di te? »

E io: « Se non volevate vedermi voi... ».

E mamma: « Là, là, ragazzo... Non è serio parlare così. Avresti dovuto cercarci tu, per farti perdonare; sicuro ».

Si alzò, mi passò la mano sui capelli, poi mosse lentamente verso la porta.

« Be', ti aspetto in camera di tuo padre, dopo mangiato... Restiamo intesi? »

E dopo mangiato andai nella stanza semibuia che odorava di bagnature con aceto e di febbre alta, e baciai babbo, dai terribili occhi chiari quasi bianchi, sulla fronte sudata affondata nel cuscino.

« Ah, il nostro Disdoro! » egli esclamò debolmente. « Ma ne riparleremo » soggiunse « ne riparleremo. » E senza più dire altro, né lui, né mamma, lasciarono che restassi fermo un pezzo in mezzo alla stanza, a meditare come era proprio finita la possibilità di vivere vicino a loro.

Ma era mai esistita veramente una simile possibilità? Io avevo amato zie, nella mia infanzia, avevo adorato, da piccolissimo, il nonno, avevo amato parenti d'ogni genere; loro due, invece, li avevo guardati sempre con sospetto. Ah, la casa del nonno! Là sì, ero stato felice! C'erano alti balconi bianchi su una via dove passavano galoppi di carrozze e, dietro, un sistema di tetti a ringhiera dai quali si scopriva a poco a poco una misteriosa lontananza marina. C'era una zia quasi ragazza che faceva un meraviglioso odore di biscotti appena sfornati; mentre il petto di mia madre non odorava che di glicine. C'era mio nonno con la barba bianca e bionda, alto come un normanno e con gli occhi azzurri, e che parlava con una soavità da tempi antichi sulle sue guerre in pianura d'oriente, mentre mio padre era piccolo, aveva le mani nere di pelo e dalla guerra tornò subito zoppicando da un piede. Mio nonno era passato attraverso un gran fuoco per anni e anni della sua vita ed era tornato intatto, era immortale; mio padre s'era bruciato alla prima fiamma, in neanche un mese. E c'era un'altra zia ch'era stata, col marito capitano di mare, in America, in Australia, nel mondo intero, e aveva avuto terremoti e incendi, mentre mia madre non aveva che vestiti e sottane. E c'era una stanza enorme con le stuoie di paglia alle finestre, piena di parenti, la sera, e di cocomero rosso in grandi fette per i tavoli, mentre da noi c'erano solo imposte socchiuse e babbo e mamma eternamente in un'altra stanza. Era come una gran fiera la casa del nonno e così quella degli zii suoi figli, un gran comunismo da età dell'oro con gente che capitava da tutte le parti e amici che vi si installavano per giorni e settimane e vi facevano il comodo loro riempiendola di allegro eccitante disordine. E i primi anni della mia infanzia io li avevo passati un po' nell'una un po' nell'altra di quelle case. Poi il nonno era morto, zio Costantino era scomparso nella spagnola, la felice tribù si era dispersa e noi, io e Menta dico, avevamo dovuto rassegnarci al decoro degli appartamenti dove mamma e babbo si amavano. Avevamo sentito favoleggiare, dalle zie, del grande amore ch'era stato il loro una volta, ch'era ancora; perciò sapevamo qual nome dare all'improvviso guardarsi negli occhi e scappare in un'altra stanza di mamma e babbo. E sapevamo che per questo erano così vuoti, così aridi, così moralistici quando dopo si occupavano di noi: si divoravano tutto in segreto delle loro anime l'un l'altro, e nulla mai avevano da versare in sorriso con gli altri per la comune gioia del mondo. Eppure la mamma doveva esser nata diversa; come il normanno suo padre, come le orientali sue sorelle essa avrebbe potuto alimentare di molto soave olio di sé la comune fiamma del mondo. Ma il babbo l'aveva alzata su un altare oscuro e le immolava il mondo e ogni giorno la spegneva con le sue mani pelose all'amore degli altri e ogni giorno avrebbe potuto darle uno dei suoi figli stessi in pasto senza che lei battesse palpebra.

Così era stato, così era; però il mestiere del babbo mi piaceva. E quando, nei primi anni di scuola, i compagni mi domandavano: che fa tuo padre? era con orgoglio che rispondevo: fabbrica mattoni. Prima di mio padre i mattoni non si conoscevano in quella parte del mondo, poi mio padre era venuto di Lombardia nella città del nonno e durante un giro per le provincie aveva scoperto una piccola chiesa antica, nascosta tra gli eucalipti, che aveva le mura di mattoni. Si stupì, mio padre, che sapeva come tutti fossero in pietra di lava i fabbricati di quei posti, ma più ancora si stupì l'uomo che lo accompagnava:

« Ma guarda, ma guarda » disse l'uomo che lo accompagnava. « Mattoni! E pensare che se si potessero avere oggi dei mattoni così le case costerebbero un terzo di quello che costano! »

Mio padre stette ad ascoltare e dopo averci pensato su un momento ordinò di prendere per un certo sentiero. Fu la mamma a raccontare poi la cosa. E per quel sentiero mio padre andò come su una traccia e infine giunse dove era terra buona per fabbricare mattoni e disse all'uomo che lo accompagnava:

« Credo che presto le case costeranno anche da queste parti un terzo di quello che costano. »

Egli si adoprò subito per acquistare il terreno e nell'occasione conobbe il nonno, voglio dire il padre di mia madre, e in capo a un anno ebbe moglie e fornaci.

Cominciai ad alzarmi presto, appena la sirena fischiava.

E mentre tutti dormivano giravo per la casa, e nelle stanze del pianterreno spalancavo le finestre sotto gli alberi pieni di mormorìo d'uccelli. Nell'aia razzolavano i polli, passava gonfio di rattenuta collera il mio antico nemico il tacchino. Il gatto biondo di casa saltava sul davanzale venendo a fregarsi contro il mio braccio. Non aveva nome perché nei giochi era la "tigre" o il "leopardo". "Gatto" lo chiamavo, come nell'intimità delle ore di pasto. E lo afferravo per la collottola, lo alzavo su guardandolo negli splendidi occhi obliqui, grigi.

Mi alzavo ogni mattino col pensiero di scapparmene via prima che tutti si svegliassero.

E accarezzavo il gatto, allettando i polli, e al di sotto dei ricordi di quando ero bimbo e tastavo le galline, scaraventandole alte in aria se non avevano l'uovo, al di sotto meditavo la mia fuga. Avrei attaccato il cavallo al calesse, sarei andato a qualche stazione, avrei viaggiato sui merci fino a qualche città. E non era proprio per andare nella città di Giovanna. Ma in un luogo qualunque di questo mondo, dove non ci fossero mamma e babbo da venerare e nemmeno da far arrabbiare, né fratelli, né sorelle, né amici...

Però cominciai anche a studiare.

Fu Menta a farmi capire che sarebbe stato magnifico presentarmi da esterno agli esami di ottobre e vincere due anni.

« Potresti saltare il secondo, capisci? Sicuro, ti presenti per l'ammissione al terzo. E invece di ripetere il primo ti ritrovi nella classe di Zobeida. »

A quest'idea mi entusiasmai.

« Ma si tratta di studiare forte, oh! Te la senti? Se ti ci metti sul serio sono sicura che riuscirai. E ti aiuterò io. Ho i miei libri. A mamma e babbo non diremo nulla. »

In segreto ogni mattina mi levavo prestissimo, e dopo aver

girato attorno alla casa e fatto quattro chiacchiere col guardiano delle fornaci, me ne andavo su nel solaio a tradurre greco e latino. Poi, verso le otto, saliva mia sorella ad aiutarmi. Insieme si leggeva *Odissea*. Ma da solo mi esercitavo su Luciano che mi piaceva più di tutti. Anche nelle lingue moderne me la cavavo, come si suol dire, abbastanza, e fu allora che conobbi classici francesi e se di ben poca morfologia avrei potuto rispondere alla Sempresei, in compenso le avrei citato a memoria lunghi passi della *Phèdre* e del *Polyeucte*. Idem per l'italiano. Per storia e geografia nulla da temere, avevo la cara, cara Bermùda, e poi medioevo e i continenti delle avventure, Asia, America, sarebbe stato un gioco felice per me. Non c'erano che fisica e matematica a preoccuparmi e furono le materie su cui mia sorella mi faceva tornare ogni giorno.

« Basterà che si persuadano a darti il sei. Se sostieni benissimo tutto il resto, vedrai, non ti bocceranno per così poco. »

In filosofia, sebbene a denti stretti, non si trattò che di leggere; e quanto alla storia naturale m'accorsi subito che studiare botanica in campagna era avventuroso: cercai tra i libri della Morale testi ampii, particolareggiati, e quasi sempre, finito il greco e il latino, me ne scappavo lontano tra gli eucalipti a leggere manuali francesi sulla coltivazione del cotone o del caffè o della canna da zucchero, e certe dispense di botanica comparata che avevo visto, altri tempi, nelle mani di zio Costantino.

Là, sdraiato sotto gli eucalipti sentivo il minuto fogliame muoversi sopra di me come una silenziosa cascata d'acqua verde.

Attorno l'immensa pianura del luglio ronzava di vespe e i delicati fiori gialli del cotone qualche volta si alzavano in un volo di esili farfalle. Lontano fumavano del loro fumo eterno le fornaci. E davanti alle case scorgevo donne che tagliavano, salavano e stendevano al sole, sopra lunghe assi, i pomodori che poi d'inverno avrebbero mangiato conditi d'olio in mezzo al pane.

VII

Con gli operai, a parte il guardiano, non avevo confidenza. Mi sentivo in inferiorità dinanzi a loro, come figlio del padrone e studente, come ragazzo destinato a un'altra vita. Sempre, fin da bambino, era stato così. Pensavo: "Non sono per essi un'offesa? Mio padre mi manda a studiare perché diventi chissà che cosa. Un'altra cosa da operaio delle fornaci. Ha bisogno di loro, se ne serve, eppure non lascia che io impasti la terra come loro. Non significa disprezzarli?". Tali non erano le parole con le quali, verso i dieci anni, cominciai a pensare in tal senso. Ma tali più tardi divennero continuando a pensare. Prima mi ero aspettato di essere messo a fare l'operaio. Che tutti noi figli si dovesse crescere per fare da operai a nostro padre. E me n'ero disperato, nei ritorni dalla casa del nonno dove sognavo una vita come una giostra, con onde e cavalli. Naturalmente credevo mi sarebbe piaciuto governare il fumo e la fiamma, fabbricare quel rosso pane di pietra di cui odorava giorno e notte tutta la nostra campagna, caricarlo sui camion, condurre i camion ai paesi attorno e alla ferrovia, ma mai un istante ammettevo che avrei voluto restare prigioniero di mio padre. Se avessi allora saputo che non c'erano al mondo solo le fornaci di mio padre avrei magari immaginato la mia vita a girare il mondo di fornace in fornace. Ma che non c'erano al mondo solo le fornaci di mio padre, lo seppi quando capii tutto il resto, che studiavo, che per molti anni avrei studiato, che né io né i miei fratelli dovevamo crescere per fare da operai a nostro padre, che c'era un fossato di offesa tra noi figli di nostro padre e gli operai.

Capii in due tempi. Il primo tempo fu nel tornare dal primo anno di ginnasio. Alle elementari avevo avuto compagni di scuola due ragazzi dei nostri operai e di ritorno dal ginnasio chiesi loro:

« Ma dove siete stati a scuola quest'anno voialtri? »

Risero.

« Più scuola noialtri » dissero.

Sembravano contenti di ciò, ma era stato bello quel primo anno di ginnasio per me nella città del nonno e feci una faccia stupita.

« Perché più scuola voialtri? »

Essi si strinsero nelle spalle e venne il secondo anno. C'era stata la spagnola, il nonno era morto, zio Costantino era morto, la felice tribù si era dispersa e fu brutto studiare nella città della montagna rosa messo a pensione presso un convitto di preti. Rimandato ad ottobre in latino mio padre mi gettò addosso il suo sguardo bianco come un colpo di saliva, mi disse:

« Sta' attento che ti faccio fare il fornaciaio se perdi l'anno. »

Vidi così dinanzi a me il fossato di offesa che mi divideva dagli operai ed ebbi vergogna, nei giochi, di stare coi loro ragazzi. Era quasi come esser donna, sentivo, quel preservarmi a diventare un'altra cosa che operaio. E se la vergogna passò, se presto ritrovai il modo di stare con i loro ragazzi, con le loro bambine, il senso di portare un'inferiorità su di me rimase vivo. Diveniva, a ogni nuova estate, diverso, ma rimaneva. Avevo dodici anni quando un giorno dissi a Menta:

« Curioso che sia necessario non studiare, per fare gli operai, no? »

Lo ripetei alla mamma e la mamma disse:

« Che significa? »

E io dissi:

« Oh niente! »

Ma alcuni mesi dopo di nuovo parlai con Menta:

« Sembra che ci sia bisogno di operai e di altre cose a questo mondo, vero? Di operai e di medici, di ingegneri, di capistazione, non è così? »

« Naturalmente » disse mia sorella.

« Ma perché » dissi io « c'è bisogno che gli altri sappiano tante cose e gli operai no? »

« Oh! » disse mia sorella « se sapessero tutto anche loro nessuno vorrebbe più fare l'operaio. »

« Come? Non è bello fare l'operaio, allora? » dissi io.

Mia sorella lanciò lontano un sasso:

« È questione che non sempre si sta bene a fare l'operaio » disse. « Non bene come è necessario a uno istruito. »

Fin dal giorno in cui mio padre mi aveva mostrato il fossato di offesa, sapevo che forse non si doveva star bene da grandi, al di là di quel fossato, ma era una cognizione in cui non credevo a fondo per ciò che di bello pareva ai miei occhi di vedere nella vita degli operai, durante il lavoro e fuori del lavoro, durante il pasto di mezzogiorno consumato all'aperto in gavette da soldati e alla partenza della sera, col tremante lacerio delle sirene nell'aria dell'ultimo sole, quando tutti si davano pugni di gioia l'uno nelle costole dell'altro. Avere da Menta l'affermazione esplicita che non si stava bene a fare l'operaio mi turbò. Dove non si stava bene? In quali casi? In che senso? Come? Perché? Dovevano, tutti questi interrogativi, maturare e cadere entro di me a poco a poco. Per allora dissi solo:

« Dunque, li si obbliga a fare gli operai? »

Menta sorrise.

« Oh no! » disse. « Non li si obbliga. Solo non c'è modo che facciano diverso... »

Dopo appresi che mio padre era stato in gioventù socialista e che cosa era socialismo.

« Ma come! » dissi. « Sei stato socialista e non lo sei più? »

« Ragazzo mio » disse mio padre senza guardarmi perché certo sapeva che il suo sguardo avrebbe subito stabilito tra me e lui il distacco del rimprovero « il socialismo è un'idea e uno può avere avuto delle idee. Anzi è un'idea generosa e uno della mia condizione può aver voluto essere una volta generoso. Ma poi nella vita s'impone la necessità di salvarsi ognuno per conto suo. »

« Oh! » esclamai « allora tu ti salvi... per via di loro che si perdono? »

Sapevo a stento che cosa intendevo dire, confusamente, ma mi era venuto spontaneo dalla mia logica di ragazzo, la mia logica che mi sentivo battere dentro come una creatura con ali, e per la quale tremavo nel timore che fosse proibita.

Mio padre continuò a non guardarmi. Era in uno dei suoi momenti di indulgenza e la mia logica si accovacciò dentro di me, lievemente rassicurata.

« Dio mio! Non si perdono poi del tutto... » disse mio padre.

C'era anche la mamma nella stanza e lo guardava come lui avrebbe potuto guardare me. C'era anche Menta.

« È sempre una brutta cosa! » io dissi.

Qui mio padre si voltò e subito il rimprovero dei suoi occhi bianchi mi saltò addosso, mi ricacciò nel dominio dove non c'erano altre vie d'uscita che la discoleria, la cattiveria, la disobbedienza. E fui per tutto il resto di quelle vacanze discolo, cattivo, disobbediente come non mai. L'anno appresso avevo conosciuto Tarquinio, e mi ero messo nei fascisti per antipatia verso quel socialismo dal quale discendeva mio padre col suo odioso modo di ragionare.

Dissi a mia sorella:

« È spaventoso costringere la gente all'ignoranza per essere sicuri che non manchi chi faccia l'operaio. »

Mia sorella rispose:

« Non lo dici per invidia verso chi non va a scuola? »

Arrossii.

« Sei una stupida » dissi. « Tutti si ha poca voglia di studiare quando si è ragazzi, ma si studia in un modo o in un altro e ci si trova in grado di sapere tante cose... »

Parlavo con ardente sincerità. « Poi, da grandi, si è gente che ha studiato » dissi.

« Ti pare simpatica la gente che ha studiato? » disse mia sorella.

Qui mi rallegrai entro di me, eravamo d'accordo io e mia sorella, ma la cosa eccitava la mia logica di ragazzo.

« Bene » dissi. « Se la gente che ha studiato non è quasi mai simpatica, non lo è appunto per la sua posizione di gente che ha studiato. Quando togli loro di sotto i piedi questo piedistallo facendo studiare tutti... »

« Oh, io credo che gli operai siano simpatici perché non hanno studiato » disse mia sorella.

Il discorso finì lì quella volta, e nella mia impressione di inferiorità verso gli operai il problema su cui sempre tornavo fu: "Perché sono simpatici gli operai?". Li osservavo da lontano, sfiorandoli con qualche parola, mai osando avvicinarli del tutto, e pur temendo di apparir loro superbo. Li guardavo di mezzogiorno passare da un movimento di lavoro a un movimento di riposo con un semplice alzare il capo verso il lacerio della sirena, mettersi subito a loro agio, raccogliersi e sparpagliarsi al sole con le gavette di soldati in mano, e scherzare, mangiando, fumando, seduti in bilico su un mattone o sul predellino della porta di una fornace, in un'allegria che non riusciva, malgrado le voci grosse, a non essere delicata. Scendevo di pomeriggio con un libro a leggere nella grande ombra pomeridiana della casa e ascoltavo i loro richiami, le loro grida, le loro parole, tutte inerenti al lavoro, e partecipi dell'asciutta fragranza che dai forni posava perenne e sempre nuova sulla campagna. Sapevo, anche non vedendoli, la presenza loro, e di quando erano al gioco delle bocce, di là dagli alberi del pepe, o di quando, sulla via maestra, nel tornare verso sera ai villaggi, si fermavano d'un tratto in gruppi taciturni di braccia scure, di camiciole azzurre, di giacche buttate sulle spalle attorno a qualcuno che parlava sommesso. Era allora come se si sentissero soldati di qualcosa, così raggruppati attorno a qualcuno sulla strada maestra, e io credevo sapere di che cosa. Pensavo molto intorno a loro, e mi ponevo infinite domande; ma in fondo ad ogni pensiero ritrovavo sempre la domanda vecchia ormai di due anni: "Perché sono simpatici gli operai?". Non un minuto avevo voluto credere alla opinione di Menta: ch'erano simpatici perché non avevano studiato. C'era pur gente, pensavo, ch'era simpatica come gente operaia anche avendo studiato: il nonno, quelli che frequentavano la casa del nonno, Tarquinio... O forse dipendeva dalla vita che facevano? Dalle difficoltà, dalla tensione, dalla speranza che li univa? No, c'era, persino nei vecchi, qualcosa di ragazzi in loro che non poteva dipendere da nulla di esterno... Era questo, era un qualcosa di ragazzi... Avevo sentito dire che la domenica, nei villaggi, passavano la giornata all'osteria, si ubbriacavano, bestemmiavano, battevano la moglie, avevo sentito raccontare episodi di losca violenza, ma quando il lunedì li vedevo al lavoro mai un minuto dopo la sirena, senz'ombra alcuna di nebbia sulle facce, vivi, attenti, pieni di fresca delicatezza involontaria, pensavo: "qualunque cosa abbiano potuto fare eccoli di nuovo capaci di essere uomini, operai". E mi chiedevo: "chi che si ubbriachi degli *altri* non si ubbriaca tutti i giorni? Chi che sia malvagio, degli *altri*, non è malvagio tutti i giorni? Chi degli *altri* che non sia sobrio è capace di essere sobrio per tutta una settimana?".

Avevo sedici anni, ora, e non mancavo mai ogni mattina, prima di mettermi a studiare, di spalancare al pianterreno le finestre sotto gli alberi dalla parte dove sapevo che subito si sarebbe alzata a salutarmi la voce del guardiano.

« Buongiorno anche questo giorno » diceva la voce del guardiano.

Non mi vedeva, com'io non vedevo lui, ma mi sentiva spalancare la finestra. C'era del verde alto fra i tronchi degli alberi lungo quel lato della casa e io rispondevo:

« Buongiorno vecchio! »

Lo sapevo dove se ne stava, seduto nel primo fresco del giorno estivo, davanti al fabbricato degli uffici, vestito di antico panno scuro, con la faccia antica di indiano d'America, la testa grigia di capelli tagliati corti, la pipa in bocca, gli sputi in terra da una parte sola.

« Anche oggi studio? » diceva lui.

La sua voce era come un grosso animale dentro a quel verde, una specie d'invisibile bue.

« Anche oggi » dicevo io.

Egli non aveva più moglie, ma cinque figli maschi che lavoravano sulle alture, nelle miniere di zolfo, e due femmine maritate con carrettieri. Nessuno veniva mai a trovarlo, però egli sapeva che avrebbe potuto avere un letto e un posto a tavola da chiunque di essi, quando avesse voluto. E io scavalcavo il davanzale, gli andavo vicino attraverso il verde, mi mettevo con le mani in tasca davanti a lui guardando le fornaci:

« Non mi dispiacerebbe lavorare a quelle » dicevo.

E lui non mi ammirava affatto per questo, come avrei potuto aspettarmi, si toglieva la pipa di bocca, sputava da parte d'uno sputo liquido liquido e diceva:

« Ci ho lavorato tanti anni... E ora, ecco, le guardo. »

Io ero contento che mi rispondesse solo così, come da operaio a operaio senza meraviglia per quello che avrebbe potuto parere una grandezza d'animo. Pure insistevo: « Ah, mi piacerebbe! È quasi fabbricare del pane! Un pane che non si mangia e che non è meno prezioso di quello che si mangia... ».

« Giusto » diceva il vecchio.

E io continuavo.

« Ha tutto del fabbricare il pane... In un modo speciale e forse più bello. Anche l'odore di quando si sforna... » dicevo.

« Giusto » diceva il vecchio.

« C'è il pane degli uomini e il pane delle case » dicevo io.

Un giorno gli chiesi:

« Vero che gli operai non stanno bene? »

Mi rispose: « Potrebbero star meglio, non è questo... ».

« Cosa non è questo? » gli chiesi.

« So mica io » mi rispose.

Un altro giorno andai più a fondo.

« E mio padre li tratta bene gli operai? » chiesi.

« È un padrone onesto » mi rispose.

« Ma è proprio padrone? » chiesi io. « Non è come un primo operaio? »

Il vecchio andò con la mano da un punto a un altro indicando tutte insieme le cose intorno:

« Non può essere » mi rispose. « È tutto suo. »

« Pure era socialista » dissi io.

« Già » disse lui.

Mi misi a sedere sullo scalino della porta, più in basso di lui che stava su una sedia.

« E io sono fascista » dissi « ma so che non vorrei essere padrone. »

Il vecchio sputò dall'altra parte il suo liquido sputo senza rumore.

« Forse i tempi cambiano » disse. Succhiò dentro la pipa e soggiunse:

« Ma se diventassi padrone io non capisco come farei a non voler esser padrone. »

E intanto erano cominciati ad arrivare in silenzio operai, si sentivano i loro passi imprimere orme fresche sulla terra rossa umida di mattino del piazzale e del piano caricatore.

Di mezzogiorno a tavola era sempre penoso. Dico di mezzogiorno, ma c'era già la grande ombra dell'una da quel lato della casa sopra il piazzale, e gli operai avevano ripreso, sul piano caricatore e nelle fornaci, il lavoro. C'erano due finestre nella sala da pranzo, una da cui si scorgeva la strada oltre il piazzale, una che dava su ancora più ombra tra il verde di un grande albero nella mia memoria rimasto senza nome. Si sedeva in tondo alla tavola con la mamma che faceva centro sullo sfondo della credenza, il babbo a sinistra di lei, poi Menta, poi Guglielmo, poi Ciro, poi io, poi Giuliano che chiudeva il circolo a destra della mamma. C'era un vaso con pesci rossi in qualche punto, c'era la riproduzione a olio di una famosa colazione sull'erba, c'era la strada attraverso la campagna e la presenza coperta del piazzale, c'era il fogliame del grande albero senza nome.

Era sempre penoso. Si mormorava basso noi ragazzi, parlavano solo mamma e babbo, Menta aveva da scongiurarmi con gli occhi per qualcosa ogni minuto. Mio padre m'aveva sequestrato le poesie di Rimbaud, e ora le teneva sottochiave la mamma. Così io guardavo le grandi mani nere di pelo che mi avevano depredato, guardavo il collo bianco della sua Eva che con lui divideva tutti i segreti e pensavo al pasto degli operai quale un'ora prima si era svolto, in felice disordine tra gli sparsi fortilizi dei mattoni, nell'aria calda di sole e di forno. E ruzzolava il rumore del rosso pane di pietra caricato sopra i camion.

Di nuovo nel pomeriggio me ne scappavo lontano tra gli eucalipti coi libri e passava, sotto un gran cappello di paglia, mia sorella in compagnia delle contadine a falciare, gridandomi: « Uhuuh! ».

Accorrevano, strisciando carponi nell'erba, i fratelli a snidarmi. Strisciavano, e si udiva il più piccolo gongolare per la sorpresa che mi avrebbero fatto.

« Chi va là? » gridavo subito entrando nel gioco.

Ed essi zitti, respiravano secondo il fruscìo delle foglie, tra il cotone, poi, a un urlo d'intesa, mi tempestavano d'ossa l'albicocche, con le loro balestre di canna e cinghia elastica.

Giuliano aveva sempre da portarmi a vedere qualcosa.

« Vieni a vedere la Casetta del Sole » mi diceva all'orecchio. E mi conduceva per mano in riva alla roggia, fino a una tettoia di fronde che essi avevano costruito.

« Perché? »

« Ma per starci! »

Poi erano le quattro sullo spiazzo rosso della polvere dei mattoni e l'ombra si stendeva più lunga davanti alla casa. Con una ciurma di bambini, i fratelli partivano verso chissà dove. Andavano a vedere com'erano fatte le bambine, me lo aveva mormorato Giuliano all'orecchio. Si mettevano tutti i maschi a sedere in terra, in circolo, come un consiglio di stregoni pellirosse, dentro un pagliaio, e le bimbe aspettavano fuori d'esser chiamate una alla volta.

« Sai » mi disse, anche, Giuliano « c'è Margherita che non vuol farsi vedere. »

Chiesi perché, fingendo stupore.

« Mah! È diventata tabù! »
« Tabù? »
« Guglielmo lo dice. D'un tratto diventano tabù e non si vogliono far vedere. Dice che diventano con la pancia nera, come le mamme, sai, allora hanno vergogna, e noi le burliamo anche. »
Verso le cinque attaccavamo il cavallo al calesse, io e Menta, e via per due, tre ore, sotto gli alberi, trottando.
Si andava ai vecchi paesi della nostra infanzia, tutti di mattoni rossi con una chiesa nel mezzo. Davanti alle chiese si scendeva perché io volevo entrare e rividi San Calogero dalla faccia di moro, San Nicola col barile dei bimbi in salamoia, San Rocco col morso del cane al ginocchio, e i Santi Damiano e Cosma, medici del Signore, con una foglia di palma in mano per ciascuno.
« Menta, qual era quel paese della Madonna a cavallo? »
« La Madonna a cavallo? Mai sentita nominare... »
« Ma sì. La Madonna a cavallo che pestava i saraceni. »
« Non ci sono Madonne a cavallo. »
« Ma sì, Menta, me lo ricordo bene. Era in un paese attraversato da un fiume tutto sassi, dove ci portò lo zio Costantino per la fiera. Non l'ho più dimenticato. Vorrei sapere qual era quel paese. » E via, si metteva la bestia quasi a galoppo sulla strada che sollevava polvere rossa.

Tornando, si vedeva mamma affacciata alla sua finestra, nell'odore misto che fcevano l'albero senza nome e le fornaci, e io di nuovo avevo voglia di scappare. "Oh, Giovanna!", pensavo, ma sentivo che Giovanna non poteva essere fuga, l'invocazione diventava in qualche modo, dentro al cuore: "Oh, Zobeida!".
Il pasto della sera non era tanto penoso come al mezzogiorno. Si avevano due luci, una dalla grande lampada di porcellana sospesa sopra la tavola, e una dalle finestre spalancate. E si avevano farfalline bianche che volavano sui piatti, si avevano voci contente dal di fuori, di bambini e di mamme, si aveva qualche invitato, il ragioniere delle fornaci con la moglie, o il prete d'un paese vicino, o qualche ricca figlia zitellona di proprietario venuta in auto... Si avevano insomma due mondi in uno dei quali stare a parte coi ragazzi.
Dopo, io salivo subito in camera per studiare ma mi mettevo alla finestra. Giù nella sera illuminata dal fumo delle fornaci i

bambini facevano i giuochi speciali di quell'ora cantando le filastrocche.

Madama, Madama Giulia, / Di dove sei venuta?

Un gioco facevano in cui entravo subito, attraverso il ricordo, anch'io. Apparteneva alla mia infanzia più lontana, nel ricordo. Ci si metteva in fila, con la faccia nascosta l'uno sulla schiena dell'altro e si aspettava che due bambine o ragazze passassero. Una era l'angelo che portava in paradiso e una era il diavolo che portava all'inferno. Ma non si sapeva chi fosse l'angelo, chi fosse il diavolo. Si aspettava ad occhi chiusi ed esse passavano a toccare via via con la mano l'ultimo della fila. Passavano senza dare la voce. Toccavano e noi si doveva rispondere "no" o "sì". E ci si doveva mettere dietro a chi rispondevamo di "sì". Il gioco finiva quando tutta la fila si era divisa in due dietro all'una e all'altra delle bambine e allora d'un tratto si sapeva se si stava con l'angelo, o col diavolo. Ma ci importava solo di andare con la bambina preferita, e come la mano toccava si pensava ch'era la mano di Lena, o ch'era la mano di Enrica, e si diceva "sì" si diceva "no" secondo il maggiore o minor timore che non fosse la mano della più cara. Ritrovando il gioco antico, ora io mi stupivo che, mentre lo avevo supposto scomparso col tempo in cui lo giocavo, fosse vivo ancora. Guardavo quei bambini che non erano miei compagni e quasi mi pareva non giocassero sul serio, ma per burlarsi di me che lo avevo giocato sul serio. E ritrovavo l'emozione di quando lo avevo giocato, il buio di quando avevo aspettato. Tremavo come allora. E sentivo tutta la mia vita immersa nella paura di non indovinare la mano che volevo seguire, dico la mano della più cara che non importava se conduceva all'inferno, se conduceva in paradiso.

Poi a poco a poco venivano le mamme a portarsi a letto i più piccoli, gli altri restavano intimiditi, il chiasso scemava, e non si udiva più che la campagna gonfia di rane. Lontano scorgevo i lumi della stazione. Erano sette. Lo ricordo ancora perché spesso, fissandoli, a uno a uno e poi tutti e sette insieme, mi veniva da piangere.

VIII

Cominciarono ad arrivare lettere di Tarquinio.

« Caro Mainardi – ti sapevo porco ma non fino a questo punto. Quindici, venti giorni che sei partito e neanche una cartolina. Incredibile. O la Morale ti ha chiuso in qualche torre oscura? Qui non riusciamo ancora a consolarci della tua mancanza. La signora Formica non fa che piangere e sospirare... Ma davvero, scherzi a parte, mi pare di non aver impiegato tutta la mia vita che a stare con te, a pensare insieme a te, e ora non riesco a raccapezzarmi. Sono così solo, sinceramente; un'anima dannata. Non c'è più nessuno capace di farmi smuovere dal letto. Sto lì, fumo e fumo, viene l'ora di pranzo; allora fa la sua apparizione di Madonna dei Sette Dolori la signora Formica, angosciata del fatto che minestra e pietanza si freddino.

« Nondimeno avevo trovato la forza, quattro giorni di seguito, subito dopo la tua partenza di uscire di casa alle otto e mezzo per dare gli esami scritti. E pare abbastanza bene, anche. Ma a metà degli orali non ne potevo più dalla noia, e hò dovuto smettere.

« Tornare a casa e trovare il tuo letto a stanghe per aria come una carrozza in rimessa, mi avviliva talmente. A stanghe per aria, si capisce, non è che una maniera di esprimersi. Lo dice la Granatiera, sai bene. Ma io lo vedevo davvero così. Anche gli altri due della camera sono partiti e il campo s'è proprio ridotto un magazzino. Non c'è che la mia tenda sempre in piedi. E sventola di una bandiera di desolazione, madre di Dio!

« Tu intanto te ne infischi. Scommetto che ti sei dimenticato anche della tua *demoiselle élue*, come la chiami! A proposito, sai che è tornata? L'ho vista ieri l'altro sera al passeggio domenicale sotto gli oleandri, e sfoggiava, al braccio di papà suo colonnello, un abito color di cielo del Giappone con un fazzoletto dello stesso cielo ma notturno e a pallottole rosse che davvero gridavano: palle, palle! – Metteva voglia di giocare al biliardo. Però ha magnifiche braccia nude, non c'è che dire. Tu, ad ogni modo, dovresti sapere che io e te siamo amici e che non si lascia un amico venti giorni senza notizie col rischio di fargli fare la spesa di un *tout-de-même* a lutto per piangerti morto. »

« Mio caro Mainardi – meno male quello che mi scrivi, ma non ti credere per così poco scusato. Però apprendo con vivo piacere che studi addirittura per il terzo. E ti auguro di riuscire, così sarà una lezione ai savi, da non dimenticarsene.

« Anch'io studio, abbastanza credo per finirla il prossimo ottobre con questa storia della scuola, e non essere più in mezzo a studenti mi è di grande aiuto. Sì, la vostra presenza mi dava la nausea dello studio, in un certo senso, specie per certi libri. Forse è questione che non sono capace di fare una qualunque cosa senza mettermici sul serio. E voi studenti studiate così poco sul serio... Ma studio in letto e non prendo più lezioni da professori. Se non fosse per amore dell'estate non uscirei, credo, neanche di casa. Il sole mi chiama sui marciapiedi, dopo mezzogiorno. Tutti camminano entro il filo d'ombra di Parasanghea sinistra per la paura di incretinire, io invece saltabecco nel bianco forno di Parasanghea destra e divento più intelligente che mai. Tu storcerai il muso, ma non sai com'è vero! Mi sembra di poter guardare anche dentro i pensieri di un filo d'erba dalla gran lucidità di cui mi sento affilato il cervello... La signora Rosmunda dice che sono il diavolo perché gli svento tutti i propositi di falsa monetaria nei riguardi del cucinare. Ma io non so. Suppongo che dovrei avere delle strane voglie se fossi il diavolo. Invece non ho altra voglia che continuare così, godermi il sole, godermi la canicola, godermi la mia intelligenza, godermi le mie buone idee, godermi il bene che porto agli amici e via di seguito. Ciao e rispondimi presto. »

« Caro Mainardi – dici che è nuovo da parte mia mettermi a una cosa sul serio? Che poso, dici? Bene, vorrei che tu potessi vedermi, dentro quello che ti ho raccontato di me. Quasi arrossisco di avertelo raccontato, per le parole che mi getti addosso in compenso. Avevo contato forse sulla tua più squisita qualità, la tua timidezza, ma vedo che non sei affatto timido quando da lontano pigli in pugno la penna invece di sgranare la voce, peccato! Vedo che tra noi non ci sarebbe forse *cava* da lontano, a scriverci. E perciò vorrei quasi venirti a trovare, se non fossi sicuro che tuo padre mi guarderebbe male come una specie di traviatore della tua gioventù, e che stringerei amicizia per la vita e per la morte coi tuoi fratelli della *Casetta del Sole* lasciando te nella polvere. Ad ogni modo, perché non dovrebbe esserci qualcosa di nuovo da parte mia? Uno cambia, mi immagino. Questo, dico, se si trattasse veramente di un *nuovo*. Ma io facevo solo una constatazione, e ti assicuro che me lo sento vecchio in me quanto ho constatato come uno potrebbe sentirsi vecchi il naso, gli occhi ove si accorgesse di averli dopo venti anni che li ha. Del resto la cosa non era che un punto nella mia lettera. Un punto, e aureolato di *forse*. Come mai ti ci sei fermato per tutta quasi la durata del tuo scritto? Si direbbe che ti inquieti suppormi dedicato a una cosa sul serio. Si direbbe che ti deluda. Ma parliamo d'altro.

« La signora Rosmunda mi ha messo in camera un tale che non so se giudicare cretino o genio. È un ragazzo di provincia bocciato agli esami di passaggio dal ginnasio al liceo in storia e geografia. Ha la faccia coperta di lentiggini sebbene sia nero di capelli come una gazza ladra, è stato quindici giorni in campagna dai suoi dopo la bocciatura e ora è tornato per prepararsi con un professore. Ma è un mistero come abbiano potuto bocciarlo proprio in storia e geografia. Per la storia sa persino quanti ebrei militavano sotto il Sassanide nella guerra contro Roma, e quali fatti condussero al massacro del Campo di Marte nella rivoluzione francese e uno per uno quali deputati della Convenzione votarono la morte del re, quali la prigionia, quali la libertà provvisoria... Per la geografia è capace di dirti tutte le città che si trovano lungo il 48° parallelo e in quale rapporto coi meridiani. Dal giorno che ho scoperto le sue qualità passo ore e ore a sfogliarlo come un atlante. E non lo faccio per approfittarne, m'incanta... Poi è stranamente timido. Deve aver vergogna delle sue calze, delle sue mutande. La sera, se torno presto a casa, aspetta che io sia già addormentato per spogliarsi e la mattina lo trovo sempre in piedi, lavato e abbottonato quando mi sveglio. Inoltre non è affatto uno sgobbone, i libri non li apre nemmeno, quelli di testo, ma va in biblioteca a copiare incisioni. E in casa disegna, ritaglia, incolla, ha fabbricato di carta e cera tutta Parigi del 1789 con Notre-Dame e la Bastiglia, col

Pont-Neuf, la Tour de Nesle, i caffè del Palais Royal e via di seguito come sono nelle incisioni dell'epoca. Ha una folla di gente alta un centimetro, disegnata e ritagliata pezzo per pezzo nella carta Fabriano e fissata su piccoli piedistalli di cera, e la sposta, seduto in terra alla turca, da un quartiere all'altro della sua Parigi con un'assorta lentezza da giocatori di scacchi. Che gusto ci prova a giocare da solo? mi sono chiesto e gli ho detto che, se voleva, potevo giocare con lui una volta. Tanto la cosa mi attrae. Ma lui è diventato rosso come se allora soltanto si fosse accorto ch'io lo vedevo e ha spinto Parigi sotto il letto spiegandomi che non c'era nulla da giocare. La voce gli trema quando parla e mi ha detto che ha Babilonia, a casa sua, nonché Corinto col porto e le navi, Talamone con la cavalleria etrusca, Cartagine con l'esercito di Matho e gli elefanti, una città messicana coi templi agli dei della morte eccetera, eccetera. È parso uno, dicendomelo, che colto in flagrante delitto indica dove si trovano seppellite le vittime di precedenti assassinii. Ha quindici anni. Da come veste si pensa che sia figlio di operai o di contadini. E da come guarda, soprattutto. Ma non ha idee. In definitiva lo stimo un cretino. Ora che ho lui nella camera mi alzo non più tanto tardi e passo all'aperto gran parte della mia giornata. Forse per una certa insofferenza, forse per lasciarlo respirare nei suoi giochi... »

« Caro Mainardi – leggo della tua crisi di coscienza sugli operai, dei tuoi discorsi col guardiano eccetera. Bene, sei l'amico che ti ho sempre creduto e mi congratulo con me stesso di averti. Ma non fantasticare per questo che non sei fascista e che sei comunista. Ascolta...

« Ora io studio al caffè, ma non al *Pascoli & Giglio*, a un altro, dove posso star bene. Ordino un espresso e fumo. La sala è buia, è fresca, è piena di piante d'ombra. Si tratta del caffè annesso al Teatro d'Opera, credo che ci siamo stati assieme una volta. Tu sai, la gente ci va solo nelle sere di teatro durante la stagione, per il resto è deserto. Mi siedo in un angolo di dove si guarda sulla gradinata e il portico del Teatro e studio godendomi le voci di due ragazze sorelle che ora servono nel locale venute d'Alto Adige. Parlano di là dalle piante e dal banco come fossero in chiesa, si chiamano Amina e Federica e sono graziose, verrebbero a letto volentieri, credo, e tutte due insieme se mi riuscisse di presentare la cosa in una forma agreste, pastorale, di gioco. Così mi piace pensare ma non ho voglia di farlo, finora.

« Continuo per questo genere di cose a frequentare da madama Ludovica, e vi aspetto Zobeida. Quasi ho la febbre nei momenti che più aspetto. Mi hanno detto che in ottobre verrà. Mi sembra che deve decidere parecchio di me, questa regina... Se non sono in qualche modo regine, non sono nulla le donne. E lei è una regina. Anche solo ad ottenerne un bacio, ma un bacio vero di donna, sento che mi porterebbe fuori del limbo cui apparteniamo coi nostri fatti, malgrado i nostri pensieri, noi ragazzi. Ma io vorrei prenderla con me. Esigerò dal tutore che mi tratti da giovanotto; ho diciannove anni ormai. E tu creperai di rabbia e invidia. Vedrai, me la prenderò per conto mio senza nemmeno darti il tempo di correre a possederla una volta... »

« Caro Mainardi – dici che non vuoi che ti parli di Zobeida? È curioso! Temi forse che tuo padre possa leggere le mie lettere? Oppure ti fa rabbia e invidia davvero che esista la possibilità di una Zobeida per me? In tal caso, sai che cosa sei? Sei un terribile egoista. Hai Giovanna con tutto quello che per te significa Giovanna e vorresti anche Zobeida. O forse tu dividi le acque e supponi naturale aver bisogno anche d'una Zobeida. Ma se fossi in te io non dividerei le acque. Penserei a Giovanna come ora penso a Zobeida, aspettandomi da lei quanto mi aspetto da Zobeida. Non ti scandalizzare. Tu forse credi che riesca loro, dico alle donne, offensivo aspettarsi una cosa così. Ma io ho letto in un libro che non è vero. Esse non si aspettano nulla di meglio, e se si chiudono, se non cominciano mai loro è perché in fondo si augurano qualcosa di cruento. C'è una macchia di sangue al principio dell'amore di ogni donna, ricordati, e il bene che conta è sempre al di là di quella macchia. Così tu puoi trovare del bene anche in una che batte il marciapiede... Te lo dico perché lo so. Ho visto cinque anni fa una ragazza violentata da un carrettiere, abbandonare all'indomani della subìta violenza casa e famiglia, per andare in cerca del suo carrettiere, col quale prima non aveva mai parlato, mai scambiato un saluto. Io lo conoscevo quel carrettiere; era un tipo assurdo, magro, col berretto calcato sino alle orecchie. E quella ragazza la conoscevo pure, era in uno dei nostri sobborghi, verso la campagna. Stavo in collegio allora e d'estate si andava nella residenza estiva, si aveva il cancello di faccia alla casa della ragazza. Lei, sua sorella e sua madre erano lavandaie e lavavano per il collegio. Sua sorella era gobba ma lei era bruna e simpatica e io scivolavo fuori dal cancello nell'ora dei giochi per mettermi a sedere in casa loro. Quando si seppe della violenza noi ragazzi non si dormì tutta la notte, avevamo visto il carretto dell'uomo fermo per un'ora davanti alla casa verso imbrunire mentre la madre e la gobba erano intorno a portare il bucato. Io pensavo alla ragazza come a un'assassinata. Pensavo di esser solidale con lei nell'odiare quell'uomo. E invece la sentimmo parlare all'indomani di lui come ogni donna parla di suo marito. Credo che nulla di meglio potrebbe capitare alle ragazze, e anche alle nostre signorine di città, d'una cosa così, solo che esse non sarebbero tanto semplici, credo, e si attaccherebbero al furtivo, al segreto... Ti sembro troppo saggio forse? Ma la mia saggezza non mi ha ancora fruttato nulla di vero...

« Perciò spero tanto da Zobeida. Si direbbe assurdo sperare da un lato che è tutto il contrario di quello dove di solito fioriscono le cose vere. Eppure non è affatto assurdo. Da una qualunque non spererei... Da lei è la bellezza regale... Mai un uomo deve esser riuscito a parlare dinanzi a lei. E tutto dipende dal riuscire a parlare. E a farla parlare. Io voglio riuscire a questo. Credo che si può ottenere molto da una come lei, se solo si arriva a portare la cosa sul piano delle parole. Più che da una innocente fanciulla. Un uomo è un dio quando riesce ad ottenere il bene di una donna perduta. E la sua bellezza mi ha riempito del desiderio di essere un dio. È una regina... è una regina... Non mi stancherei mai di ripeterlo. Ah, caro mio, è una regina e io sarò il re che le toglierà il taciturno potere di regina, che la farà parlare. Ti sembrerà che l'abbia fatto apposta a scriverti di nuovo di lei, ma non mi sarebbe stato possibile restare zitto dopo la tua intimazione. E dopo che immagino tutto il giorno di saperla ad un tratto arrivata, di saperla informata, attraverso le donne di madama Ludovica, del mio interesse, di saperla che viene a cercare di me... Davvero, ho il senso che *la sua mano debba d'un tratto toccarmi sulla spalla!...* »

« Caro Mainardi – possibile? È straordinario che tu abbia sentito la stessa cosa... Sei proprio sicuro che non sia stato dopo la mia lettera? Ad ogni modo t'è venuto da quel gioco... E poi, in te c'è la paura, dici, come appunto nel gioco, che non sia veramente la mano della *più cara*. Mentre io ho la certezza assoluta che sarà la *sua* mano a toccarmi. È l'attesa di lei che si è trasformata nell'attesa della sua mano. Riflettendoci il mio caso è solo di un'immagine... Potrebbe essere la sua voce invece della sua mano. Nel caso tuo invece è un vero e proprio stato d'animo; perché ti sta addosso un'impressione di ignoto. Tu non sai quello che vuoi, accidente di un ragazzo! Ma ti giuro che ti insegnerò a sapere quello che vuoi, quando sarai qui di nuovo. Ne abbiamo 10 di agosto, oggi, 10 di agosto e non manca che poco più di un mese, un mese e mezzo, al tuo ritorno. Sai che lo desidero il tuo ritorno? Anche perché so, naturalmente, che lei deve venire dopo il tuo ritorno. Ma desidero proprio la tua presenza fisica qui in questa camera, la tua compagnia, il tuo appoggio morale per la conquista di Zobeida. Mi sembra di non averti mai voluto tanto bene come ora... E ti insegnerò a sapere quello che vuoi, ti aiuterò a schiarirti il cuore, ti aiuterò anche materialmente se ne avrai bisogno, anche di guardia monterei alla porta di là della quale ci fossi tu con la tua innamorata... L'mportante è che tu riesca a sapere quello che vuoi. È l'importante per ogni uomo. Se no si è dei Pelagrua. A proposito, sai che è ricomparso? L'ho rivisto nel luogo meno adatto per lui, al fascio. Giusto tre sere fa. E da allora mi cerca tutti i momenti, ha bisogno di compagnia, non trova nessuno della sua banda invernale, è disperato, patisce il caldo come una foca, e mi tira ai bagni, alla banda serale, ai varietà, mi opprime di confidenze per la sua blenorragia, mi tiene discorsi che sembrano lezioni sul piacere sessuale... È una bestia, e di odioso genere inoltre, ma non si riesce a volerlo abbandonare del tutto così spaventato come ora appare. »

« Caro Mainardi – dici che ti parli di lei. Di chi? Ancora di Zobeida? Oppure della tua *demoiselle élue*? La vedo ai bagni ora che ci vado col Pelagrua. E certo debbo riconoscere che è molto, molto simpatica. Mi fa l'effetto, però, di una cosa troppo adulta per te se ti penso accanto a lei. In costume da bagno, almeno. È tutta donna, con una punta appena di bambina solo tra il naso e gli occhi, forse nel modo di guardare. Anche Zobeida, mi ricordo, ha una punta di bambina nella faccia... Ma di giovinetta, della curiosità, della provocazione, della voglia di intrigare e cospirare di una giovinetta costei non ha proprio nulla. Mai deve averne avuto. E quella stessa punta che ha di bambina non è residuo di qualcosa che era di più, no, è un tratto che le resterà per tutta la vita. Capisco perché ti ha attirato... Deve sembrare meravigliosamente serio con lei fare le cose che si fanno nel vostro caso, le occhiate, le attese alla finestra, eccetera... Ah, capisco! Deve metterci la risolutezza di un dono estremo nel passarti davanti. È una donna che ti fa sentire di appartenerti, lo vedo, fin dalla prima parola d'intesa. Come ad ogni estraneo, a me, a tutti fa sentire che è di un altro... E che buco profondo deve essersi scavato nella sua vita, nella sua famiglia! Non credo che ti sarebbe tanto facile affondarci i denti, in lei. Non la conoscevo quando ti scrissi in tal senso... Mi sembra di essere stato stupido. E tu chissà come mi hai pensato dall'alto in basso! Restando zitto, canaglia! Fingendo di non aver sentito! C'è sempre una diffidenza in te, un guardare di striscio come i cavalli... Pur nell'atto stesso di immergerti, per altro verso, nella confidenza...

« Ma bada, io resto del mio parere. Non giudico, preferisco. Più che mai preferisco Zobeida. Più che mai, ti dico. Mi fa avversione una ragazza così poco, così niente ragazza. Una ragazza insomma, perdonami l'espressione, che ha così poco da esser violato... Uno non si sentirebbe neanche uomo ad aver lei. Renderebbe la cosa troppo normale, troppo certa, e allo stesso tempo condizionata a un mucchio di circostanze esterne. Mentre con le donne il bello è che ti appaiano smarrite, e che si aggrappino a te sul serio, dopo. Io credo. E ti darebbe il senso che non gliene importa nulla del pericolo che tu la lasci.

« Come una Zobeida, pressappoco, ma con la differenza che una Zobeida, se si riesce a farla parlare ti si trasforma in una vergine divinità sotto le mani, io credo. E ti fa sentire di essere un dio creatore. Io questo voglio. Penso che sia bene per un uomo voler essere un dio creatore a un certo punto della sua vita. E che arrivi ad esserlo. Perché ci si rispetti, in seguito, quando la vita diventa grigia. Non hai paura tu di quando la vita diventa grigia? Bisogna non ne abbia la minima paura se davvero vuoi bene a Giovanna. Subito con lei la vita diventerebbe calma, grigia. E non ci sarebbe stata lotta né vittoria per trarne il rispetto di se stesso.

« Oh scusami, forse ho perso il filo! Troppe parole ho messo al fuoco. Non vorrei tu pensassi che la disprezzo. Mi ha solo stupito vederla com'è, ecco tutto. Mentre sembrava una ragazza così comune ad incontrarla per le strade. Ti prego, non pensare che la disprezzo. »

« Caro Mainardi – non hai ancora ricevuto la mia ultima? Che l'abbia sequestrata tuo padre? Non so cosa supporre del tuo silenzio dopo che ci si è scritto per tutto un mese a chiama e rispondi. Fatti subito vivo appena ricevi la presente. Io non riesco a non scriverti ogni quattro o cinque giorni. Mi piglia mezza giornata di tempo in un modo così giustificativo di me stesso che vorrei fosse una cosa di tutti i giorni. Ma naturalmente non potrei scriverti se non ci fossero le tue risposte. Finirei per sentirlo gratuito, e cioè il contrario di quello che è ora come ora. Tanto varrebbe tenere un diario, e tu sai che non sono tipo da diario, né da altro solitario. Qui ci hanno separati, me e il fabbricante di città antiche. Ci hanno messo in due stanzine uno a nord e l'altro a sud dei rosmundii appartamenti. Perché è arrivata la solita compagnia di ballerine e le stanze grandi si sono dovute cedere a loro. La maggior parte del giorno ora io me ne sto nel mio stanzino come in una cuccetta di piroscafo e guardo il cielo passare nello specchio che è di faccia alla finestra. La mattina mi svegliano dalla sala accanto con un rumore di piedi nudi. Si ha il sonno così leggero la mattina. Di rado ne incontro qualcuna nel corridoio o per le scale. E quando così la mattina fanno prove di ballo è quasi commovente. Sconosciute come sono non si pensa ad esse. E viene insofferenza di non voler ancora bene a una donna... E l'attesa di Zobeida diventa sino alla superficie quello che è nel fondo, l'attesa di una urì. Vecchio mio, che bello esistere anche quando non si esiste sul serio!

« Sai, continuo col Pelagrua ad andare ai bagni, ma non più in vaporino, si vai ai bagni delle Fondamenta e si attraversa a nuoto fino a quelli veri, sotto la montagna rosa. Sono circa settecento metri di traversata e si arriva sempre stanchi morti ma si arriva. Poi si torna, gocciolanti, col vaporino, e a metà acqua ci si butta di nuovo per raggiungere il camerino e i vestiti alle Fondamenta. Ci son tanti altri ragazzi che fanno così, naturalmente per apparire belli e bravi alle signorine. E si intrattengono con le signorine. Io no, mi faccio dare da qualcuno che conosco una sigaretta e me la fumo sdraiato sul pontile d'attracco. Ero disperato ieri, non trovavo nessuno cui chiederla, e ho avuto la faccia tosta di importunare la tua Giovanna. Essa ha sorriso ed è andata a comprarmene un pacchetto. Non fuma lei, dice. Non ci siamo messi a chiacchierare insieme. Subito lei se ne è andata e io mi sento leggermente calpestato. Non sono tornato oggi laggiù. Non vorrei più tornarvi. Ha avuto qualcosa di sprezzante nel sorridere, lei, e io ho paura di cominciare a detestarla. Perché è un tipo di donna che potrei detestare. Ma a te dispiace la cosa? Quasi mi sembra assurdo che sia lei l'oggetto della tua malinconia nella solitudine. Quasi mi sembra che tu non ci pensi più neanche. Dimmi se non mi sbaglio del tutto, appena mi scrivi. Mi avevi detto parlami di lei, io te ne ho parlato, e tu te ne resti zitto. Forse ora preferisci che non te ne parli più? Ad ogni modo, qua la mano caro Alessio Mainardi, ti saluto prima che sia necessario accendere la luce. In cucina ho notato passando un cocomero grosso come un ventre, è verde smeraldo dentro l'acqua di pozzo a fresco nel secchio, e ora tirerò fuori di sotto i materassi il mio coltellaccio, andrò come Sindbad il marinaio, a tagliarmene mezzo in punta di piedi... »

« Caro Mainardi – coraggio, l'estate sta per finire. Siamo al 27 agosto e il gran caldo di questi giorni non è che lo spasimo culmine. Cinque, sei battute ancora di spasimo e vedrai che pioverà. S'impazzirebbe se no, credo.

« È quasi sera a momenti; gli oblò della mia cabina sono entrambi spalancati, la porta pure, e nondimeno mi tocca scriverti in piedi appoggiato al marmo della specchiera perché a sedere incollerei. E non ho niente addosso. Sul balcone accanto c'è la signora Rosmunda, che si soffia, la sento lamentarsi col suo pappagallo, il *quinioquinio*, più che mai pensa d'essere una povera abbandonata. Tutta la città si soffia, mezzo mondo piglia gelati, l'altra metà dorme disteso sui cocomeri. E alla spiaggia è un brulichìo.

« Si può vedere anche di qui, verso mezzogiorno, il tratto di mare sotto la tua *montagna rosa*, pieno di teste come di miriadi di pesci venuti a galla. Ma straordinario è di sera, passando in traghetto dalle Fondamenta fino a Santa Lucia. Non appena si volta fuori dal canale, tutto lungo Borgo Calafati, con quelle case di legno, sai bene, ci sono turbe di fantasmi bianchi che si bagnano. Sono donne del popolo, con bambini, e cocomeri, e sguazzano. Accoccolate nell'acqua urlano ad ogni barca che passa. – Gira al largo, brutta bestia. Ma il marinaio se lo lascia anche ripetere e scìa in mezzo alle groppe in camicia, mormorando porcherie. E solleva clamori di risate. Sono lì fino a mezzanotte, ci dice il marinaio. E dopo divorano cocomeri sulla riva. Non ti pare straordinario? Tutta una vita nascosta di popolo che vien fuori in una piega della città. Pensa a come si fanno la corte, nel popolo. Pizzicotti. Eppure così appassionati!

« Grazie della tua lettera, ma vedi come mi porta a parlarti? Non è una lettera la tua, è una pagina di prosa sulla campagna, ed ecco che anch'io, per istinto di contrappeso, mi son messo a proseggiare sull'estate di qui. Strano il tuo silenzio su tutto quello che ci riguarda come amici! È da due lettere, per così dire, che non mi rispondi... »

« Caro Mainardi – sì, ho rivisto Giovanna. Per l'ultima volta sono andato ieri ai bagni col solito sistema. Per l'ultima volta, dico, perché oggi piove. Anche giorni fa è piovuto un poco con qualche tuono, ma oggi sembra sia più sul serio. L'ho rivista in acqua e le ho nuotato dietro un momento. Era in verde smeraldo... Le ho chiesto se mi permetteva di farle un complimento da parte di un amico così e così.

« Preferirei che venisse a farmelo lui – mi ha risposto. Felice di avermi tappato la bocca sembrava, madre di Dio! E ha nuotato via, ad emergere sulla spiaggia. Oh come ho ringraziato il cielo per lo stato di grazia in cui sono, aspettando la mia urì! Decisamente mi riesce sgradevole questa Giovanna. E ho paura che non frequenterei la tua casa volentieri se dovessi trovarci lei. È di una sgarbatezza spirituale, non di modi, beninteso, che irrita... Ursigna...

« A proposito sai che il Rana è risuscitato ieri l'altro dalla sua tomba di pleuropolmonite? Per l'occasione i suoi genitori l'hanno vestito a nuovo, e di autentico nuovo in stile coloniale inglese cioè in tela kaki. Deve essere una sua fantasia di quand'era a letto. O forse ha idea di partire verso i tropici a diventare eroe per contenderti dopo la bella a furia di pelli di leone. – Chi preferisce, signorina Giovanna, me o lui? – E giù una pelle di leone. – Glielo chiedo una seconda volta, signorina Giovanna, preferisce me o preferisce lui?... – E giù una seconda pelle di leone. – Per la terza volta, signorina Giovanna, me o lui? – E giù una terza pelle di leone, e via di nuovo e di nuovo fino alla ennesima... È un tipo di fegato, non t'illudere. »

« Caro Mainardi – non capisco la tua sfuriata e mi riserbo di fartela scontare, ossia rimangiare. Saranno rappresaglie fisiche, dico sul serio. – Ti avverto che addì ventinove settembre, in altri termini fra venti giorni, cominciano gli esami per te se ne hai ancora voglia. Sono stato a presentare la tua domanda e a pagarti la tassa; ti rimetto la ricevuta.

« Qui, da ieri, fa tempo d'uragano, l'aria è sempre violetta. Si capisce, è la tua *montagna rosa* ad attirare tempesta, è piena di monete d'oro degli arabi, tutta piastre e zecchini, secondo quello che si racconta, perciò chiama fulmini. – E addio, sono fiacco. Sono fiacco da molti giorni. E mi sono accorto che Rana mi pedina. Ci capisci niente, tu?... »

Dopo fu autunno nella campagna delle fornaci.

Venne la "ciurma" per la raccolta del cotone, facce di zingari erano, uomini tetri con gli orecchini, donne ulivastre, e si accamparono sotto gli eucalipti, dove la sera accendevano un fuoco di frasche d'assenzio. Andavano curvi con un paniere a tracolla e coglievano sparsi a ventaglio nella pianura. Si davano la voce, ogni tratto, come sentinelle. E Menta percorreva in calesse i sentieri con l'aria di sorvegliarli da padrona di schiavi, ma dolce padrona. Poi venne pioggia e ci fu odore di radici.

Tutta l'ultima settimana piovve, cominciai a preparare le mie valigie, ero sicuro che avrei vinto e spedii un espresso alla signora Rosmunda per fissarmi il solito posto. Scrissi a Tarquinio annunciando il mio arrivo per l'indomani alle cinque di pomeriggio; m'avrebbe fatto un piacere, gli dicevo, se fosse venuto a prendermi alla stazione. E l'indomani mattina, qualche ora prima della partenza da casa, arrivò posta per me; una lettera di Rana.

« Mainardi – non ho dimenticato che la tua vittoria del Matto Grosso mi obbliga a servirti in tutto quello che riguarda la signorina Giovanna. È giusto. Se avessi vinto io mi avresti dato il garofano rosso, *non è vero*?

« Dunque ti avverto che il tuo amico Tarquinio insidia Giovanna, anzi, precisamente, sono in grado di informarti che ieri sera nel portone della casa di lei *si sono dati* un bacio. Attendo in proposito gli ordini che credi di darmi. Cosimo Gulizia. »

Allora viaggiai pensando che l'avrei picchiato un'altra volta. Era un bel tipo di Jago anche, maledetto Rana!

IX

Alla stazione però non trovai nessuno, e poteva aver ragione il Rana.

"Chissà, può darsi che non abbia ricevuto l'espresso" pensai, e attraversando in vettura la strada davanti ai giardini, ero pieno di un desiderio gentile d'esser voluto bene e avere amici.

Alla pensione c'erano grida, risate, rumore di rincorse per i corridoi.

La signora Rosmunda mi venne incontro di due gradini dalla soglia, con larghe espressioni di accoglienza. « Caro ragazzo, caro ragazzo » e cercava di aiutarmi a portare una delle valigie ma non riusciva e batté le mani, subito senza fiato, per fare accorrere la Granatiera.

« È tutto pieno, sa, tutto pieno » gridò contenta come una bambina.

Ed era zeppo di studenti esterni venuti per gli esami, altri letti erano stati montati, ce n'erano persino nel corridoio, e anche sui tavoli e in terra nell'antico "campo" c'erano materassi.

« Vede, Mainardi » mi disse la signora Rosmunda « per ora c'è confusione, ma fa piacere, sono così allegri questi ragazzi, no? Presento: il signor Perez, il signor Valente, Baiardo, Corsentino, Mattioli, Trovato, e questo giovane è di Tripoli, Ahmed Cogia, siete tutti compagni di camera, non è straordinario? »

« Straordinario, straordinario » le fecero eco con aria furba quei miei sette nuovi camerati.

Il tripolino, nient'affatto « moro che ha passato d'Africa il mar » come avrei voluto, stava sul letto di Tarquinio, con un fez di astrakan in capo, e rideva.

« Siamo tutti turchi, caro mio » venne a dirmi un piccolino dalla mandibola nervosa, e pareva agognasse di stritolare il mondo nei suoi denti « ti sembra poco straordinario? Con noi ce l'hai da fare... »

Ero irritato.

« Bah » allora dissi « turchi più o meno, ora non ho voglia di darvi il battesimo. »

« Lui? » esclamò il tripolino, e si strinse con le mani le ginocchia dal gran ridere.

"Ora gli faccio volare il fez dalla finestra", pensai, ma invece mi era simpatico e diressi sugli altri una lunga occhiata di provocazione.

« Che ne dici, Perez » mormorò uno dalle grosse gambe pelose rivolgendosi al più alto, e certo il più forte, della compagnia, « lo mettiamo alla tortura? »

E il nominato Perez: « Aspetta che ci penso io ».

Così mi venne incontro e aveva occhi celesti, e con un dito si tormentava un ricciolo sulla fronte.

« Amici, vero? » disse, mentre mi prendeva una mano stritolandomela.

« Oh, piano! » dissi io, e con uno scatto di rabbia gli diedi un pugno al mento. Allora ci fu mischia. Mi rotolarono a terra e, dimenandomi, sentivo il tripolino che urlava: « Castriamolo, castriamolo! ».

Intanto la signora Rosmunda dava alte strida come per svenire, e la Granatiera accorse a spazzarci con la scopa, e altri ragazzi accorsero dalle camere vicine. Poi vidi il Perez che era al lavamano e col fazzoletto si faceva delle bagnature sull'occhio sinistro; gli vidi la faccia delusa nello specchio; mentre quello dalle gambe pelose se ne andava zoppicando, certo per un calcio, a sedersi su uno dei letti.

Io ero rimasto in terra a guardare.

« Vergogna, vergogna! » diceva senza potersi calmare la signora Rosmunda.

E io subito pensai a Tarquinio.

« Se n'è andato? » chiesi alla signora indicando il suo letto dove se ne stava, e ancora rideva, il ragazzo di Tripoli.

La signora scosse la testa nel suo modo bovino, come per scoppiare in singhiozzi.

« Oh, è una settimana che se n'è andato » disse « glielo dicevo, non se ne vada signorino Tarquinio, io gli volevo bene come a un figlio, nulla gli facevo mancare, erano tanti anni. E dopo che è partito sono venuti questi diavoli, chi l'avrebbe immaginato... »

Domandai dove si fosse alloggiato e mi rispose che era in un albergo, alla *Corona di Ferro*.

« E il mio espresso glielo ha fatto avere? » dissi con esitazione.

« Oh, vero » disse lei « il suo espresso... È arrivato appena stamane. L'ho ancora qui, lo vuole? »

Balzai in piedi di sollievo. Tarquinio se n'era andato ma non per quello che temevo. Ero sicuro che Rana avesse mentito.

E un'ora dopo, trovai il mio amico sulla soglia di strada della *Corona di Ferro*, proprio mentre stava per uscire e s'era fermato un attimo a guardare la gente; come per prender respiro prima di tuffarsi.

Credo che mi vide andargli incontro.

Il suo sguardo di miope era fisso di là da me e d'un tratto fu su di me con qualcosa di sorridente e calcolato, senza sorpresa. E ridemmo stringendoci le mani. Prima si soleva abbracciarci. Quella volta no, ma fu come se ci si sentisse troppo cresciuti che non osammo.

« Brigante, potevi anche avvertirmi! » mi disse.

E io: « Ti avevo avvertito sì, dove sapevo che eri. Che idea ti è venuta di piantare la pensione? ».

E lui: « Ma! Non sono più un ragazzo per stare in una casa di studenti. Sai che ho diciannove anni? Un giorno o l'altro dovevo bene cambiare. »

Ma sentì che non mi convinceva e ch'ero triste. Dalla signora Rosmunda Formica ce lo avevo portato io, e che ora se ne fosse andato era come se fosse finita qualcosa tra noi.

« Ti dispiace? » disse con premura.

E soggiunse: « Mi pare che non conti, per restare amici, alla nostra età... ».

« Uhm » io dissi « puoi aver ragione... Però era bello stare insieme. »

E dopo una pausa: « Avevamo la *cava*... Ora addio anche *campo* ».

E lui brusco: « Be'. Anche gli anni passano ».

Poi mi prese sottobraccio.

« Non vuoi venire a vedere come sto? » disse. « Sai, adesso ho più soldi, e m'ha preso la smania di cambiare. Qui posso portarci una donna, volendo... »

Ma l'albergo era dei più poveri.

Dalla strada si salì subito una scala ripida e angusta tra pareti color celeste. Poi si girò per corridoi strettissimi come di convento, dal fondo dei quali fischiettava un canarino. Entrammo in camera mentre in strada, di colpo, si accendevano le luci.

L'uscio batté contro il letto, ch'era di ferro. Vidi un treppiedi in un angolo, col bianco della catinella e uno specchio, un tavolino coperto da incerata, e notai che non c'era armadio.

« Dal balcone è bello » disse il mio amico.

Di là si vedeva la strada tra due mari, piena di gente della pescheria. Si udivano le voci dei gridatori di polpo bollito. E sulla cantonata verso Piazza delle Palme c'era un fuoco invernale di coke in un fornello nero.

« Cos'è quel fuoco? » dissi io. « Già i marroni?... »

Tarquinio ne cercò l'odore nell'aria.

« Sicuro » disse. « Ci sono già a tutti i soliti posti. Appena finiscono con le angurie, cominciano coi marroni... Ma tu non senti com'è inverno? »

Io non sentivo, e volentieri sarei andato a prendere un gelato, tuttavia quell'odore di castagne al fuoco, e non era che un filo, si portava lontano l'estate, con tutta la scuola dell'anno avanti.

« Dunque ti piace come mi sono combinato? » disse Tarquinio.

Non mi piaceva nient'affatto, mi pareva un cambiamento pieno di dolore anche per lui, e come forzato, però risposi che "sul balcone era bello".

« Ma dimmi » soggiunsi. « È possibile che te ne sia andato così, per nulla proprio? »

E parola per parola esitavo.

« Qui è deprimente questa camera » dissi. « Hai bisogno di star solo? »

« Bisogno! » disse lui, ma a bassa voce. « Non si tratta di bisogno. Si tratta di cominciare la vita da grande. E se non si è soli non si comincia... »

« Mi pare che tu la cominci da povero diavolo » dissi io subito stupito io stesso di quello che dicevo.

Difatti Tarquinio si fece scuro in faccia. Uscimmo, e fino alla cantonata dove vendevano castagne non si disse nulla.

« Compriamo? » disse lui cercandosi nelle tasche.

Allora, con le tasche gonfie di caldo e crocchianti, ci trovammo l'uno sotto braccio dell'altro.

« Seriamente » disse Tarquinio. « Tu credi che sarò un povero diavolo, nella vita? Vedi; fra poco più di un mese sarò licenziato dal Liceo, e non ho intenzione di continuare con l'Università. Voglio cominciar subito. Anche a guadagnare se è possibile. Noi dicevamo: officina; ma come potrei essere un operaio? Non so, non mi vedo. Operaio è come dire studente, o soldato, è pieno di un senso di ragazzo. Era capo di un'officina che si pensava, no? »

« Già... » dissi io. « Ma alla "cava" non era così. »

« Ma alla "cava" era un gioco » disse Tarquinio. « Non te ne sei reso conto, ancora? Io sì. Capisci, si può avere avuto la "cava" a sedici anni, e nella vita mettersi a fare il ragioniere di banca, se non hai veramente qualcosa dentro, che te lo impedisce. E io sono schiavo, schiavo, schiavo di un qualchecosa che mi impedisce... Eppure vorrei tanto; essere proprio libero di poter fare anche il ragioniere, perché no? Vedrai appena ti senti cresciuto anche tu, e non è detto che debba toccarti a diciannove anni, potresti restare ragazzo fino a trenta, e fino a più. Ma vedrai; a un certo punto ci si accorge come sarebbe bello dire: farò questo. Non c'è genere di vita che non appaia bello, e viene smania di esserci già dentro anche se è una vita da ragioniere. Sai, una volta lì, non c'è differenza, non ci sono dei borghesi; si è grandi e basta... »

Ero stupito.

« Tu parli come uno che vuol sposarsi » dissi. Fu dopo un po' ch'egli taceva.

« Può essere » disse Tarquinio « ma questo non significa che voglia sposarmi, io. Cioè, vorrei. Ma qualchecosa me lo impedirà sempre come mi impedisce di infilare una vita da ragioniere, te l'ho detto. Ad ogni modo non posso più essere un ragazzo, ecco quello che importa, e anche se non lavoro, se debbo vivere in un albergo coi soldi che arrivano dal tutore sarà tutto da grande. Capisci cosa intendo dire? »

Assentii: « Capisco, capisco... ».

Ma Tarquinio non mi diede tempo di continuare, era chiaro ch'egli non aveva bisogno che io capissi. Solo quella mia frase del "povero diavolo" lo aveva impressionato e si accese una sigaretta per tornarci su.

« A te pare che cominci da povero diavolo? » disse. « Perché abito alla *Corona di Ferro*? Ma senti. Dal tutore ora piglio ottocento lire al mese. Pensa che tanta gente, con ottocento lire, ha una vita. Ha moglie, ha dei figli, ha una sala da pranzo sua dove non mangia che lui. Lo chiameresti povero diavolo uno che ha quella data sala da pranzo, in mezzo allo sterminato mondo, sua per sempre? Pensalo all'ora del caffelatte, seduto al tavolo... »

« Dio che balle! » esclamai.

Eppure quello che lui chiamava vita d'un uomo mi faceva tornare in mente la mia infanzia. Un uomo seduto al tavolo, all'ora del caffelatte... Mi rivedevo io, bimbo. E per un attimo sperai che potesse di nuovo essere meraviglioso, trovarsi seduto dinanzi al tavolo, aspettando caffelatte. Ma fu un attimo, poi subito mi parve impossibile, perciò gridai che erano balle.

Tarquinio mi guardò, interrogativamente.

« Balle? » disse.

E io vidi che fraintendeva.

« Oh, non dico che sono sciocchezze » mi affrettai a precisare. « Dico, che non ci credo. »

« Non ci credi? » disse Tarquinio. « Ecco cosa vuol dire essere un ragazzo. Ricordi com'ero anch'io? A cosa credevo della vita degli uomini? Mi pareva tutta da disprezzare tranne per qualcuno. E quei *qualcuno* invece, nella vita dei grandi, sono quelli rimasti ragazzi. Piglia Liebknecht, per esempio. Liebknecht, dentro di sé, non è mai stato intimamente un uomo. Suppongo almeno, a giudicare dal gran gioco di cui aveva bisogno. »

Scoppiai. « Accidenti come sei cambiato! » dissi.

Un sorriso di misterioso trionfo passò sulla faccia del mio amico.

« Non cambiato » disse. « Ti ho dato la polvere, ecco... »

Intanto si sbucciava marroni in tasca e masticava.

« Secondo te, allora » dissi io « le rivoluzioni e le guerre non sarebbero che giochi... »

« Sicuro: per colui che le fa » disse Tarquinio. « E tutti i cosiddetti grandi uomini non sono che ragazzi. Hai letto il *Memoriale di Sant'Elena*? Vedi bene che Napoleone ragiona come noi ai tempi degli scioperi. Non c'è mai nelle sue parole qualcosa che ce lo lasci pensare per conto suo, chiuso nel gusto di una camera sua. Disgraziato, rimpiangeva i campi di battaglia, ed era in una situazione che a un uomo vero, il quale avesse conosciuto l'intimità, avrebbe fatto rimpiangere l'ora del caffelatte. Ci sono abissi, caro mio... »

Eravamo arrivati dinanzi al cinematografo Ideal, lo stesso che in giugno aveva tenuto i cartelloni del *Guanto di Cavallo*, e ci fermammo, presi dal rumore della macchina di proiezione, ad ascoltare, come si diceva una volta, scalpitii nelle steppe.

"Là dentro è pieno d'uomini" pensai "certo sono uomini, eppure corrono a sentirsi ragazzi."

Si dava *Uno Yankee alla Corte di Re Artù*, e in un fotogramma Tom Mix teneva ferma sotto un bacio la fanciulla.

« Ecco » gridai con impulso « lo vedi come il mondo è ragazzo? »

Ma subito dovetti fare una faccia seria; m'ero ricordato della lettera di Rana, in una maniera che me la rendeva per la prima volta viva e plausibile. Ecco: Tarquinio non era *più* un ragazzo e Giovanna così risoluta, così chiusa come la sapevo, non lo era stata *mai*.

Si parlò di scuola, si svoltò in piazza Duomo, l'antico *Ponto Eusino*, si entrò in una tabaccheria a comprare sigarette, infine stavamo per lasciarci, e già lui mi tendeva la mano, quando bruscamente gli domandai:

« E di Giovanna sai nulla? »

Tarquinio esitò.

« Perché? Te ne importa ancora? »

Arrossii, ma eravamo quasi al buio, a metà tra una lampada e un'altra della piazza scura di foglie.

« Uhm! » dissi. « Sarà... Ai ragazzi non deve mai importare troppo a lungo. »

Avevamo ripreso a camminare insieme, ma distanti, con le mani nelle tasche dei pantaloni come due che voglio litigare, e incontrata col piede una scatola vuota di svedesi me la portavo innanzi a piccoli colpi.

Poi ci fu uno scatto.

« Senti! » proruppi mandando lontana la scatola fino a perderla. « Credo che è meglio spiegarci chiaro una volta. Io so che l'hai baciata. »

E Tarquinio: « Chi? ».

Lo disse con una voce isolata come mi rispondesse dall'interno di una stanza. Tuttavia insistetti.

« C'è bisogno di ripeterlo? Giovanna... » dissi.

Ma subito mi sentii perduto, destinato a diventare una specie di Rana: il più ripugnante degli offesi.

« Ah, così? » disse Tarquinio, e sembrava parlasse soprapensiero. « Baciata? » disse. E cominciando a rivolgermisi, a poco a poco si faceva ironico.

« E tu cosa credi che sia un bacio? » disse. « La tromba del Giudizio? Potrei anche averla baciata, e anche prima ancora che ti venisse in mente di farle la corte, perché no? »

In quel momento la sigaretta, aspirata a lungo, gli illuminò la faccia e vidi che sorrideva. E dopo non riuscii più a pensarlo che non sorridesse, in quel modo che corrodeva, per tutto il tempo che ancora parlò e che fummo insieme.

« Però con te non c'è da scherzare » disse. « Non vorrei mandarti a piangere in letto. »

E mi strinse il braccio.

« Via, ragazzo, lo so bene che sei ragazzo così. Vuoi credermi? Non l'ho baciata. Ti dico di più. Me ne infischio, mi è antipatica, la detesto. Non lo sai da un pezzo? »

« Sì ti credo » dissi io, ed ero certo che non mi mentiva.

Tuttavia non provavo sollievo. Sentivo solo ch'era stato penoso, penoso, e che non era più possibile, neanche sottovoce, dirci ora una verità, forse perché lui se n'era andato dalla pensione.

« Ti offro un caffè. Vuoi? » disse allora Tarquinio.

Queste furono parole improvvise piene d'un vecchio senso d'amicizia e non me le aspettavo. Significavano tutti i miei ritorni dalla campagna, e quello che era un tempo la nostra città, esserci da un'ora, essere sceso dal treno trovando Tarquinio alla stazione, e pensando la via di Giovanna.

Andammo al *Pascoli & Giglio*, poi Tarquinio voleva accompagnarmi fino al portone di casa; era allegro, fischiettava. Ma svoltando sulla Parasanghea vidi nella folla il fez del tripolino. Venivano avanti, fermandosi e dandosi spintoni con grandi risa, dinanzi ad ogni vetrina, tutti e sette i miei nuovi compagni di camera.

« Oh, ecco il Bernardi! » gridò quello dalle gambe pelose.

E mi lanciarono dei sorrisi da vecchi amici. Solo il tripolino mostrò di farlo con irriducibile ironia.

« Chi sono? » disse Tarquinio.

« Sono i turchi... » dissi io. « Li ho trovati che hanno invaso il "campo", e quello col fez al posto tuo. »

Intanto erano passati; e riferii in breve la scenata del mio arrivo in pensione.

« Che tipi, no? » dissi alla fine. « Ti sembrano poco buffi? »

« A me sembrano simpatici » disse Tarquinio, con una calma da prenderlo a pugni.

Più in là la banda, tornata indietro, ci raggiunse, si capiva che erano curiosi di noi, e il Perez, pur senza fermarsi, mi chiese forse se non andavo a mangiare. Così ancora una volta sentii che mi chiamavano Bernardi.

« Bernardi no » dissi io. « Mainardi! »

« Ah, Mainardi! » dissero quelli, quasi tutti in coro.

Ci si trovò a camminare insieme e presentai il mio amico.

« Piacere! Piacere! » si precipitarono.

Pareva avessi offerto loro dei gelati. Roteavano gli occhi, lucidi di soddisfazione, come fosse loro riuscito di portare un tiro a buon fine, e stringevano calorosamente la mano di Tarquinio. Ma presto egli volle andarsene.

« Abito lontano. Ci vedremo » disse secco.

E a me: « Vieni a trovarmi appena puoi. Verso le undici di mattina, sono sempre in casa ».

Avrei voluto scongiurarlo di rivedersi quella stessa sera. Sentivo che a lasciarci così gli avrei voluto male. Ma il rancore mi tenne.

E subito coi turchi ci fu una specie di interrogatorio.

« Com'è che lo conosci? » disse il Perez. « È uno dell'Università, no? »

Si vedeva che lo ammiravano come grande.

« Quello dev'essere forte » disse il tripolino. « Scommetto che sa andare a cavallo... »

Allora mi prese uno strano bisogno di mandare in qualche modo al diavolo il mio vecchio amico.

« Lui a cavallo? » dissi.

E giravo gli occhi intorno: « Povero Tarquinio, magari! Ma deve guardarsi anche dalle donne! Ha le reni così deboli... ».

Tuttavia per me fu troppo di sentirli ridere.

E nel risalire, con quelle file disordinate, le scale che tante volte avevo disceso felice di trascinare fuori di casa il mio amico, mi parve di aver fatto una scelta.

Cominciarono gli esami.

Il primo giorno fu italiano e alle undici e mezzo consegnai il mio compito, sicuro di aver scritto il compito più bello che fosse mai stato scritto da un liceale. Furono giorni di rabbioso accanimento. Trascorrevo i pomeriggi chiuso in uno stanzino concessomi dalla signora Rosmunda, a rileggermi da cima a fondo i libri di testo con la paura di non essermi abbastanza preparato. Ogni tanto mi dicevo: « Certo verrà lui a cercarmi ».

Ma Tarquinio aveva anche lui i suoi esami, e siccome la commissione di licenza dal Liceo s'era installata all'Università non avevo nemmeno occasione di incontrarlo davanti a scuola. Lo supponevo accanito al pari di me, e il mio accanimento cresceva; come se solo uno di noi due potesse esser promosso. E bisognava che venissi promosso io, e lui bocciato, perché lui doveva restare studente, e tornare ragazzo, e io diventare compagno di classe di Giovanna; ecco com'era.

I giorni delle prove scritte trascorsero.

Il padre Caffaro del greco e latino, con la sua voce dolente, mi aveva detto che facevo miracoli. La Sempresei anche mi aveva fermato e chiesto con chi avessi studiato: era straordinario come avessi appreso tanto se non si trattava d'un trucco... E c'era stata la Bermùda un giorno ai giardini, tanto cara, avrebbe parlato, mi promise, per non farmi pesare troppo gli esami di chimica che temevo.

Sicché esultavo e non volevo più che Tarquinio mi cercasse.

E avevo incontrato Rana.

« Sai » m'ero affrettato a gridargli, tirando via « la storia del bacio me la paghi all'apertura delle scuole... »

Ma non avevo neanche voglia di fargliela pagare – che mi importava che avesse mentito? – tutto cambiava, tutto era andato lontano e io mi slanciavo a raggiungerlo, quel "lontano", a diventare lontano anch'io.

E non mi stupivo di non vedere mai Giovanna. Era giusto. Essa mi aspettava al suo banco, dove aveva scritto Diana col temperino.

Poi fu il dieci ottobre e pioveva.

Aveva cominciato la sera prima, pareva dovesse passare con la notte invece si mise a diluvio. Quel giorno a scuola dovevano esporre i quadri degli scritti, coi voti per l'ammissione agli orali, e le scolaresche aspettavano, urlanti, sulle soglie dei portoni di faccia al Liceo, che suonasse la campana del Giudizio, come dicevano. Il *Pascoli & Giglio* era zeppo, di là dalle grosse invetriate tutto illuminato, sebbene fosse pomeriggio, sicché pareva un altare.

Senza ombrello, ero venuto lungo i muri e un lampo improvviso più vivo degli altri non mi aveva dato tempo di andare fino in caffè. M'ero riparato in un portone, con l'idea di attraversare la strada appena fosse passato anche il tuono.

« Dio! » avevo asclamato, e dentro m'ero trovato con la banda dei turchi.

« Anche tu hai paura? » mi chiese la voce del piccolino dalla mandibola di gatto.

« Io no » dissi forte; intanto una nuova luce lampeggiava e qualcuno in un angolo ebbe un movimento d'inquietudine.

« Ma certo è strano, con tutta questa pioggia... » soggiunsi.

« Eh, sono diciannove ore precise » disse il Perez « da ieri sera alle dieci, sempre con questa costanza. Ai tropici piove così... »

E il Trovato, ch'era quello dalle gambe pelose: « Che bello, no? E quel fesso che ha paura, chi lo avrebbe immaginato? ».

Risero.

« Chi ha paura? » chiesi.

« Il giannizzero, figurati. Lo vedi là, s'è seduto sul coso della scala per stare sul legno. Ha paura del fulmine. »

E uno gli si avvicinò ma non con ironia, pareva affettuoso.

« Eh, Ahmed. Non fa mica fulmini, non senti che sono lampi solo? Si tratta di un poco di orgasmo elettrico, ecco tutto... »

Allora scoppiò il tuono e nessuno ebbe tempo di ridere; fu troppo forte.

"Santo Dio!" pensavo. "Qui si finisce in uragano."

E mi sentivo diventare nervoso.

Avrei voluto traversare fino al caffè, oppure sedermi vicino al ragazzo di Tripoli. Che strano che avesse paura dei tuoni, pensavo, era come Tarquinio in questo, e non osavo confessarmi ch'era anche come me. E poteva correre un'intesa tra noi, un patto del tuono...

« Be', dopotutto vuol dire che è intelligente... » dissi.

« Cosa? » chiesero.

« Sì, se ha paura dei tuoni vuol dire che è una persona sensibile. »

La presero per una facezia.

« Ah così? » gridò il Perez, eccitato. « Allora forza Ahmed, che ti fa bene... »

E il ragazzo di Tripoli cominciò a strepitare contro di me.

« Mandatelo fuori questo coglione » urlava, « mandatelo fuori... »

Ma il rumore della pioggia, improvvisamente accanita, copriva la sua voce, e di nuovo ci furono lampi.

I tuoni precipitavano sordi, nebbiosi.

« Curioso no? » disse il piccolino. « Il fracasso dell'acqua s'inghiotte tutto. Mai sentito piovere così, io. »

Si sarebbe detto che un gran fiume in piena ci circondasse invisibile da tutte le parti. Eravamo sulla soglia; di faccia potevamo vedere chi c'era dentro il caffè e il desiderio di attraversare cresceva. Ma sembrava che l'acqua dovesse trascinarci via se si fosse messo piede nella strada. Non si vedeva che una carrozza in tutto l'aperto, era ferma quasi davanti al Liceo, abbandonata, e il cavallo nitriva, tirandosi indietro ogni tanto: un cavallo bianco. Lontano, l'asfalto deserto di Piazza Duomo, tutto nero, straripava.

« Toh, ora manca la corrente! » avvertì il Perez.

Un clamore s'era levato dal caffè senza lumi.

"Che serata si prepara" pensai.

E avevo nostalgia di luoghi chiusi, caldi, di trovarmi in una casa piena della voce di qualcuno che avesse detto « giocheremo a tombola, stasera ».

Qualcuno! Giovanna? Ma anche Tarquinio era qualcuno. E appena il caffè tornò tutto in luci vidi ch'egli era là seduto con le spalle alla strada, fra tanti che gesticolavano, Manuele, il Pelagrua, i suoi soliti insomma.

Lo vidi dall'abito grigio di sempre. Fumava. E la sua sigaretta faceva un piccolo punto di fuoco, di là dalla strada e dal vetro percorso d'acqua, di nuovo lo stesso punto vivo di fuoco, pieno di presagio, della notte passata al Liceo. "Ecco" capii, "quel fuoco lì è qualcuno." Ma quando era venuto, lui? Prima non lo avevo visto e neanche lo avevo visto arrivare. E certo era venuto per sapère "come" mi ammettevano agli orali.

"Bene" pensai. "Vedrai che trionfi..."

E sentivo, con gioia dispettosa, che non gli avrebbe fatto piacere.

Pure ero impaziente di correre da lui. Eccolo, era coi ragazzi, era così interessante lui, proprio Tarquinio, il mio grande amico, altro che!

Ma i tuoni incalzavano e la "campana dei quadri" squillò.

Allora parve che fosse stato un gioco quello di stare nascosti, al riparo dal diluvio e dai lampi. La strada fu invasa a precipizio, anch'io corsi fuori, e non sapevo, sbattuto dalla pioggia, se verso la scuola o verso Tarquinio.

Invece capitai quasi addosso a una donna che usciva, e stava spalancando l'ombrello, da una bottega di profumi. Era una signora con volpe attorno al collo, più alta di me.

"Oh, Dio" pensai. Credevo di non aver mai visto una donna grande, che non fosse una ragazza delle scuole, così bella.

Era in compagnia di un'altra, tutt'e due si nascondevano il volto con gli ombrelli, con un gesto di pudore equivoco, da orientali mi parve.

« Ma la carrozza, dov'è la carrozza? » dicevano.

Poi l'altra, un'anziana che pareva solo accompagnatrice, fece un segno.

« Eccola » disse.

E corsero via, ma intanto che salivano in carrozza notai qualcosa che mi fece trasalire. Riconobbi che l'altra era madama Ludovica.

E mi guardai attorno con ansia, con uno strano desiderio che nessun altro avesse visto. Ma attorno erano tutti occupati della pioggia. Io solo sapevo.

Allungai il passo rasente i muri.

« Dove vai? » mi gridarono i compagni di scuola.

Ma io ero sordo. C'era qualcosa di intenso e di diverso della solita cosa che si poteva ottenere da una donna. Questo solo mi occupava. E lo credevo improvvisamente necessario ottenerlo come una salvezza. Quella donna poteva darlo. Il suo contatto, risvegliando in me il pensiero dell'intenso, aveva anche acceso questa certezza in me, che lei poteva darlo. E come ora sapevo che si poteva averla, lei che poteva darlo, credevo necessario come una salvezza andare e ottenerlo. Improvvisamente dal fondo stesso del bene che volevo a Giovanna, e dal fondo dei mesi passati in campagna e dal fondo della mia amicizia con Tarquinio e della mia gioventù e di tutto, sentivo che avevo bisogno di una salvezza.

Pure un secondo, raggiunta Piazza Duomo, svoltato dietro il Seminario mi fermai sotto la pioggia. "Che cosa potrò essere per lei?" pensai, e non m'era mai capitato di pensare così recandomi da quelle parti. Sentivo confusamente che bisognava riuscissi ad essere qualcuno, qualcosa per lei, se volevo ottenerne l'intenso. Ricordai anche molte parole delle lettere di Tarquinio. E trasalii. Mi parve d'un tratto ch'essa non mi fosse inattesa. Nemmeno estranea la sentii, pensandola di nuovo come l'avevo vista. Essa mi aveva toccato, con qualche lembo di sé. E pensai che poteva essere l'*altra* mano, quella che nel gioco non avrei voluto seguire. Ma nell'azione che m'occupò alla fermata del tram, nella corsa per la breve piazza, nella spinta che diedi al cancello, non esitai, non esitai più.

C'era odore di campagna attraverso il giardino.

La portinaia che mi prese l'impermeabile parlò sottovoce.

C'erano ombrelli aperti nell'atrio messi a lasciare che l'acqua scolasse sul pavimento. E mi parve di sentire appagata la mia nostalgia di dianzi, di un luogo chiuso che fosse pieno della voce di "qualcuno". Non tutte le lampade erano accese, e non si udiva parlare. Si sarebbe detto addirittura che qualcuno studiasse, di sopra. E salii con timidezza.

« Oh, il ragazzo Mainardi! » disse madama Ludovica con la sua voce grassa che poteva essere quella della signora Rosmunda.

A quelle scale felpate il rumore della pioggia giungeva più vero; batteva a qualcosa che restava profondo. Ed era caldo e rosso, là dentro.

« Tornato, eh? » disse madama Ludovica. « Tutti bene a casa? Ma che tempo, che tempo!... Non si è visto un cane da mezzogiorno in poi... »

Una ragazza era apparsa sulla soglia di un salotto, con la sigaretta in bocca.

« Si capisce, è un tempo da lupi » disse.

La madama rise.

« Sempre birichine, queste giovinotte! »

E io vidi lei, in cima alle scale dell'altro piano, che scendeva.

Si muoveva in un modo che mi era noto. "Assonnata, assorta", pensai. Non mi era nuova. Ma ero occupato dall'idea della possibilità di averla; ancora fatta di speranza. Aveva un'aria di bellezza troppo proibita, di donna di qualcuno. E finì di scendere senza curarsi di noi, mentre madama la guardava compiaciuta, con la larga faccia piena di sorriso.

Andò verso una porta, e aveva un lavoro di maglia in mano.

« Ebbene? » disse madama Ludovica.

E batté le mani. « Giovanotte! »

Di sopra giunse lo svolazzio delle altre.

Ma lei si era voltata. Così la invítai, come quando si osa invitare a un ballo una sconosciuta.

La madama gridò: « Oh, non... ».

« Lasci fare » disse lei.

Non capivo. Vidi madama aprire bocca con aria alterata, un po' come un pesce che mette il capo fuori dall'acqua. E vidi lei sorridere, puoi muoversi davanti a me su per le scale in un movimento che già sentivo mio.

Appena entrammo nella sua camera fuori lampeggiò.

Si sentiva piovere come su un'immensa lamiera; ed essa andò ad accostare le imposte.

Poi si fermò davanti allo specchio guardandosi. Aveva ancora il suo lavoro di maglia in mano e glielo tolsi. E lei chiesi se permetteva che la spogliassi, ma tremavo.

Mi disse, seria seria: « È la prima volta? ».

Arrossendo le risposi che no, ma non riuscivo a levarle l'abito, avevo potuto prenderle via solo il golf e me lo tenevo in braccio senza posarlo. Essa sospirò; e pareva stanca e che pensasse a qualcosa.

« Ebbene » disse. « Sei uno strano ragazzo. »

E la sua voce fu più dura. « Spogliati, che io faccio da me. »

Venne in letto, in una camicia che sembrava ancora una veste, era a piccoli fiori serrata alle ascelle come da elastici. Volevo parlare per cominciare a darle del tu. Invece accadde che la presi subito, appena si fu distesa, col seno che l'era andato alto, e quasi non seppi come era bella; non sentii che il suo dorso tutto il tempo, scivolarmi sopra le braccia.

Così fu presto finito, senza che fosse stato diverso di sempre.

Finito, essa si ritirava, già le sue gambe mi avevano lasciato e non c'era altro da avere, ma sotto la pioggia il mondo era sempre percosso dal tuono, e di colpo la luce divenne rossa e si spense.

Lei ebbe un'esclamazione di sorpresa.

Nel buio non la vedevo ma sentivo che s'era messa a sedere e stavo quieto, trattenendo il respiro, ascoltandola.

Temevo che volesse scendere a cercare una candela.

« Hai fiammiferi? » chiese infatti.

Le risposi di no con tutto lo slancio della mia voglia di restare fermo accanto a lei ch'era buia e nuda, e aspettare. Perché forse la luce non sarebbe più tornata e bisognava che la notte passasse così.

La pregai sottovoce: « Aspettiamo! ».

« Ma sì che aspettiamo » disse lei, « non c'è altro da fare. »

Ma si capiva che voleva restare per conto suo.

Nondimeno la cercavo, e ci fu un dolce calore che mi portò via le dita appena l'ebbi ritrovata, alle ascelle. E per la prima volta entrai con la bocca nelle sue labbra, poi mi chinai ad abbracciarla sotto le ginocchia.

Sentivo che non era seccata adesso, e che avrebbe aspettato a lungo, volentieri, e che forse si divertiva del mio entusiasmo; mi sentivo, risalendo a baciarla in bocca, passare sulla faccia il suo sorriso. Però restava con la bocca chiusa. Ma poi mi prese con una mano pei capelli.

« Che buon odore fai qui... » disse, e mi parlava sul collo. « Di ragazzo. »

Così mi baciò ridendo. E bisbigliò: « Vuoi che facciamo ancora? ».

Era come una bambina a dir questo, e anche a ricadere con la testa nel guanciale. E io non la sentii più grande di me. Essa era viva, ora, mi stringeva il viso dentro le braccia, e fu credere, averla. Erano molecole di fede che si avvicinavano, si annodavano come una cosa che nascesse. Pensavo: è questo l'intenso? E sarebbe cresciuto ancora? Sarebbe stato di più? Sarebbe stato *tutto* l'intenso? Volevo che fosse *tutto*... E intanto diventavo un altro essere e mi pareva di apprendere che anche lei diventava un altro essere. Era nel *suo* diventarlo, l'intenso? Finii di pensare, credetti che era l'intenso e mi prese una gran gioia, e nella immensità della gioia mi attaccai ai suoi capelli, glieli strappai forte contro il guanciale.

« Oh » le dissi « ti ho fatto male? » Ma le toccai gli occhi e glieli trovai calmi, chiusi.

Dopo la luce era tornata; ma fu lontanissimo che mi apparve il piccolo popolo di cose sulla toletta di lei dove quell'oriente di lampada s'era acceso.

« Caro » disse lei.

Ma si levò, con decisione improvvisa, aveva la camicia tutta giù alle ginocchia e se la raccoglieva curvandosi.

« Me l'hai fatta grossa » disse. « Figurati ch'erano anni... »

« Cosa erano anni? » dissi io.

« Anni che non volevo, come dire?... Ma tu non sai quello che sono stata con te. »

Bisbigliando era sempre la bambina che aveva detto « vuoi che facciamo ancora? », era grande e donna eppure bambina con uno sguardo commosso e minuto.

Cominciò a vestirsi, ritornò ad essere in camicia e a muoversi per la camera assonnata e seria.

Finito il fruscio dei panni sentii che aveva un canto dentro la bocca chiusa, come un ronzìo, e che doveva averlo da un pezzo. Così si muovera e cantava tutta tra sé e sé, come incapace di credere ch'era possibile muoversi e cantare di più.

Ma continuamente si irritava. « Non riesco a capire. » E si slanciava a negare qualcosa.

Dopo, andò alla finestra a socchiudere, sicché il rumore della pioggia venne a far parte, con un senso di fresco, della camera.

Intanto io mi vestivo, confuso, e fu mentre ero piegato ad allacciarmi le scarpe che mi sentii ancora prendere nelle sue mani.

« Certo che mi piaci » mi sentii dire da tutta la sua voce sul collo. « È così. Mi sei piaciuto. Fai tanto odore di ragazzo che mi piaci... »

E rideva.

« Te ne infischi tu di tutto questo, non è vero? » disse. « Ma ricordati: ci sono uomini che sarebbero orgogliosi solo di metà di questo che ti ho dato, solo di metà... »

E la prese un gusto da grande che spaventa i piccoli. « Uomini che ti mangerebbero il fegato se sapessero... »

Pur sembrava sincera: davvero piena di rancore contro di me per esserle piaciuto e averla trascinata a qualcosa che le avrebbe fatto male; soprattutto spaventata di questo qualcosa come di essere stata impudica. E pensai incantato che forse avevo avuto davvero lo sconosciuto e intenso. Le donne non volevano darlo, avevano qualche misteriosa ragione di non darlo, e lottavano con gli uomini per non darlo, ma, ecco, io lo avevo avuto.

« Ma ora andiamo » disse lei. « Ora ho bisogno di restar sola; almeno stasera e stanotte... E tu fammi un piacere, ora che te ne vai. Cerca di dire alla padrona che mi son messa a letto e che non voglio neanche pranzare e che non mi secchino... »

Spalancò la finestra che dava sopra una specie di tetto in pendìo, più oltre veniva su fogliame e là dentro la pioggia invisibile si muoveva come serpi che strisciassero. Ma non doveva piovere più tanto forte, echeggiavano da lontano strida di bimbi che dovevano correre su una piazza.

« Quanti anni hai? » mi chiese.

E io le dissi i miei anni, dissi anche come mi chiamavo e e stavo raccontandole molto di me quando m'interruppe, volgendomi contro una faccia cattiva.

« Credi che m'interessi? » disse.

Di sotto venivano risate d'uomini.

« Non posso proprio perdonartela » mi disse, con occhi che le lucevano. « Però la stupida sono stata io. »

Ed era di nuovo tenera.

« Tu non sei che un bimbo. Diciott'anni hai detto che hai? Ma ne avrai sedici... »

Come una preghiera di restar buona le offrii da fumare.

« Canaglia! » esclamò. « Avevi i fiammiferi. »

Ma rise e accettò, e ci mettemmo vicini, coi gomiti contro il davanzale, a buttar fuori fumo quasi insieme.

E soggiunse che non le importava dopotutto, purché non fossi più tornato a trovarla, in proposito cominciò a volere promesse e, siccome restavo zitto, minacciò, parlò ancora dei suoi uomini che mi avrebbero mangiato il fegato, ma col tono, stavolta, di mettermi in guardia contro qualcosa che veramente ci poteva essere, di funesto.

Ma in quel momento io non seppi crederle, sorrisi, e mi parve che fosse stata tutta una montatura.

Tuttavia non avrei voluto che intanto mi toccasse di andarmene. E guardandola che stava contro la finestra, parole di Tarquinio mi vennero in mente. "È magnifica, è magnifica." Solo non ebbi tempo di sospettare di più. Essa mi aveva chiesto se ero povero.

"Ecco" pensai pieno di delusione "è tutta una storia per prendermi poi dei soldi, se mi sa ricco."

E mi vantai furiosamente di sì, ch'ero ricco, ma che si trattava di cercare sempre di aver soldi da mio padre.

« Ti credevo un ragazzo povero! » mi rispose.

« Perché? » dissi io.

« Oh, così » disse lei. « È più facile che quelli simpatici siano poveri. »

E cominciò, soprapensiero, ad aggiustarmi la cravatta.

« Bisogna che ne compri un'altra » disse « è brutta questa, è canovaccio... Sei avaro forse? Se non sei povero puoi anche spendere di più per una cravatta. Potresti essere bello, se ti sapessi vestire... Anche la camicia, vedi... Come puoi sentirti addosso questo odioso popeline? E sai cosa avevo pensato quando ti ho visto? Ch'eri sceso da una terza classe, con una valigetta di fibra. Ora mi fai rabbia a saperti ricco. »

Spaventato non seppi nascondere la mia confusione, specie di non essere stato del tutto sincero, e aspettai di tornare disinvolto aspirando a lungo la mia sigaretta.

Essa esclamò: « Oh, a me piacerebbe che tutto fosse splendido! Sono così piene di dolore le cose brutte... ». E si guardava attorno come sapesse che nella sua camera ogni cosa era orribile. « Fanno così voglia di correre e ammazzare » disse. « Perché qualcuno ci deve essere che le fabbrica apposta pei poveri diavoli! »

Ero stupefatto, ricordavo di aver avuto anch'io tante volte delle voglie così, nondimeno, e non so come mi venne, le chiesi perché, allora, portava quelle nefande scarpe rosse.

Divenne pallida.

« Ah! » disse « sai capire che sono nefande? »

E nella sua voce calda e rauca ci fu più stanchezza che ironia.

Poi fu scherzosa e mi rovistò nelle tasche. Voleva vedere com'era la mia fidanzata, disse, e cercando una fotografia mi trovò il garofano che sembrava il cadavere d'una bestiola nelle sue mani così vive.

« Sarà vecchio di un anno » disse. « E le vuoi bene ancora? »

Non riuscii a risponderle perché forse, in quel momento, non sapevo nulla di Giovanna. Lei invece sì, pareva ne sapesse, e continuamente voleva scommettere che aveva dispiaceri in famiglia per via di suo padre che non le lasciava fare la filodrammatica al Liceo. Ma io non mi ricordavo com'era Giovanna, mi ricordavo che aveva negli occhi una splendida luce grigia, questo solo. E credevo di capire che non potevo voler bene a una donna che non avesse quegli occhi. Così mi lasciai persuadere ad andarmene.

« È suonata l'ora del pranzo » disse lei. « Mi raccomando, avverti la padrona come ti ho spiegato. E vattene e non tornare più. »

Ma volle tenersi il garofano, e a me, neanche per la strada verso casa, sotto la pioggia che mi dava ormai ansia di chiudere gli occhi, mi dispiacque di averglielo lasciato.

Risalendo le scale della pensione incontrai la banda dei turchi che scendevano.

Erano stati ammessi tutti agli orali, mi dissero, non come me che ero stato coperto di nove, pezzo di sgobbone che ero, ma insomma abbastanza con onore, ora se ne andavano, per letizia, a fare il giro dei Sofà... Siccome videro che non sapevo che cosa fosse un Sofà, risero, e il tripolino, con la sua voce di spilungone, precisò che gli era segnalato l'arrivo, a una di quelle Sublimi Porte, della sultana tra le sultane.

« Sì? » dissi io ricordandomi di tante parole di Tarquinio.

E il tripolino disse: « Sì. La moglie del califfo addirittura. La quale si chiama Zobeida ».

X

Solo aspettai, nella grande camera dalle soprapporte affrescate, e furono per me tutti insieme, quei sette, una specie di più pericoloso e irritante atteso Tarquinio.

Tutto dei giorni che si parlava di quella donna tornò su.

Tarquinio che si svegliava e diceva come gli era parso in sogno di voler bene. Poi che pronunciava quel nome, per la prima volta, sotto il balcone del pappagallo. Poi il mattino pieno di capelli biondi, e lui ancora che la esaltava "assonnata, assorta". Come si appuntiva nel desiderio, ad aspettarla!

Me lo ricordavo: era un lepre; somigliava proprio a un lepre con quella sua piccola faccia balenante di attenzione.

Era miope, e stringeva quei suoi occhi se voleva guardare lontano, ma quella mattina sotto il portone s'era come diviso in due nello sguardo e ognuno dei suoi occhi aveva palpitato in una sospettosa attenzione; proprio un lepre!

Da allora io non vedevo Giovanna.

Era come fossero passati gli anni, a pensarci fisso.

Aveva piovuto e piovuto e tanta bontà se n'era andata. Non doveva più esserci stata bontà nel mondo, da allora. Perché ora ci si poteva ferire, si era cominciato a combatterci e non si sapeva chi contro chi.

Ma fu nel sonno che udii il trambusto dei turchi riempire la camera. E non era più notte, era già il mattino ed essi si tiravano le scarpe da letto a letto bestemmiando.

« Abù Hassàn, Abù Hassàn » gridarono, appena mi videro su fuori delle coperte.

E mi accorsi che molte delle loro scarpe erano state tirate proprio a me.

« Che succede? » dissi, con lo stupore soprattutto di aver dormito e di veder ch'era giorno.

Dall'altra parte del balcone, su un letto parallelo al mio, c'era quello dei sette che si chiamava Valente, delicato e di poche parole con qualcosa di dorato nello sguardo. Più in là in un materasso acconciato sulle sedie c'era Baiardo dalle lunghe basette che gli facevano quasi barba; di lui dicevano una volta che somigliava a Trozkij, e un'altra volta a Kemal Pascià, e un'altra a re Amanhullah, ma si sapeva ch'era nato a Caropepe dove fabbricavano vasi da notte. Seguivano, nei loro letti di lamiera color di fumo, Perez il grande della compagnia dagli occhi celesti, e Trovato dalle gambe pelose. Poi, in mezzo alla camera, dominante dal tavolo, Corsentino il samurai, che tozzo e bianco com'era, quando si spogliava, pareva tagliato nel lardo. Mattioli, infine, il piccolino della mandibola di gatto, detto anche "sciacallo", aveva posto in un materasso a terra davanti al letto del ragazzo di Tripoli, ch'era di là dalla specchiera in fondo a me.

« Non sai la storia di Abù Hassàn? » disse appunto lui sorgendo dal guanciale in quella direzione da cui una volta vedevo sorgere Tarquinio.

« Ebbene? Perché bisogna saperla? » dissi io con l'ansia di cominciare a chiedere altro; né ancora ero uscito dal mio stupore.

E lui : « Prego, prego. Non si tratta che bisogna saperla. Ma certo è che questo Abù Hassàn era un mercante mentre Harun-al-Rascid era un califfo che usciva ogni sera travestito insieme al suo visir per vedere che succedesse di strano nelle case della gente... ».

Mattioli il piccolino precisò: « Andava a spiare per il buco della serratura ».

E il tripolino riprese: « Ora avvenne che Abù Hassàn avrebbe voluto essere lui per ventiquattr'ore califfo così per mettere a posto certe cose di famiglia, e che Harun lo seppe, lo andò a trovare, si capisce in travestimento, gli diede una faccenda per addormentarlo ben bene e se lo fece portare di notte a palazzo, in modo che Abù una bella mattina della sua vita si svegliò califfo... ».

Intanto che lui parlava tutti ridevano.

« Ebbene? » dissi io nell'imbarazzo. « Che ragione avevi di raccontarmela? »

« Uh, tanta » disse lui e si coprì la faccia col lenzuolo fin sotto gli occhi in guisa da far pensare a una donna delle sue parti. Poi, preso il fez dal comodino, se lo pose in capo.

E tutti di nuovo gridarono in coro: « Abù Hassàn... Abù Hassàn... ».

Allora divenni tetro.

« Oh ragazzi » dissi. « Mi pare che ce l'avete con me. »

« E non te n'eri accorto ancora? » disse il samurai con una vivace levata sul guanciale della sua testa tonda.

Ma lentamente, mentre gli altri di nuovo ridevano, s'intromise quello che diceva una sola frase al giorno, il Valente, e pareva un dromedario che si alzasse dalla sabbia.

« Non ti senti califfo, stamattina? » mi chiese serio serio.

A lui io non rispondevo mai, sebbene la sua frase al giorno fosse diretta sempre a me, perciò il tripolino riprese: « Va là, non ti arrabbiare, abbiamo deciso che oggi sei Abù Hassàn.... Non ci stai? ».

E il piccolino balzò su: « Questo è il palazzo e tu ti svegli califfo. Io per esempio sono il visir. Quello... » e accennò il samurai « è il grande eunuco... ».

« Meu, meu » fece il grande eunuco.

« ... E tu pensa che fra poco sarai ricevuto dalla Gran Moglie Zobeida. »

Compresi; aveva addirittura parlato di me, quella lì.

Per un po' nella camera si continuò a scherzare sul conto mio, poi certo s'accorsero che non facevo loro attenzione. Ma li ascoltavo. Solo era come fossero di là da un muro, al di fuori d'ogni mia possibilità di partecipare o rivoltarmi al gioco. E vennero a portarci il caffelatte; non più l'antica Granatiera, ma una nuova serva ch'era come un'ombra riluttante, grigia di pelle, e sempre sul punto di trasalire ad ogni nostro gesto, anche se per prenderle di mano il vassoio. Io detestavo quella serva, mi faceva pensare, se la guardavo, a una lucertola che quand'ero bambino mi camminò dentro la manica. E non volevo guardarla, non volevo neanche sapere ch'ero stato servito da lei, mi mettevo con la testa sotto il guanciale e aspettavo, ogni volta, per cominciare a mangiare, che il contatto delle sue dita fosse abbastanza "evaporato" dal vassoio posato sul comodino.

Dopo che se ne fu andata vidi che nella camera c'era più giorno sebbene Ahmed non avesse spento la lampada ch'era in testa al suo letto.

Tutti mangiavano.

Dal tavolo era stato tirato via il materasso e Baiardo, il samurai e il piccolino vi si erano seduti attorno. La schiena del samurai in mutande luccicava. Gli altri quattro mangiavano stando a letto. E il discorso era andato tanto lontano da far correre parole grosse di politica e rivoluzione.

« A me sarebbe piaciuto d'essere comunista, se fossi stato grande allora... » gridava con la sua voce più aguzza il Mattioli.

Però, e sebbene quasi litigassero, in fondo alle parole di tutti c'era molta voglia di ridere, e d'un tratto il tripolino attaccò a fischiettare *Fior di Castiglia* che fu l'inno nazionale di quelle nostre giornate. Altri lo seguirono, furiosamente sibilando, e il Perez addirittura intonò le parole, poi interrompendosi di colpo mi chiese di buttargli di ritorno le scarpe che egli mi aveva tirato.

« Insomma » dissi io allora, « questa sultana l'avete vista? »

Mi rispose il Trovato dalle gambe pelose: « Altro che se l'abbiamo vista... Ma a me non piace ».

E il piccolino: « Certo... Non a tutti piace. Non è una bella come devono esserlo quelle lì ».

E il tripolino: « Una bellezza lo è senza dubbio. Ma io le donne le voglio come le castagne calde. E me la figuravo così: m'avevano detto ch'era una turca... ».

Chiesi: « Allora chi è andato con lei? ».

Mi indicarono il samurai, ma quello si schermì.

« Oh, io no. Io sono stato con la bolognese. »

Tutti si guardarono costernati.

« Come! » disse il ragazzo di Tripoli. « Allora non c'è stato nessuno? »

E concluse senza ironia: « Peccato! Siamo andati al Sofà proprio per lei... Bisognava che qualcuno lo sapesse che tipo è... ».

Il piccolino s'era fatto pallidissimo.

« Oh » disse con voce miagolante « se mi prestavate i soldi io ci sarei andato... »

« Ma c'è Mainardi che lo sa per tutti! » disse il Perez.

Parlò, si capiva, per ferirmi, nondimeno io restai calmo e fumavo, e se troppo mi aveva deluso sapere che non era rimasta nella sua camera, ora mi pareva già tanto che non fosse stata dei turchi.

A passi di sciacallo, come noi si diceva di lui, il piccolino si avanzò.

« Allora, Commendatore dei Credenti, noi ti imploriamo di comunicarci le tue impressioni... »

Sorrideva ma era ancora pallido, anzi quasi verde in un modo che mi fece pensare al Rana. Siccome m'era venuto troppo vicino, tirai fuori una gamba dalle coperte e lo mandai a terra ruzzoloni.

Tutti protestarono.

« Olà, califfo » mi gridò il ragazzo di Tripoli. « Ricordati che sei nato Abù Hassàn! »

Così me ne dissero per un pezzo di tutti i colori, poi chiacchierarono della loro serata.

Intesi che avevano trovato ogni cosa in subbuglio. Il "putelo", quel ganzo solito della padrona, aveva cercato di penetrare nella camera di una delle ragazze, essi non dicevano di chi, e stavolta era stato mandato al diavolo, a quanto pareva. E madama lo aveva sorpreso mentre ancora insisteva e pregava dietro la porta. I turchi erano arrivati a scontro appena avvenuto. Madama da un invisibile pianerottolo inveiva e gemeva come una madre baccante che si è mangiate le sue creature (così rivelò il samurai), ragazze andavano e venivano per le scale con le gote gonfie di risa rattenute, e lui, il "putelo", seduto in pigiama sul primo gradino della rampa che conduce all'altro piano, minacciava di radersi i baffi; e le sopracciglia se non lo si fosse, almeno, ascoltato.

Chiesi allora come mai sapessero che c'ero stato anch'io, e il samurai mi rispose:

« Ma se lo dicevano tutte che quella s'era tenuto per due ore il ragazzo Mainardi in camera! »

« Ah, ce l'avevano con la Zobeida? » io chiesi.

« Pare! Ma non ci si capiva niente ieri sera, là dentro. Certo è che questa Zobeida non si decideva mai a scendere... »

« E scese? »

« Diavolo se scese! C'erano tre colossi che volevano vederla a tutti i costi. Avevano la macchina, e se la portarono fuori, dissero, a ballare... »

Allora un sogno che avevo fatto spesso da bimbo mi tornò in mente, e credo che fu la prima volta che me ne ricordavo dacché non lo avevo più fatto. Avveniva nella campagna delle fornaci ma davanti a una casa che non avevo mai vista, con una pompa verniciata di rosso in mezzo al cortile. Quella casa era abitata da una fanciulla sempre qualcuna del nostro vicinato e non tutte le volte la stessa, io andavo a chiederle se voleva che le pompassi dell'acqua. Invece poi dell'acqua le portavo dei fiori, tuttavia il rumore della pompa s'era udito, e a lungo si stava insieme sul gradino della soglia e io capivo che mi avrebbe sposato. All'improvviso però mi mandava via – si alzava in piedi cominciando a gridare, e un uomo "che non si era fatta la barba" e senza colletto entrava da lei, chiudevano la porta, ed essa gridava sempre più forte. E subito mi pareva di vedere mio padre che mi strizzava l'occhio. « Dunque il figlio della Marianna è andato di nuovo dalla signorina? » mi diceva. E voleva che gli rispondessi. E io sempre mi svegliavo atterrito.

Il ricordo di questo sogno mi fece provare orrore della possibilità di tornare a sognare cose così. Cioè un orrore di tornare ad essere bimbo. E mi sentii impaziente di diventare grande del tutto, sicché pensai con sollievo, e fu come a una promessa, a quello che Tarquinio aveva detto del "diventare uomini".

« Ma che ore sono? » poi chiesi.

Parte della banda era andata nel bagno a lavarsi la faccia, e nella stanza si era rimasti soltanto io, il tripolino e il Valente, tutti e tre ancora a letto, più il Mattioli che, vicino all'invetriata del balcone, con un asciugamano intorno al collo, sillabava chino su un libro il greco di Senofonte.

La lampada in testa al letto del tripolino era sempre accesa.

« Le nove e venti sono » mi rispose il Mattioli piccolino guardandosi al polso.

E io mi rivolsi al ragazzo di Tripoli.

« Sarebbe ora di spegnerla quella luce. »

E il ragazzo di Tripoli spense senz'altro, ma io sentii stringermi il cuore. Nella stanza s'era fatto buio come fossero neanche le cinque.

« Ma apri un po' più quelle imposte » gridai al piccolino.

E il piccolino spalancò.

Non per questo ci fu più chiaro. E mi sorprese di accorgermi solo allora che fuori c'era sempre il rumore della pioggia dimenticato la sera prima addormentandomi.

« Brutto tempo! » disse il ragazzo di Tripoli. « Ma ora che si è messo così non c'è più pericolo che tuoni, vero? Che scuro, però, accidenti, si direbbe che stiamo affondando non so dove, con tutta la terra! »

XI

Quando tutti se ne furono andati – a vedere, dissero, se gli orali cominciavano quello stesso giorno oppure l'indomani – mi slanciai in pigiama fuori del letto. Sentivo che non avevo tempo da perdere. Erano le dieci e mezzo. E volevo correre dalla donna che sapevo io, parlarle, trovarla comunque, prima che fosse scesa con le altre a colazione.

Avevo dentro questa voglia fin dal momento che mi avevano svegliato a colpi di scarpa, forse l'avevo avuta in sonno tutta la notte, e non mi ricordavo d'aver sognato né d'aver dormito, solo mi pareva d'aver pensato e pensato, come se fosse stata pace più che sonno, una pace di lei. E a tutte le parole dei turchi, a tutte le cose che di lei avevo appreso, solo questa voglia era disperatamente cresciuta.

E sapevo di aver sperato e non sapevo cosa. Era come avessi chiesto, chiesto, e che mi fosse stato promesso, ed ecco – la meravigliosa promessa, nella quale pur era stato possibile credere, non era stata mantenuta. E ora che non era stata mantenuta non si poteva dirla cosa era. Ma più, mentre i turchi parlavano, capivo che non m'era rimasto nulla di lei, e più sentivo che non c'era altro da fare se non correre subito da lei.

Questo *subito*, però, era anche pieno d'un senso furtivo. Avevo dovuto attendere che tutti se ne andassero per esser capace di uscire dal letto dove mi sembrava di aver qualcosa da nascondere, che forse era il ricordo vivo, come d'un momento prima, del letto suo. E fu in ansia, spaventato di vederli tornare, che mi lavai e mi vestii. E nell'indossare la camicia, che era la stessa della sera prima, ritrovai sul mio viso odore di lei, e non era di profumo, ma di biondo e di nudo. Così mi parve di sentirmi addosso anche il suo sguardo che mi stringeva forte alle tempie. "Caro ragazzo", m'aveva detto. Ed il suo sguardo era stato grigio, sebbene i suoi occhi fossero neri: come io lo volevo da una donna. E mi ricordai tanto di più com'era bella. Era anche stata così buona, dopotutto... Essa mi aveva dato "l'intenso". Si era abbandonata... O forse no? Certo mi pareva, a pensarci, di essere finalmente riuscito a dire quello che mai si riesce a dire: il bene. Come se le volessi bene!

« Subito andrò! Subito andrò! » mi ripetevo e mi guardavo attorno. E pensai che dovevo comprarmi almeno la cravatta come lei voleva. Cosa mi ero mai comprato da me? Mi ero sempre vestito di quello che mi mandavano dalle fornaci, ed ero veramente ridicolo così conciato a distanza dalle disposizioni della mamma. Ora però avrei scritto a casa, non ero più un ragazzo e volevo vestirmi a gusto mio.

Uscii infine, e avevo il senso di andare con una donna alta al mio fianco. Andai a vendermi il mio vocabolario d'inglese che costava settanta lire e una volta si erano offerti di pagarmelo trentacinque. E mi comprai la cravatta e corsi, sempre con la pioggia sul viso, fuori dalle strade battute dai ragazzi delle scuole.

Nella casa c'era rumore di faccende, di serve che spazzavano, che sbattevano tappeti, e di acqua che scorreva dai rubinetti. Sul pianerottolo due giovinotte senza nulla da fare stavano appoggiate alla ringhiera parlando piano. Una la conoscevo, era la stessa Leonia che nel giugno aveva avuto un dispiacere per via del "putelo". Mi salutò, accennando al "quanto tempo" che non ci si vedeva con l'aria di farmi capire che non era stata mica sempre lì; poi mi presentò l'altra, la quale si chiamava Fermina; una bionda coi capelli che sembravano un po' presi di nebbia, con gli occhi color di lago e paffuta.

« Noi si pensava di suonare un po' il piano » disse Leonia alzando le braccia a ravviarsi i capelli sulla nuca, ed era una bruna dagli occhi pungenti. « O tu hai l'idea di andare subito in camera? »

« Dov'è la Zobeida? » dissi io.

« Ah, già, è per lei che sei venuto? » disse Leonia. Intanto l'altra mi scrutava facendomi arrossire. « Deve essere ancora nel bagno » disse. « Ci sta un pezzo e non vuole nessuno là. Si capisce, neanch'io nel bagno voglio essere seccata. »

Si entrò nel salotto dov'era il piano, e le due cominciarono a scegliere, zitte e serie, nel mucchio delle carte. Alle finestre c'erano alberi e la pioggia spruzzava dentro dal fogliame. E del tutto per caso domandai che diavolo fosse successo la sera avanti.

Leonia alzò il capo a guardarmi.

« È successo » disse « che il nostro "putelo" voleva entrare per forza dalla signora. »

« Dalla signora? » dissi io.

« Sì, dalla Zobeida » disse Leonia.

E mi guardò fisso e rise.

« Ma come? » disse. « Ti stai facendo crescere i baffi? »

« Davvero? Così un *enfant*? » esclamò l'altra.

E vennero entrambe a osservarmi davvicino.

« *Tu es joli* » disse ancora l'altra riempiendosi d'invito negli occhi che aveva socchiuso.

E io strinsi i denti per non arrossire di nuovo. Erano ragazze quasi come scolare, pure mi davano vagamente voglia di piangere. Sentivo che se una di loro mi avesse portato nella sua camera non avrei forse saputo che piangere. E mi pareva che se avessi incontrato per strada qualcuna delle mie vecchie compagne, e avessi dovuto parlarne, anche avrei pianto.

« Ti stanno bene i baffi » decretò Leonia.

Mi era venuta vicino con un fascio di carte da musica tra le mani e così mi voltò le spalle per tornarsene al pianoforte. E di là mi chiese se preferivo roba classica o canzonette.

« Come vi piace » dissi io. « Intanto si potrebbe anche fumare. »

Offrii. Ma mi sentivo febbre addosso.

« E dunque » dissi passandomi una mano sulla fronte, « stavolta il vostro "putelo" niente leccornia e busse lo stesso... »

« Proprio così » disse Leonia. « Però non credere che la *signora* non la paghi. Anzitutto non sarà padrona d'avere un amico, il "putelo" se lo mangerebbe vivo. » E si rivolse alla Fermina. « Tu non lo conosci che uomo è? Faceva lotta giapponese una volta, anche nei teatri. Poi c'è madama stessa che gliene vorrà male. Va bene che vuole il "putelo" tutto per sé ma se la ragazza fa come ha fatto Zobeida, se lo sente disprezzato e sono guai... »

« Guai, come guai? » domandò la paffuta.

Allora giunse da sopra voce di lei, seguita dal cigolìo di una maniglia.

Non esitai; lasciai le ragazze che si mettevano al piano e andai in punta di piedi a bussare su, alla porta che sapevo.

La trovai ch'era appena uscita dal bagno e si pettinava. Stava seduta dinanzi al tavolo della sua toletta e aveva i capelli che davano senso di fresco come aria bionda, tagliati corti intorno al collo. Non mi rimproverò d'esser tornato, scosse solo la testa sorridendo nel suo modo commosso, e intanto, posato il pettine, restava ferma con le mani tra le sue cose del tavolo. Aveva piccole mani vive senza anelli alle dita.

E a me parve che sarei stato chissà come felice di poter vivere sempre, avendola mia, vicino a lei.

Ma chiesi: « È vero che sei una signora? ».

Diventò di fuoco.

« Che cosa ti fa credere di poterti immischiare nei fatti miei? » gridò. E si era alzata in piedi. « Io non capisco » disse, ma con meno asprezza « tutti la prima volta che mi vedono debbono farmi delle domande... »

Mi venne il sospetto che non si ricordasse della sera prima. Ma non riuscivo a non esser timido vicino a lei. Mi faceva sentire così ragazzo, quella donna, e ragazzo come con gli altri non ero mai stato fino allora, senza petulanza, senza audacia, ragazzo sempre sul punto di arrossire. E soffrivo del mio sospetto, della mia timidezza, del mio trovarmi lì pieno di desiderio d'adorarla e di bisogno di piangere, e della musica da ballo che era cominciata a giungere di sotto. Soprattutto questa, la musica, era insopportabile, mi pareva da tanto che non avevano suonato sulla terra e così d'un tratto mi soffocava.

Ma lei sorrise per la mia cravatta.

« Ah! » disse. E di nuovo con la stessa voce della sera prima mi disse che ero un caro ragazzo. Mi disse che non potevo capire come la rendevo felice di aver voluto comprarmela subito, trovava anche che avevo scelto bene, eppure fu dopo questo che mi rimproverò d'esser tornato.

« Tu non devi tornare più » ripeteva e scuoteva il capo.

Ma andò a chiudere a chiave la porta.

« Non vieni? » bisbigliò dall'altra parte del letto.

Io corsi. E fui accanito e rabbioso come per sfogarmi della mia timidezza.

Dopo me ne andai alla finestra con una gran voglia di dare pugni nei vetri. Non avevo avuto "intenso", non avevo avuto affatto la grande impressione di "dire il bene" dell'altra volta. Ed ecco, avrei voluto gridare che non le volevo bene. Ma soprattutto dirle che a qualcuno potevo veramente volere bene. Aprii la finestra e un triste odore di foglie entrò nella camera. Vedevo la pioggia, gli alberi, un muro rosso in fondo e ombrelli che passavano al di là; poi ci fu il rumore di una carrozza e mi sentii come preso io stesso dalla pioggia, e gli occhi mi si riempirono di lagrime. Ecco, davvero lagrime. Perché, perché? mi chiedevo. Era come mi avesse battuto e avesse ricacciato dentro di me qualcosa.

Ora, era stata fuori di camera e tornava. Tranquillamente s'era fermata dinanzi allo specchio a ritingersi le labbra. Sorrideva, me ne accorsi; ed era un mostro a poter sorridere di una cosa così. L'aveva voluto lei così, perché non tornassi?

« Addio, allora » le dissi, passandole vicino dietro alle spalle.

« Non mi dai un bacio? » disse lei.

E nello specchio il suo sguardo, quasi ironico ma tenero anche, era consapevole di quanto io avevo nell'animo. Maledetta. Mi dava voglia di afferrarla pei capelli.

« Perché non hai voluto? » dissi. « Perché non hai voluto come l'altra volta? »

« Non ho voluto? » disse lei con voce assente. « Cosa non ho voluto? Non ti capisco. »

Però soggiunse subito che forse non era stata del tutto lei a non volere, ed era seccata, era cattiva, e mi lasciò partire pieno di rancore senza richiamarmi.

Scendendo le scale pensai a Tarquinio.

Egli l'aveva aspettata; non aveva detto ch'era la più bella donna del mondo? E perché non veniva a pigliarsela ora che c'era? Epppure sentivo che non sarebbe venuto neanche se fossi andato a dirglielo che Zobeida c'era. Egli se n'era andato di là da tutto questo, era proprio passato un tempo enorme da quando diceva Zobeida, e l'aspettava – "magnifica, magnifica".

Ma io non sarei tornato, pensai ancora con tutto me stesso, oh io avevo Giovanna e avrei avuto la scuola insieme a lei. Dai turchi avevo saputo dei miei "risultati trionfali", come essi dicevano, negli scritti. E avrei dato gli orali, sarei stato promosso. Poi la scuola sarebbe cominciata – con la grigia luce dei suoi occhi sui banchi. Anche questo sarebbe stato gridare di bene; sarebbe stato "intenso". E le avrei rubato i quaderni per scriverci dentro – carissima –. Mi ricordai come lo sentivo di gridarlo, il bene, quando la scorgevo nella sua strada, improvvisamente uscita di casa: era sempre vestita d'azzurro e di rosso, ed era alta, coi suoi libri sotto il braccio.

Ora nell'aria c'era quasi sole. Un immenso fumo leggero se ne andava su, e pioveva invisibilmente e senza rumore, d'una veloce pioggia celeste. Era apparsa la montagna rosa in fondo. Ci sarebbe stata luna la sera. E arrivato ai giardini fu di corsa che li attraversai, credendomi alto come gli alberi nella mia corsa.

Vidi la sua casa. Era sempre chiusa come nel giugno – ma era troppo vero che volevo bene a Giovanna, e la pensai là dentro che diventava più grande. L'avrei ritrovata adulta come Zobeida.

E così giunsi a casa di nuovo con l'accanimento ad esser promosso e ad esserlo presto, quello stesso giorno avrei voluto. Ed ero contento. Mi pareva di aver scoperto che non significava nulla essere la più bella donna del mondo. Quasi tutti i ragazzi della pensione erano a tavola, più di venti, e mangiavano in fretta ognuno per conto suo, chi aveva appena cominciato la minestra e chi era già alla frutta. Entrai fischiettando, presi posto e diedi un gran pugno in mezzo alla tavola.

« Sapete ragazzi » gridai « non vuol dir niente essere la più bella donna del mondo. »

Mi risposero che invece voleva dir molto, e uno disse che la guerra di Troia c'era stata perché Elena era la più bella donna del mondo. « Fregando anche noi » soggiunse « che ora dobbiamo studiare l'*Iliade*. » Altri protestarono che no, e che la colpa era di Achille e del suo tallone se quell'orbo maledetto aveva scritto l'*Iliade*. « Non capite ch'è un'orazione funebre l'*Iliade*? » gridava uno, e accennò agli esami che doveva sostenere nel pomeriggio. « Ah, ci sono esami nel pomeriggio? » dissi io. Mi risposero che c'erano per le materie letterarie, ma solo fino alla Effe. E preoccupati dagli esami se ne andarono svelti a rinchiudersi nelle camere per un'ultima scorsa alle pagine più pericolose. Anche il samurai se ne andò a fortificarsi. Si rimase in otto o nove attorno alla tavola e allora il tripolino che mi stava dirimpetto si piegò a bisbigliarmi all'orecchio che aveva qualcosa di cui parlarmi.

« Siii? » dissi io vivamente.

« Dopo, dopo » disse Ahmed tirandosi indietro.

Ma tutti già ci guardavano con delle facce che non scusavano segreti e il tripolino si sentì in obbligo di spiegarsi.

« Ecco » disse sempre piano « c'è stato quel tuo amico, quel ricciuto, a cercarti. »

« Vero, vero... » disse Mattioli, il piccolino.

« Ah » gridai sfavillante « ma dov'è? Qui è venuto? »

« Ma hai capito di chi si tratta? » disse il tripolino.

Diavolo se avevo capito! Ed era straordinario. Era lui piuttosto che non poteva capire.

Difatti soggiunse: « Vedo che ti sorprende... ».

« Ma per forza deve sorprendermi » dissi io con calore. « Perché, vedi, Tarquinio, una volta era di qui, dormiva dove dormi tu... »

« E con questo? » disse il tripolino.

Rimasi imbarazzato. Come potevo fargli intendere che cosa era questo? Ed enumerai ragioni prive di significato.

« Non capita » dissi anche « che quando uno ha cambiato di pensione e di amici poi possa aver voglia di tornare, ecco, di tornare a cercare... »

Ma lo dissi con amarezza come cosa vera.

« Perché? Non siete più amici? » disse quel tripolino d'inferno.

« Oh sì che lo siamo! » dissi io. « Qui la questione è che lui aveva rotto in maniera brusca con la signora Rosmunda. E... ti ha lasciato detto qualcosa per me? »

Il tripolino alzò le spalle.

« Con me veramente non aveva parlato. Non mi ha riconosciuto neanche. Ma visto che s'era rivolto alla sguattera, e quella non capisce mai niente, mi sono messo in mezzo io. »

Così dicendo aveva tolto in mano una mela dalla fruttiera.

« Guarda che meraviglia! » esclamò. « Oh come mai nessuno se n'è accorto prima? È strano. Si direbbe che fosse predestinata per te ed è la più bella mela che io abbia visto. »

Tutti avevano finito e si alzavano smuovendo le seggiole, solo lui indugiava.

« Da' qua » dissi, allungando la mano.

Allora egli mi avvertì in un sibilo che aveva da parlarmi da solo a solo di qualcosa d'altro. E si guardò attorno per assicurarsi di non essere stato colto nella sua manovra.

Rimasi interdetto. « Ma la signora Rosmunda non ha mai comprato di mele così... » mormorai.

E veramente era una splendida mela rossa, ad ogni modo cominciai a sbucciarla e siccome la faccenda di Tarquinio venuto a cercarmi non m'interessava meno di quel « qualcosa d'altro » sibilato dal ragazzo di Tripoli, tornai a chieder conto di quello che il mio amico avesse lasciato detto.

« Nulla di lasciato detto » mi rispose il tripolino. « A me pare fosse semplicemente venuto a passare con te qualche ora... »

« Non lo ha detto questo? »

« No, almeno non ricordo. Ha detto però che non sapeva neanche s'eri vivo o morto, che vedere ti vorrebbe, ch'era contento dei tuoi esami, che anche lui è sul punto d'esser promosso e di non avere più nulla da far con la scuola, e che, se ne hai voglia, puoi passare dalla *Corona di Ferro* a chiamarlo domani mattina tra le dieci e le undici. »

« Non oggi? » dissi io.

Si era rimasti soli.

Dalla grande camera venivano urla del samurai che voleva studiare ed esser lasciato in pace, e il tripolino, piano piano, e in punta di piedi, uscì sul balcone facendomi segno di seguirlo.

Lo seguii, e mi richiusi alle spalle l'invetriata.

E il pappagallo, tutto arruffato dalla brezza, ci schiamazzò in faccia dal balcone vicino.

« Freddo fa! » disse, come arruffandosi anche lui, il tripolino. « Dal diluvio qui si passa subito al vento! »

XII

Quello che il tripolino mi disse mi riportò sulla strada della mattina e della sera avanti, verso quel punto di donna, che non mi lasciava più capace di restar solo dacché si era precisato per me. Ora, per quello che il tripolino mi aveva detto, avevo anche una ragione che mi pareva pratica di andare là. Ma soprattutto mi aveva preso di nuovo un bisogno di esserci, là, ch'era come di non essere soltanto me stesso, soltanto l'antico ragazzo che voleva bene a Giovanna ed era stato amico di Tarquinio, e doveva dare degli esami.

Avevamo parlato a lungo sul balcone, io e il tripolino, poi ero rimasto solo, ero uscito, e ancora avevo avuto gocce di pioggia sulla faccia.

Erano peli appena di nuvola che la brezza portava chissà di dove, dal fondo delle vie piuttosto che dal cielo. L'ultima piuma bianca là in alto se ne andava sempre più alta per l'immenso respiro celeste. E il sole frusciava negli alberi bagnati, viveva, e dai vetri delle finestre mi saltava sulla faccia, la brezza passava nell'aria tirandosi dietro il bagnato dall'asfalto come un'ombra raccolta via.

Ora, io avevo creduto che sarei andato a scuola quel pomeriggio per sentir dare gli esami orali da quelli fino alla "effe", e che sarei stato scolaro, contento di vedere gli altri alle prese col Tribunale dei professori, e che non significasse davvero nulla, la donna più bella del mondo, per me. Ma ecco, invece, dopo quello che il tripolino mi aveva detto, ero solo di nuovo e il sole e la brezza erano della donna bionda come il giorno avanti era stato suo il tuono e suo il diluvio.

Una volta i tuoni e il diluvio erano della Madonna a cavallo, nel paese attraversato dal fiume tutto sassi.

La festa veniva in ottobre, ed erano giorni e giorni di tuono per tutto il tempo che durava. La Madonna era anch'essa bionda, con la corona di guerriera sulla testa e sotto gli zoccoli del cavallo pestava i saraceni, e io la pregavo di farmi sposare una donna come lei quando sarei stato grande. Però lei aveva gli occhi grigi come Giovanna, e Zobeida li aveva neri, ma Zobeida aveva la faccia di portare una corona sulla testa e di andare a cavallo.

Ora, ad ogni modo, io volevo indietro il mio garofano rosso da lei.

Se non lo riavevo forse non avrei saputo mai più a chi volevo bene. C'era un incantesimo, sul mio garofano. E c'era una setta di ragazzi che volevano rubarmelo; questo era quanto avevo appreso dal tripolino.

Il tripolino apparteneva da tre giorni a quella setta, ne era entusiasta e cercava proseliti per essa.

« Capisci » mi aveva detto « io non l'ho detto neanche a Perez perché ci vuol molto fegato e soprattutto serietà. E i ragazzi come Perez pigliano le cose di sotto gamba... » E gli occhi però gli balevano d'ironia. « Noi intendiamo liberare le Indie e proteggere le fanciulle... »

« Le fanciulle? » avevo esclamato.

« Sì, le fanciulle » aveva detto il tripolino « le signorine delle scuole che certi tipi insidiano come se fossero delle sgualdrine. Ce n'è una, in questo momento, che corre grave pericolo, una signorina del terzo liceo, Giovanna... »

Pareva che non sapesse nulla di me a proposito della Giovanna, eppure i suoi occhi luccicavano d'uno strano ardore, come se godesse della propria impudenza. E io avevo pensato: "Questo qui sa tutto e fa l'ingenuo per tirarmi in qualche tranello...".

Difatti voleva che mi associassi alla setta.

« Si chiama del *Garofano rosso*, un bel nome, no? ed è di ragazzi tutti in gamba. Tutti i ragazzi in gamba di qui ne fanno parte, una trentina siamo, cioè ventinove ma cerchiamo il trentesimo, e abbiamo anche soldi, e anche armi. Potresti essere tu il trentesimo, non ti pare? » e mi batteva amichevolmente la mano sulla spalla. « Ognuno di noi deve costituirsi a parte una banda speciale, pure di trenta ragazzi che possono essere meno in gamba perché sono già su un secondo piano. E poi, a sua volta, ognuno di questi trenta di ognuna delle trenta bande deve costituirsi una sua guardia personale di trenta e così via...

Non è meraviglioso? Perché, pensa, se io che sono della setta so di tutta l'organizzazione i ragazzi della mia banda personale non sanno altro che di essere una banda sotto il mio comando... Si può riunire tutto il mondo dei ragazzi a questa maniera, non ti pare? Moltiplica trenta per trenta e vedi che al secondo grado dell'organizzazione si contano già novecento ragazzi. E moltiplicato novecento per trenta si hanno al terzo grado ben ventisettemila ragazzi che moltiplicati a loro volta per trenta fanno ottocentodiecimila del quarto grado. Al quinto grado si tratterebbe di ventisette milioni e trecento mila... »

Qui io avevo chiesto chi fosse l'inventore di tutta quella genealogia e il tripolino non aveva saputo rispondermi. Ma io sapevo bene che si trattava del Rana, e avrei voluto che il tripolino mi dicesse, perlomeno, che si trattava di un balbuziente: tanto per poterlo credere sincero. Invece, arrossendo, ciò che riusciva curioso in lui, aveva solo insistito nell'esortarmi ad essere uno di loro.

« Non occorre neanche che tu ti faccia conoscere » aveva detto. « Vieni mascherato alla riunione e dai il nome che ti garba, come si fa nella Legione Straniera dei francesi. »

E mi aveva spiegato che ognuno doveva portare un garofano rosso e consegnarlo al capo, il giorno del giuramento, in segno di sottomissione; ma che il garofano dei garofani, emblema della setta, si trovava nelle mani d'un nemico cui bisognava sottrarlo.

« Sono io forse questo nemico? » avevo qui chiesto io, e volevo far capire al tripolino che non era una parte facile la sua.

E il tripolino: « Chi lo sa! » aveva detto. « Ognuno di noi potrebbe esserlo. Io stesso o lo stesso capo, perché no? Ma non è questo che conta. L'importante è che si riesca ad avere il garofano. »

Per un pezzo, su una panchina dei bastioni verso Zobeida, rimasi seduto a pensare tutte queste cose. Avevo deciso di riavere il mio garofano per difenderlo da me, come per difendere la mia vita di ragazzo che volevo bene a Giovanna ed ero stato amico di Tarquinio. Ma riavere il garofano significava andare dalla donna bionda e questo, questo era più che difendere la mia vecchia vita di ragazzo, questo rispondeva di colpo a una mia ardente ansietà, e cancellava ogni altra cosa.

Mi chiesi se il tripolino, invece di volermi tirare in un tranello, avesse invece voluto mettermi sull'avviso. Avevo simpatia per lui, in fondo. Me lo immaginai amico, per un attimo, a sorridermi sincero coi suoi meravigliosi occhi scuri di turco, quasi di fanciulla, e allora capii che vivevo rattenendo il respiro, così solo come ero.

Guardai gli alberi, oleandri, del bastione, da cui il sole del tramonto se ne andava via foglia dopo foglia, ed ecco sentivo mancarmi la possibilità di traboccare su qualcuno. Era questo amicizia: traboccare su qualcuno. Un tempo traboccavo tutto su Tarquinio, e Tarquinio su di me. Ora Tarquinio non c'era, e mi sentivo colmo, colmo, un lago gonfio che non trovava su cosa traboccare. Colmo, nella mia azzurra pienezza di Giovanna che non avevo sfogato, e col cuore in piena della donna bionda...

E mentre, invisibili, gli ultimi uccelli di sole spiccavano il volo via dalle ultime foglie degli oleandri, pensavo che se Tarquinio fosse tornato non avrei potuto lo stesso dirgli nulla della donna bionda, non avrei potuto traboccare su di lui. Così mi prese uno sgomento di non poter avere mai più un amico e di dovermi trattenere e trattenere, per l'eternità, nel mio cuore gonfio che saliva senza rive. Guardai l'asfalto andare lontano tra gli alberi.

« Com'era bello! » esclamai, affranto dalla nostalgia.

E pensavo alle nostre passeggiate, di me e Tarquinio, che alle volte non finivano più quando, verso sera, era da un pezzo che conversavamo e il nostro parlare si era fatto vecchio in noi come se si stesse parlando fino dai giorni dell'infanzia.

Il ricordo di Zobeida mi si svegliò, in quel momento, dentro, con un gran senso di spiaggia su cui mi fosse possibile buttarmi. Oh, come avrei voluto battere e battere su quella spiaggia! Ma anch'essa mi si ritirava via e mi si negava, e non mi lasciava dire il bene che avevo sentito di gridare la sera innanzi.

"Le voglio bene! Le voglio bene!" dissi entro di me; e non sapevo per chi lo dicessi; e mi alzai, sfinito di solitudine, e andai dove andava l'asfalto, prima su, poi giù dove affondava verso le case.

Il sole aveva cancellato tutto del diluvio, e ora aveva lasciato l'aria limpida di celeste, nell'imbrunire. Un pipistrello svolazzò basso, con un volo sonnambulo di bestia ferita. Su, dov'era più chiaro e luminoso, ancora volteggiavano ciurme allegre di uccelli. E i globi si accesero nell'aria del viale, ma restarono secchi, nell'aria chiara, come non trovassero da emettere il respiro.

Alla casa del Sofà c'era la finestra di lei illuminata, spalancata in alto sopra il giardino.

Nel giardino era scuro.

E invece di spingere la porta per salire mi misi a camminare sulla ghiaia, dietro le robinie.

Ci fu lo sbattere di uno sportello d'automobile e un ruscello di luce sgorgò, corse via traverso al folto delle piante.

Qualcuno era venuto ad affacciarsi alla finestra illuminata. Lei doveva essere. Non era che una figura nera con le spalle alla luce, ma si vedeva che aveva i capelli intorno al collo; come ali alla testa.

Era venuta a guardare quelli della macchina che partivano, ma la macchina era partita, e lei era rimasta, e s'era anche appoggiata con le braccia al davanzale.

Allora accesi una sigaretta. Pensavo ch'essa avrebbe visto il puntino di fuoco, e là c'ero io con le mie labbra; essa avrebbe visto così vicino alle mie labbra. La sentivo lassù come se fosse Giovanna, ma più che Giovanna, cioè una Giovanna donna che avessi già posseduto. E la sentivo anche lei, ma più che lei, che fosse stata d'altri e ora fosse mia, ancora prigioniera degli altri, e però mia come nella promessa non detta nella quale avevo sperato fino alla visita della mattina.

« Tu » la chiamai.

« Chi è? » lasciò cadere lei, lontano e duro.

Scivolai più sotto, fuori dalle piante, in mezzo allo spazio grigio di ghiaia ch'era dinanzi a quell'ala della casa.

« Ebbene? » disse lei.

E io zitto.

« Eeh? » disse lei ancora, sporgendosi dal davanzale.

« Vengo? » bisbigliai.

Avevo il senso di doverle chiedere se potevo, se era sola, se non c'era nessuno che lo impedisse.

« Ah, sei tu, ragazzo? » disse lei. E rideva.

Era alto due piani, ma c'era coricata lungo il muro una scaletta a pioli da giardino. E la sollevai, l'appoggiai contro il balcone in un balzo mentre lei rideva. Poi ritirai la scala sopra il balcone e l'appoggiai fino alla finestra di lei.

« Ma che fai? Che fai? » mi rimproverò lei a bassa voce.

Rideva sempre però; non forte.

« Che ragazzo! » esclamò, aiutandomi a saltar dentro.

E soggiunse: « Fai diventare anche me una specie di mocciosa! Con questi giochi! ».

Io non trovavo da dirle una parola. Di nuovo era la donna più bella del mondo, e questo di nuovo era pieno di significato per me.

Un momento rimasi a respirarle in faccia vicinissimo. Le sorridevo di felicità e lei mi sorrideva di vedermi felice. La faccia le diventava più piccola nel sorriso, ed era alata dai capelli, con gli occhi che mi parvero un po' spauriti da una voglia di piangere. Ma protendeva il suo piccolo capo sul collo come portasse una corona.

Era così, una regina, pensai, e allora la toccai prendendole le braccia, e mi lasciai cadere in ginocchio dinanzi a lei col volto nel suo grembo.

« Tu sei la Madonna a cavallo! » bisbigliai. « Ti amo. Tu sei la Madonna a cavallo! »

Lei mi lasciò dire, e mi lasciò discendere lungo il suo corpo le braccia che le avevo passate ora intorno alla vita. Ma non diceva nulla e non si muoveva, solo con le dita, come zampe delicate, mi frugava dentro i capelli.

E quando ebbi la faccia a terra e le braccia avvinte alle sue gambe, io mi stupii che potesse restarsene ancora disciolta da me, mentre io mi ero tutto attaccato a lei. Alzai gli occhi a guardarla, curioso della sua impassibilità di dea. Ma capii che invece aveva pianto.

Mi riaggrappai commosso ai suoi fianchi, strofinandomi come un gatto contro il suo grembo.

"Cara!" pensavo, e mi chiedevo che cosa potesse significare quel pianto.

Allora, stringendomi le mani, essa si sciolse le mie braccia dal corpo, e forzava lo sguardo in una maniera stranamente acuta ai miei occhi.

« Aspetta » disse « vado a metter via la scala dal balcone. »

Io mi sentii perduto di dover restare, fosse pure un momento, senza di lei.

« No, non te ne andare » pregai.

Di nuovo l'avevo avvinta, e cercavo di farla scendere fino a me, in ginocchio.

« Bisogna che metta via la scala » disse dalla soglia, voltandosi, ed ebbe un cenno della testa più che mai da bambina.

Ma era grande e donna.

Andai alla finestra. Non a quella, però, per la quale ero entrato. All'altra, quella alla quale mi ero affacciato con lei la sera prima.

Era buio dentro il fogliame, ora. Scorsi alte case, con tutte le finestre accese, e oscure ciminiere da ogni lato. Ce n'era un gruppo di cinque, come minareti, in un punto basso di tegole e di lucernari. Le vedevo per la prima volta, non avevo mai neanche pensato che ci fossero ciminiere nella nostra città. E mi parve bellissimo che ce ne fossero tante, e tutte proprio là attorno.

"È più bello che alla 'cava' " pensai.

Mi ricordai della fucina dove scalpitavano i cavalli della mia più vecchia amicizia con Tarquinio, poi della misteriosa segheria che ronzava dal fondo del cortile di Giovanna, poi delle fornaci... Era proprio nella mia vita dunque, e non importava che Tarquinio non ci fosse più? Non era per Tarquinio? Non era nell'essere insieme a Tarquinio?

Ma lei tornò, e subito credetti di capire che con lei non ci poteva essere "la cava". Perciò essa mi trovò diverso, occupato da una serietà estranea a lei. Mi era venuta accanto, e se ne restò da parte, coi gomiti sul davanzale, soprapensiero dentro una timidezza come da mamma verso di me bambino.

Cos'era possibile avere con lei? pensavo. Solo di scendere ai suoi piedi? Solo adorarla, adorarla, e saperla dea? Era solo la donna più bella del mondo? Eppure aveva pianto. Ma di che aveva pianto?

La sentii ch'era timida, e le passai il braccio intorno alla vita.

« Che pensi? » essa mi chiese, spinta subito a parlare da quel contatto.

Le indicai le ciminiere, fosche come verniciate di nero nell'aria inquieta percorsa da strani brividi di luce di quella oscurità senza nuvole in attesa della luna.

« Vedi? » dissi. « Non è bello? »

« Non so » disse lei.

E sospirò e soggiunse: « Certo, può essere bello... ».

« Sai! » dissi io. « Quand'ero ragazzo andavo sempre in una fucina dove ferravano anche i cavalli... Mi piaceva enormemente, coi martelli che battevano, e con le scintille, e tutto nero. Ci andavo con un amico e si parlava. »

Esitai, scrutandola in faccia. Temevo che mi potesse giudicare romantico.

« È questione » soggiunsi « che la vita mi pare di capirla così; vicino ai ronzii delle macchine, dove ci sia nero, nero di fumo e si deve parlare basso... Allora lo capisco davvero, cos'è di bello la vita... »

« Perché? » disse lei.

Su questo si rimase zitti, a lungo; lei sempre appoggiata al davanzale, col muso puntato come fiutando qualcosa nel tempo, dalla parte della propria infanzia. Ma non avrebbe mai detto nulla di sé, lo sapevo; nulla, almeno, di vero. C'era di nuovo pronto tra le sue ciglia l'infinito sorriso d'ironia, conosciuto quella mattina, per tutto ciò in cui aveva smesso di credere, e, agli angoli della sua bocca, la rabbia, che avevo conosciuto la sera prima, per tutto ciò in cui non voleva credere. Credetti di indovinare un selvaggio pudore in lei contro ogni cosa che potesse riuscirle ancora verità di vita. Era così. Essa si ritraeva con selvaggio pudore al minimo contatto delle cose vere. Voleva restarsene fuori del tutto, dalla verità, giacché se ne sentiva fuori?

Eppure aveva pianto. Se per lei era vero, ora non mi sfuggiva abbastanza. Così per un attimo avevo potuto farle male; essa aveva pianto.

« Dimmi » disse all'improvviso, con voce rauca e sommessa, un po' in cantilena. « Che significa la Madonna a cavallo? »

« La Madonna a cavallo? »

Tutti, anche mia sorella e anche Tarquinio, erano stati sempre increduli in proposito; magari pensavano che fosse una mia fantasia, non un tagliente ricordo. E ora mi pareva di vincere sull'incredulità di tutto il mondo.

« Era in un paese » dissi « era in un paese attraversato da un fiume di sassi dove facevano la fiera. L'ho dimenticato che nome aveva... E l'ho cercato, ma nessuno lo sa, dove sia. E la Madonna a cavallo era solo lì. Io ero bambino, no? E la vidi sopra il cavallo impennato che pestava i saraceni, una Madonna così diversa dalle altre. Mi dicono che non esistono Madonne a cavallo... Ma io mi ricordo che a quella fiera c'erano banchi e banchi di piccole Madonne a cavallo... »

Mi fermai, ma lei incalzava.

« Come? » disse.

« Sai i sufoli di terracotta, che vendono alle fiere? Sono figurine colorate, no? Col fischio di dietro... Bene, in quel paese erano tutti di Madonne a cavallo. E lo zio che m'aveva portato a quella fiera me l'ha comprata. Una piccola Madonna a cavallo alta metà di una mano, ma precisa come quella grande, coi capelli marrone e la corona in testa. Mi ricordo che quando sono entrato al Ginnasio l'avevo ancora. Poi alle prime vacanze non c'è stata più. Ma vedi... Io pensavo di sposare una donna a quel modo... »

Non avrei voluto fermarmi più di parlare della mia infanzia. Il Ginnasio, lo zio, il fiume di sassi non erano parole, erano punti vivi di un mondo che mi pareva dovesse far brillare gli occhi di piacere a tutti.

Con Tarquinio non mi fermavo mai, e anche Tarquinio mi correva accanto dicendo le cose sue e gli occhi brillavano ad entrambi. Certo, ad ognuno, era delle proprie cose che brillavano gli occhi. Ma ci incontravamo così, e io avevo tanto sperato d'incontrarmi con una donna allo stesso modo.

Lei invece mi interruppe con rabbiosa ironia.

« Dunque » disse « mi trovi somigliante al tuo fischietto? »

Divenni di fuoco e lei rise.

Però subito cambiò, mentre io mi sentivo farmi nero come carbone sotto quel fuoco. Mi toccò la mano.

« Scusami » disse. « Non è vero che non ti ho capito. »

Ma s'udirono tre squilli di clakson ed essa mi fece cenno di tirarmi via dalla finestra.

Le obbedii, non senza aver prima notato la luce di un'automobile ferma di là dal muro del giardino. Zobeida chiuse le persiane, poi le riaprì, poi tornò a chiuderle e le riaprì di nuovo. Segnali, pensai. Per cosa? E mi ricordai che qualcuno dei turchi mi aveva detto la mattina « c'erano tre colossi con una grande macchina, e se la portarono fuori, dissero, a ballare... ».

Dalla finestra, dopo aver richiuso definitivamente la persiana, essa se ne andò verso la specchiera. Pareva agitata. Si sedette, con le braccia abbandonate sul tavolo.

« Sai? » disse. « Tu non devi tornare più, proprio più. Non capisci che non posso sopportare una cosa simile? »

Si alzò e cominciò a camminare per la stanza. E io temevo che volesse mandarmi via subito.

« Non posso, non posso... » ripeteva.

Allora, con goffa speranza che mi appesantiva, io mormorai: « Tutte hanno un amico, se vogliono ».

E intendevo dire: "Tutte le donne come te".

Essa non scoppiò a ridere, sebbene io me lo aspettassi; e guardandomi disse: « Ma ci sono degli uomini che ti ammazzerebbero!... Sul serio, te lo dico. E poi, tra dieci giorni, dovrò partire... ».

« Oh! fino allora... » dissi io. Mi pareva un'eternità avere dieci giorni con lei.

« E vorresti venire qui ogni giorno? » urlò lei. « Venirmi a dire che sono la Madonna a cavallo, e ferirmi a morte e rendermi ogni giorno tutto impossibile? »

Mi venne vicino e mi prese la faccia tra le mani.

« Ma lo sai cosa sono o no? » urlò ancora.

« Lo so » io dissi calmo, ma col viso di nuovo in fiamme.

« Che sono una... Che sono una donna di malaffare? Lo sai proprio? »

« Sì... Ma sei mia. »

Essa rise con occhi luccicanti.

« Ma sono di più di quello che credi » disse poi. « Sono di più... Pensami come una ladra, un'assassina e di più ancora. Pensami... »

Qui si oscurò in faccia di ostilità, e se ne andò verso il letto.

« Ora vieni » disse. « E poi che non ti veda mai più. »

Io non le andai vicino, rimasi dove mi ero seduto, abbracciandomi le ginocchia, e passò del tempo senza che dal letto venissero parole per attirarmi là. Poi la sentii muoversi, e vidi il suo braccio lasciar cadere la stoffa del suo vestito a terra. Ma non volevo andar da lei, non volevo questo, non volevo una cosa come quella mattina.

Squillò un campanello fuori.

E lei disse: « Senti che debbo andare? Cosa credi che sono a casa mia? Fai presto dunque ».

« Vai pure! » dissi io senza muovermi.

Di dietro alla porta le gridarono che il pranzo era pronto.

« Vai » le dissi. « Io scendo dopo, e uscirò di nascosto. »

« Allora addio » mi disse. Mi baciò sfuggente. « Sarai bravo, vero? » Intendeva dire: "Vero che non verrai più?".

E doveva essere finito?

Mi guardai attorno, solo. Senza di lei era odiosa la sua camera. Non c'era nulla al mondo di meno *suo* della sua camera. Era stato suo il diluvio, era suo il sole, e suoi erano i bastioni con gli oleandri, e il giardino, la finestra, le ciminiere, ma la camera non era niente sua. Eppure lei ci dormiva. E quella specchiera era popolata di cose sue. E di là c'era il bagno dove lei si lavava.

"Debbo andarmene" mi ripetevo. "Debbo andarmene, e non tornare mai più."

Mi era parso giusto, per un momento, mentre lei me lo chiedeva, salutandomi. Ma ora lo trovavo persino stupido. Non dover tornare, perché? E anche soltanto andarmene, soltanto per quella volta, mi riusciva incredibile. Sentivo che, appena fuori, sarebbe stato come se neanche l'avessi vista e che di nuovo sarei impazzito di solitudine.

Pensai ai giardini e alla via di Giovanna. Mi parvero nulla, vuoto. Era vuoto il mondo tranne in grembo a lei.

"E il garofano?" pensai.

Da casa mi ero messo in cammino quasi esclusivamente per farmi restituire il garofano. Ma se *non dovevo tornare* non me ne importava più niente. Non mi importava di difenderlo, non mi importava di difendere la mia vecchia vita di ragazzo che aveva voluto bene a Giovanna e che era stato amico di Tarquinio. Lo avrei lasciato a lei. Anzi, no; lo avrei mandato al Rana per la sua setta... Così tutto se ne sarebbe andato al diavolo, perlomeno.

Ricordavo di averglielo visto mettere nel cassetto a sinistra del suo tavolo. E andai ad aprire il cassetto. Era pieno di fotografie, di uomini impettiti nella presunzione di dedicarsi a lei. C'erano anche lettere, e lessi che una cominciava così *"ho cercato di tirarvi fuori dal fango, vi ho offerto il mio nome..."*. Solo il garofano non c'era.

Mi provai ad aprire un altro cassetto, ma era chiuso a chiave. In fondo ad un altro scorsi una di quelle borsette a maglia d'argento che usavano subito dopo la guerra. Era gonfia di qualcosa, la tastai e vi sentii dentro una rivoltella. Di questo sorrisi, pensai alla mia rivoltella seppellita sotto il fico, al Rana disteso nel sangue sulla terra del Matto Grosso, al fucile appeso sopra il divano nella vecchia casa di zio Costantino, ma senza eccitazione. Solo fui curioso di vedere che marca fosse.

Di sotto venivano intanto le voci delle ragazze a tavola e, più reale del suono delle voci, il tintinnio delle posate. Si sentiva il "putelo" ridere. E madama Ludovica parlare saggia con intonazione da direttrice di collegio.

« Fermina! » disse la sua voce.

« *Qu'est-ce qu'il y a, madame?* »

Vi fu uno scorrere di risa, poi il rumore di una seggiola spinta indietro e un più accalorato parlare di madama.

« ... Insomma qualcosa facevi... »

« Io? » disse la voce del "putelo". « Oh!... Ma perché vuoi sempre pensare... »

« Ecco, qui ti voglio... A pensare cosa? »

« Oh!... Perché vuoi sempre mettermi nell'imbarazzo?... Ma se vivo come un vezzo di perle attorno al tuo collo! »

« Come un vezzo di perle! Che sfacciato! »

« Certo la frase è carina » disse un'altra voce.

E madama: « Carina! Ricordarmi le perle... A me che mi sono spogliata per lui ».

Così continuarono, discorsero anche di Cleopatra che aveva sciolto le perle nel vino, e venne anche la voce di "lei" inverosimile, per me, tra le altre. Ma ad udirla, la *sua voce*, compresi che stavo aspettandola.

"Mi nasconderò" pensai "e quando la sera sarà finita resterò tutta la notte con lei."

E più in fondo, entro di me, pensavo: "Resterò per sempre con lei".

Battevano le nove, da un orologio tra le ciminiere, quando la sentii salire. Scappai nel bagno, lasciando in camera la luce accesa, e la sentii entrare, muta, camminare in punta di piedi.

La porta del bagno era a vetri, e d'un tratto la luce sparì da essi.

"Ecco, se n'è andata di nuovo", pensai, siccome c'erano passi che scendevano le scale.

Il bagno era piccolo, bianco di ogni cosa, e tutto riempito da uno strano chiaro palpitante di luna.

Forse c'era elettricità ancora nell'aria. Continuamente, sopra il fogliame del giardino, l'immenso cielo chiaro si accendeva di un chiarore più intenso. Mi pareva lampeggiasse la luna.

Poi di sotto venne musica e rumore di ballo.

E mi affacciai e vidi tutto spalancato che mandava fuori luce e chiasso, dalle finestre del piano inferiore.

Nel giardino c'erano ferme tre macchine. E una donna attraversò la ghiaia, ridendo, in mezzo a tre uomini, e una macchina partì. Poi di nuovo, un'altra donna e altri tre uomini camminarono sulla ghiaia coperta di luna: lei in abito da sera con le spalle nude, gli uomini in smoking, col petto bianco; e un'altra macchina scrutò coi suoi fari di luce nel fogliame, partita. Così per due volte sentii lei partita. Eppure era stata su appena un momento e non poteva avere avuto il tempo di vestirsi com'erano vestite quelle due.

La musica continuava, il ballo continuava, e donne e uomini vennero fuori sul balcone di sotto.

Eccola lei, ora sì. Due uomini, uno dalla grossa testa rasa, l'altro coi capelli ricci, la strinsero contro l'angolo del balcone.

« Andiamo allora? » disse quello dalla testa rasa. Il resto fu un bisbiglio, ma compresi che i due erano contrariati. Però d'un tratto essa decise altrimenti, e rientrarono tutti e tre, lei ridendo con la testa rovesciata sulle spalle. Allora vidi che neanche essa era lei.

In quello stesso momento mi sentii mancare il respiro. C'era qualcuno alla finestra accanto a me, la finestra della sua camera alla quale dianzi m'ero arrampicato con la scala. E guardava in alto verso la luna.

Di entrambe le cose che così si guardavano mi accorsi insieme.

E la lontana cosa lucente, ch'era cresciuta per tanti giorni dietro ai temporali, non vista, ebbe uno sprazzo dentro la sua pienezza; l'altra cosa, morbida, alla finestra alzò le mani a toccarsi. Era di mani e capelli, e quasi frusciava toccandosi, come una pianta.

Era stata lì tutto il tempo? Mi aveva visto?

Piano piano tentai di staccarmi dal davanzale. In punta di piedi sarei andato a mettermi accanto a lei. Ma non riuscivo a muovere un dito, come fossi diventato di pietra nera. E mi provai a chiamarla e neanche riuscii. Ero pietra nera, pietra nera anche nelle labbra, con una tenerezza di pietra nera che saliva.

"Cara" immaginai di saperle dire "io non ho altro bene che te sulla terra e tu non puoi mandarmi via. Io credevo d'avere amici, credevo che ci fosse Giovanna e invece nulla era vero. Neanche la campagna delle fornaci era vera. Sono vere queste foglie e questa luna, e tu alla tua finestra. Sicuro, è questa la verità, questa finestra e la tua. E se tu mi pensi un bambino da rimandare ai suoi genitori e ai suoi fratelli tu mi offendi, perché io non posso inzuppare il mio pane al piatto comune che c'è sulla tavola della mia famiglia. A casa non tornerò mai più. E dove vorresti che vada? Io conosco il tuo grembo e nient'altro e se anche si restasse senza più muoverci tu dalla tua finestra e io dalla mia, io sarei come nel tuo grembo. Forse non sono neanche un ragazzo, e tu neanche sei una donna. Se no perché non potrei muovermi? E perché non ti muoveresti tu? Forse siamo due piante a queste due finestre vicine; davvero, perché no? Tu, non so che cosa, e io garofano, e io t'ho conosciuta col mio alito fino alle radici, anche se non ho appreso il nome di quello che sei dentro le tue foglie..."

"Ma è orribile, è orribile" mormorava lei nel suo fruscìo. "Che ti salta in testa di diventare una pianta? Tu non sai com'è orribile! Corri via, tu devi restare un ragazzo. Corri via, mentre sei ancora in tempo."

Poi d'improvviso mi avvidi ch'essa non c'era più, alla finestra, e sentii passi andare attraverso la sua camera nel buio. Nondimeno non seppi scuotermi dal mio incantesimo e per un tempo infinito, che trascorse col buio di là e di qua la luna, continuai e continuai a pensare le cose da dirle.

E mi figuravo lei rispondermi nel suo modo solito, che l'avrei ferita a morte eccetera, eccetera. Mi veniva anche in mente che mi aveva detto: "Ma io sono più di quello che credi" e a questo sorridevo di sapere che potevo rispondere: "ma sono anch'io una specie di ladro... Quella rivoltella che ho seppellita non era mia. E sono anch'io una specie di assassino. Meditavo un assassinio quando ero ragazzo, e una volta ho quasi ammazzato il Rana".

Fu come tutta una sera il tempo che trascorse così, e in seguito cominciò una nuova sera, con un fulgore di luce che si accese di colpo ai vetri dell'uscio e con una voce d'uomo che entrò parlando sopra la sua.

Allora trasalii e ogni parola che le avevo detto se ne andò lontana. Lei era diventata un'estranea, una cosa con un uomo dall'altra parte dell'uscio, diversa da come la conoscevo, e che rideva, anche, sotto la voce panciuta dell'uomo. Un uomo poteva volerla che ridesse, e lei poteva essere come un uomo la voleva?

"Ecco" pensai "e ora sentirò..."

Ma essi parlavano sempre, con le voci distanti l'una dall'altra.

E dentro di me implorai che facessero presto e se ne andassero, e che scendesse buio sopra il mondo per lasciarmi fuggire.

Pensavo l'uomo con una barba di molti giorni e senza colletto, come quello del mio sogno di quando ero bambino. Ma parlavano sempre, e lei era imperiosa, sebbene a voce bassa.

D'un tratto ci fu silenzio.

"Ecco" pensai.

Aspettai. Ma nulla venne, neanche respiro.

"Che fanno?" pensai guardandomi intorno nella luna.

Gli occhi mi si fermarono su una specie di dito nero che mi fissava dalla mensola di cristallo dello specchio.

Trasalii ma lo toccai e vidi ch'era un sigaro fumato per metà. Qualcuno lo aveva posato sulla mensola per lavarsi le mani, e doveva essere stato uno col collo rosso, con la giacca sbottonata, e il cappello in testa un po' all'indietro, come un questurino. Un padrone, nel bagno di lei!

Così pensai gli uomini terribili, di cui lei mi aveva detto, tutti padroni della sua vita, col cappello in testa e il sigaro in bocca, che forse non la prendevano neanche, ma la tenevano incatenata a qualche cosa di terribile, alla loro presenza terribile, e ogni tanto venivano a fumare nella sua camera e nel suo bagno, coi pollici infilati nelle ascelle del panciotto, padroni intorno a lei. Ora ci sarebbe stato un altro sigaro di là, dimenticato sopra il cassettone. "Perché non li uccide tutti?" gridai dentro di me.

Dalla voce di lei non si staccò che un nome, Patricola, mi parve.

E la voce da sigaro proseguì alla stessa altezza: « Sei sempre stanca, signora, quando tocca a me ».

Di lei trascorse di nuovo una specie d'indolente mormorìo, quindi l'altro esclamò: « Ah, no cara! Un uomo solo in quel posto all'una di notte? Con te almeno sembrerei uno dei tanti che ci portano la ganza! ».

Trascorse un tratto ancora della voce di lei, e l'uomo disse: « Ci sei bene per questo! ».

E più volte la voce di lei ritornò in parole inafferrabili come parlasse da un'altra dimensione del mondo.

« La prossima volta! » disse l'uomo. « Potrei anche passare venti anni nelle Regie Saline prima della prossima volta! » E a un certo punto s'impazientì. « Finirò che mi segno a rapporto col Gatto » disse.

Poi diede un sospiro: « Già! Ti ha chiesto di nuovo in sposa? ».

Allora vi fu un alterco sommesso, fu detto "Tunisi", fu detto "arrivato in bocca al pesce", e "l'auto dei Tre Magi" e il "grossista di scagliola" ma non seppi nessuna parola di lei. Alla fine l'uomo s'era consolato e intesi un aprire e chiudere di sportello e tintinnìo di bicchieri.

« Cosa? Cherry? » esclamò l'uomo con una voce piena di fumo, certo togliendosi il sigaro di bocca, ed era allegro, scherzava.

« Ecco, ti tengo compagnia, Patricola... » disse finalmente lei.

« Alla salute, signora » disse l'uomo.

Rideva l'uomo, e finiva di raccontare qualcosa.

« ... come Pasquale Curiazo, quando gli mostrarono il mondo dalle inferriate. Tu lo sai che disse quel bel tipo? Disse: Ma guarda! Hanno messo il mondo in prigione! »

Ridendo, se ne andò.

La sua ombra passò larga, con due punte aguzze di cappello, come l'ombra di un coniglio, sui vetri smerigliati dell'uscio. E io presi il sigaro dalla mensola e lo scagliai fuori dalla finestra.

Di sotto venne il suono del motore che raschiava innestando la marcia. Venne lo scricchiolìo della ghiaia sotto le ruote. Poi il clakson suonò lontano, già nell'aria gelata del porto. Faceva freddo. La luna era andata altissima nel cielo. E il gran chiarore palpitante s'era ritirato da metà del bagno.

XIII

Quando lei entrò non avrei voluto che mi vedesse.

Entrò senza attendere, lasciando l'uscio spalancato e cominciò a lavarsi, tra la luna e la luce che veniva dalla camera. Era in un pigiama col giacchettino corto. Prima si lavò le mani, poi si tolse il giacchettino e fu nuda dalla cintola in su, col seno colmo tra le braccia mentre, piegata, si lavava la nuca e le spalle.

Aveva addosso odore di giardino, sotto l'acqua che la lavava.

Si asciugò, e stava per andarsene, scuotendosi i capelli con le mani, e io non volevo che mi vedesse, pure la chiamai dalla luna.

« Aspetta. »

Non diede un grido. Si fermò, stordita, con le braccia alzate nell'atto di scrollarsi i capelli.

« Ti ho spaventata? »

Le andai incontro, con le mani che volevano toccarle il petto.

« Ti prego... » dissi.

Restammo un pezzo così, e lei indossò il giacchettino e accese la luce.

Non aveva finito di asciugarsi. Aveva i capelli umidi vicino alla fronte, e gocce d'acqua sul volto piccolo, appuntito nello sguardo.

« Sei stato qui tutto il tempo? » disse dura.

Non le risposi, ma sorridevo sentendomi già "caro ragazzo" malgrado il suo sguardo furioso, dentro di lei.

« Non sei andato a mangiare? » disse.

Neanche stavolta le risposi e lei mi passò una mano sulla guancia.

« Perché sei rimasto? » disse infine.

Indicibili lacrime mi salirono agli occhi. E muto, senza battere ciglio, piansi contro la sua faccia, tranquillo nel mio pianto come un bambino che si ritrova fuori da un incubo.

Credo che mi disse: « Bada che ora devi essere in gamba! ».

Era viva nelle mie mani, ed io un curioso fanciullo felice di sentirla viva nelle mie mani. Ridevo di curiosità, senza che nulla mi consumasse. E ridevo felice di restare intatto ogni volta che lei si ritirava.

« Era per questo, era per questo... » diceva.

Alla fine disse che era diventata una "donna di malaffare" perché io potessi incontrarla.

« Io non capivo perché... » disse. « Me lo domandavo sempre, ma perché mi trovo a fare questa vita? E ora lo capisco e sono contenta. »

Mi domandò: « E tu lo sei contento? ».

Non sapevo come risponderle, ero felice, e lei voleva sentire il mio respiro, diceva: « Com'è buono! Di ragazzo ».

Poi mi accorsi che si era addormentata e mi levai per lasciarla dormire.

Avevo una gran fame.

Piano m'infilai calzoni e giacca sulla carne nuda e uscii scalzo dalla camera. Mi dicevo: "Ho fame" e mi pareva di essere felice ad averne; e di averne tanta perché ero felice. Attraversai la casa estranea e calma e con la gioia di avere fame, e di cercare, e di andare a piedi nudi, discesi fino al pianterreno, nell'ingresso ancora pieno di luna, fino ad un gallo che cantò. La luna veniva da un'altra stanza e la seguii e mi trovai all'aperto, nella cucina, ch'era sul di dietro della casa, verso ponente. Era come all'aperto e fresco, con due porte spalancate, sulle griglie, alla luna, e io camminai nella luce come in un'acqua silenziosa e presi pane e mele. Non trovai che mele, e ne presi tre, ma pensai anche lei piena di fame e che avrebbe voluto mangiarne, perciò me ne misi in tasca altre due. Mi trattenevo dal fischiettare. E presi zollette di zucchero anche, mi abbeverai sotto il rubinetto, e già mordendo rifeci la mia strada su per il buio, di corsa stavolta risalendo i gradini a tre a tre.

Essa dormiva rannicchiata.

"Oh!" la chiamai piegandomi a baciarla sui capelli con la bocca piena di mela.

Ma fu troppo piano ed esitai ad insistere. Il pensiero di lasciarla dormire ancora mi riempì di tenerezza. La coprii perché non avesse freddo, e me ne andai a masticare vicino alla finestra, dove mi giunse un altro canto di gallo.

Mi affacciai. "Fa giorno?" mi dissi.

Su tutto il giardino c'era buio, la luna s'era ritirata al di là, sopra le facciate delle case dirimpetto. Non si scorgeva alcun lume acceso nelle strade, solo la luna, in quel tardo meriggio lunare, illuminava il mondo, ed era così chiara che i nespoli e i fichi spuntavano su dai muri di alcune ville, verdi come in un'alba. « Che strano! Dove siamo? » esclamai. Mi sentivo come nato appena, e non sapessi ancora altro della vita che Zobeida e quel pezzo di mondo sotto la luna. In seguito avrei stretto amicizia con Tarquinio, avrei avuto compagni, sole, infanzia. Ero leggero. E passò un attimo di brezza che mi fece davvero fischiettare.

« Dove sei? » essa chiamò allora.

Subito, alla sua voce, accorsi e, di nuovo ignudo, entrai al suo fianco sotto le coperte, col pane e le mele in mezzo, tra di noi.

Essa sussultò al contatto freddo di quelle cose tonde vicino al suo seno.

« Cos'è? » disse, un po' come spaventata.

E io risi e le chiesi: « Non hai fame? ».

Era bianca e c'era chiarore di lei nella camera. Un terzo gallo cantò destando stavolta risposte da lontananze.

« Cantano dai bastimenti » disse lei. E perché non venisse detto che faceva giorno io le parlai dei galli che cantano quando si è bambini anche di sera, ad avvisare che s'avvicina un terremoto.

Seduta a gambe incrociate, con la schiena contro la spalliera del letto, essa mi teneva la testa nel suo grembo, e io giacevo in lei mangiando e parlando. E se mi passava per la mente il pensiero del sigaro nel bagno, o dell'uomo Patricola, subito lo ricacciavo non per la paura di sapere qualcosa, ma per una strana felicità di non voler sapere nulla. Di tanto in tanto avevo solo bisogno di chiederle: « Mi vuoi bene? ». Ma alla fine lei non mi rispose e solo si piegò col seno tenero sulla mia faccia.

Allora mi prese un'ansia che non cominciasse a tornare assorta e lontana, di nuovo una regina che non mi voleva, come nel momento ch'ero disceso ai suoi piedi. E alzai le braccia a tenerla, implorando dentro di me di restare per sempre con la faccia sotto il suo seno, perché così la sua divinità, e la sua vita, e tutti i suoi anni erano piegati sul bene ch'io le volevo, ed erano miei, anche se lei non mi parlava.

La pregai: « Parlami! ».

« Che vuoi che ti dica? » rispose lei.

Fu in tal modo che le chiesi di raccontarmi la sua storia, cioè come un bambino può chiedere che gli si racconti una fiaba. E lei dovette capirlo che non cercavo spiegazioni della sua vita, ma una fiaba con lei dentro per principessa o per schiava.

Difatti sorrise ed esclamò: « Ah, ti piacciono le storie? ».

Poi, lasciato un momento dal carezzarmi, per aggiustarsi dietro alla schiena i cuscini, mi prese la testa più su e cominciò a parlare.

« Io sono nata » disse « in un giardino accanto a un fiume che scorreva verso la foce. Di là dal fiume sorgeva una città coi palmizi tra le case, e intorno al giardino si elevava un muro. I miei genitori non erano turchi, però quella era terra di Turchia e tutto il giorno si sentiva la voce d'uno che vendeva datteri e tamarindi. Mia madre non la conobbi, io vedevo mio padre ch'era una specie di principe cristiano venuto lì perché gli piaceva d'avere schiavi. Tutto il suo divertimento difatti era di recarsi ai grandi mercati di schiavi che si tenevano nelle grandi città passato il deserto. A me voleva un bene enorme, ero la sua unica figlia, e se rompevo o guastavo non mi rimproverava mai.

« Fino a sette anni crebbi sulle terrazze di dove si scorgeva il mare. Sulle terrazze era pure giardino ma giù c'erano alberi immensi con le foglie lucide e io chiesi alla mia nutrice che alberi fossero.

« "Sicomori" disse la nutrice.

« E a me venne voglia di scendere dalle terrazze e giocare e correre tra i sicomori. Sicché lo dissi a mio padre: "Voglio andare dai sicomori!".

« "Bene" disse mio padre. "Quanti anni hai?"

« Era pomeriggio e mio padre riposava per la siesta nella

sua camera della terrazza più alta con tende marrone alla finestre, che il sole attraversava come un fuoco.

« "Sette anni" dissi io.

« E mio padre si accarezzò la barba che cominciava a diventargli bianca e disse: "Allora è tempo che tu vada dai sicomori".

« Però mi proibì una cosa e fu di avvicinarmi a un padiglione dalle persiane verdi ch'era in fondo al bosco. "Non devi mai uscire dalla linea dei tamarindi" mi ordinò.

« E io chiesi alla mia nutrice: "Che succede se esco dalla linea dei tamarindi?".

« "Succede" disse la nutrice "che tuo padre ti ripudia per figlia e ti chiude nel padiglione con gli altri che ci sono."

« "Che altri ci sono?" dissi io.

« "Ah, non me lo domandare" disse la nutrice. "Non me lo domandare se non vuoi vedermi piangere lagrime nere." »

Fuori due galli si scagliavano chicchiricchì attraverso l'aria deserta senza più tregua da almeno un quarto d'ora. La luna diventava sempre più chiara per tutto il cielo, come qualcosa di chiaro e di fresco che si fosse disciolto nel cielo. Già un angolo di casa lontana ch'era stato in ombra durante la seconda metà della notte appariva bianco dentro la finestra. E già nella stanza penetrava odore gelido di celeste che a poco a poco ci mise voglia di scivolare sotto le coperte.

Risuonò sul marciapiede di là dal giardino il passo frettoloso dell'uomo delle cinque.

Dal prossimo parallelo della città giunse il rotolìo di una carrozza. Diretta alla stazione?

Poi ricominciarono i galli...

E allora io ebbi voglia di raccontare di me, mi misi a raccontare, e, in un modo che fosse un po' come quello di lei, dissi delle fornaci, di mio padre, di mia madre, dei miei fratelli e mia sorella, della casa di mio nonno, e della casa di zio Costantino col fucile appeso sopra il divano; dissi di qualcuno il quale aveva profetizzato che all'età di cinque anni avrei ucciso un uomo dalla barba bianca, e dissi del mio desiderio a cinque anni di commettere un assassinio.

Qui lei, d'un tratto, m'interruppe.

« Dio che sonno che hai! »

E io avevo sonno sì, parlavo ad occhi chiusi.

Già a tratti mi trovavo a passare per un sogno ch'era una sensazione confusa di riposo su una terra fresca appena vangata, e me ne tiravo fuori con uno sforzo imponendomi il pensiero di lei accanto a me.

« Perché non dormiresti un momento? » disse lei. « Hai tempo per andartene... Qui non si levano mai prima... »

La sentii continuare come se cantasse, ma come se cantasse sottovoce, poi fui sicuro che sognavo d'una donna andata a chiudere tutte le imposte della mia camera.

XIV

Mi svegliai che doveva essere pomeriggio tardi mentre dal porto finiva di fischiare la sirena.

"Ecco il battello per Malta" pensai, aprendo gli occhi.

Ma subito mi sentii una sua mano sulla guancia.

« Caro, hai un po' di febbre » mi disse.

Mi stava sdraiata accanto, appoggiandosi a un gomito contro il guanciale e mi guardava.

« Non ti scoprire » continuò. « Devi aver preso freddo stanotte. »

Poi si alzò, andò verso il cassettone. Era vestita d'un abito rosso a disegni bianchi, lieve addosso a lei, e di un golf grigio. Ed era pettinata coi capelli fermi, ancora molli d'acqua, quasi castani in quel momento.

« Ti ho portato un po' di brodo » mi disse tornando con un vassoio nelle mani.

« Ma più tardi » dissi io, cercando refrigerio sul cuscino dal gran calore che mi devastava il volto.

Essa posò il vassoio e mi venne accanto, di nuovo a sedersi sul letto.

« Vuoi che chiami il dottore? Hai più di trentotto. Ti è cominciato verso mezzogiorno... Dormivi e d'un tratto hai parlato. E ti sei fatto sempre più rosso in faccia. Che può essere? »

Era tenera come mai, così preoccupata, e io raccolsi tutte e due le sue mani portandomele alle guance.

« Eri caldo che bruciavi » disse. « Davvero. Molto più di adesso. Mi hai fatto paura. Ho creduto che avessi almeno quaranta. Perciò ti ho messo il termometro. Ma tu hai continuato a dormire... »

Ci sorridemmo.

« E come hai fatto? » le chiesi. « L'hai detto giù? »
« No » mi rispose. « Nessuno sa niente. »
Allora mi levai a sedere, sebbene mi girasse la testa.
« Credo... » dissi, tutto accigliato dal mal di capo « credo che non sarà nulla, non ti pare? »
E mi venne da starnutire per cui esclamai che si trattava soltanto di un raffreddore, e che era una storia da ridere.
Poi la pregai di darmi da mangiare, perché morivo dalla fame, le dissi. Nel vassoio c'era anche un po' di pane abbrustolito e cominciai a mangiare, ma a metà dovetti smettere, pieno di nausea, intanto che lei se n'era andata vicino a una finestra e guardava di là dai vetri in attesa.
« Mi basterà riposare mezz'ora » dissi « solo mezz'ora, e poi ti farò vedere come mi vesto e me ne vado più in gamba di prima. »
Senza voltarsi essa protestò ch'ero pazzo a rischiare di prendere una polmonite e io, di rimando, la informai che ci voleva altro e che una volta avevo fatto addittura il bagno in mare con la febbre a trentotto.
Ma lei non rispose. S'era appoggiata all'imposta col braccio alzato, e guardava di là dai vetri, nel mondo che sapevo pieno di ciminiere.
Un riverbero di foglie al sole penetrava nella stanza giocando sul muro proprio sopra alla specchiera. Oscillava. A lungo mi ricordò della brezza che ancora forse scorreva come il giorno prima sugli alberi dei bastioni, poi d'improvviso si spense e l'imbrunire cominciò.

Venne un altro giorno e mi svegliai con un'intensa voglia di averla. Tutto era rosso, il letto ardeva di coperte rosse e una gran luce vaporava dal pavimento.
Il sole entrava da tutte e due le finestre.
Cercai di lei intorno con gli occhi e non la vidi. Vidi l'abito suo, rosso, del giorno prima buttato al sole su una seggiola. E il pettine fuoriposto, dei suoi capelli di fuoco biondo, sul tavolo della specchiera.
La chiamai e non era neanche di là, nel bagno. Ero solo.
"Ecco" pensai "è mattina e se ne è andata fuori. Sarà vestita come da viaggio scommetto, e cammina, e avrà una volpe attorno a una spalla che le fa caldo sul seno. Lontano forse il mondo è verde, dove è lei. Sarà vestita di verde e andrà fino

a sotto le campane. Ormai siamo come insieme, ed è uscita come di casa nostra. Forse si potrà vivere così da ora in poi, pressappoco. Lei ritornerà e farà odore di mezzogiorno, e mi parlerà di quello che il medico le ha detto, mentre si spoglia. Ed è la donna più bella del mondo."

Siccome poi il sole attorno mi bruciava discesi dal letto a cercare refrigerio coi piedi nudi.

Finii nel bagno a lavarmi sotto il rubinetto e l'acqua fumò al sole sopra le mie mani. Mi ricordai del sigaro sulla mensola, lontanissimo in una notte gelata. E mi chiesi come avrebbero fatto ora gli uomini a venir da lei. I suoi padroni.

Poiché forse che io me la fossi presa non li escludeva ancora dal suo destino ed essa doveva correre da loro. Così la pensai camminare per altri coi capelli biondi e la tenera carne nel movimento dei passi verso gli altri.

Tuttavia non gli dissi nulla quando tornò.

Entrò rossa e accecante con la volpe come una serpe che le avvolgeva le spalle. Aveva il cappello in mano e lo posò insieme a tre o quattro piccoli involti su una seggiola, cercandomi, siccome non mi vide nel letto, quasi sgomenta. Ebbi il senso che si fosse cambiata d'abito prima di salire, l'avevo pensata verde, fresca, e anch'essa, invece, mi bruciava.

Toccandomi, disse ch'ero di fuoco.

La notte ebbi un sogno.

Che mi trovavo disteso sopra un divano in una luce feroce che mi costringeva a tenere gli occhi chiusi, ero con Fermina e Leonia, una da una parte, una dall'altra a guardarmi e farmi vento come due ancelle di lei.

Mi credevano addormentato e parlavano.

Dicevano un'antica frase che avevo letto una volta sotto la vignetta di un libro.

« Povero principe, così bello e giovane, s'io fossi in lei gli sarei fedele come una schiava! »

Quel giorno, 13 di ottobre, essa non uscì e fino a sera mi tenne nelle sue braccia.

Mi svegliai senza febbre, e però spaventosamente malato nel cuore, schiavo d'un bisogno di tenerezza come un bambino che mi rese incapace di alzarmi dal letto e di andarmene.

E lei fu più tenera di quanto io le chiedessi, più tenera e più debole, né mi si seppe negare.

Una volta, alla fine, disse: « Povero piccolo » e mi strinse il mento in una carezza, con un'aria commossa di gratitudine che non riuscivo a capire perché. Certo non era più una donna che si concedeva, e neanche una donna esitante a lasciarsi prendere, ma una che piuttosto esitava a prendere ancora.

In quel momento desiderai, e per la prima volta di vero desiderio, ch'ella avesse gli occhi grigi, che fosse in qualche modo anche Giovanna. Era andata a cercarmi un fazzoletto e nel tornare si era fermata e mi stava guardando. Pure io sentivo che Giovanna era indietro, indietro nella sua vita. Solo i suoi occhi di scolara erano ancora una grigia bontà rimasta fuori nel mondo, e da andare a raccogliere e condurre dentro alla mia donna bionda.

« Se tu fossi anche Giovanna! » le dissi.

Essa non si rivoltò; però non seppe dimenticare, e, divenuta loquace, di continuo tornava sull'argomento.

« Io non capisco » disse tra l'altro « se le volevi bene perché non te la sei presa? »

Per la prima volta queste sue parole mi davano di Giovanna un'idea di cosa da prendere. Invero, se mai me lo fossi chiesto, io non avrei creduto di averla lasciata imposseduta. Per il suo bacio, il suo garofano, le sue occhiate di ragazza che *corrisponde*, e per tutto quello che gli altri, come ad esempio il Rana, non avevano di lei, io ero stato sicuro che ella fosse mia.

La sentivo così mia, le volte che ne avevo parlato con Tarquinio! E le volte che avevo intrepidamente schiacciato il Rana, la mattina della discussione con la *levatrice*, la notte del Liceo... Ma la pensavo una cosa cui non si poteva chiedere di più delle sue occhiate. E invece era da prendere come era da prendere la donna bionda?

« Vedi » seguitò la donna bionda e aveva un'aria di persona che rallenta il corso dei propri pensieri per persuadere, « tu credevi di volere solo il suo garofano, un segno del suo bene... E sei venuto a prendere da me, e hai preso quello che non credevi di volere da lei... Si è così bambini! E ora tu pensi di voler bene a me! »

Ora più che mai desideravo ch'ella avesse gli occhi grigi, e fosse davvero anche Giovanna, perché nulla esistesse fuori di lei. Nel mondo c'era adesso una cosa che qualcuno poteva prendere. Io non volevo lasciarla imposseduta. E invocavo che quella grigia bontà si alzasse su dal mondo, e venisse a distendersi negli occhi della mia donna bionda.

« Ma per me è lo stesso » concluse lei levandosi. « Io ho avuto qualcosa ed ero stupida a non volere, giacché ti offrivi. Del resto non sono proprio quella che credi, cioè lo sono il meno possibile. È una finta; per i signori della questura. »

« Come una finta? » dissi io.

« Oh non mi difendo certo con le unghie se mi trovo presa nel gioco. Ma di solito ho un pretesto qualunque per sfuggire ai pretendenti. In questa città, per esempio, tutti parlano di me ma domanda loro se mi hanno mai portata a letto... »

E com'era, allora, che io l'avevo avuta? Cercai nel ricordo della prima sera, ma non c'era stato nulla di diverso dal modo usuale... Lei era salita dinanzi a me al mio semplice accenno.

« Ma va là! » dissi d'impulso, non so con quale animo.

« Oh rassicurati! » rispose lei, incedendo via verso le finestre. « Sono una di malaffare lo stesso! »

Il 14 ottobre, nelle ultime ore del pomeriggio, arrivò per lei una strana lettera. Ella la lesse corrucciata poi me la passò ridendo.

Alla signora Zobeida, era indirizzata.

Diceva: « Egregia signora – ci resulta che dal 10 corrente mese lo scolaro Alessio Mainardi della 1ª liceale B è scomparso dalla sua pensione lasciando nell'inquietudine la padrona della medesima, signora Rosmunda Formica, nonché i compagni di camera signori Ahmed Cogia, Perez, Valente, Bajardo, Corsentino, Mattioli e Trovato, i quali lo piangono per morto.

« Ci resulta altresì che il nominato Alessio Mainardi, per quanto non abbia dato segno alcuno delle proprie intenzioni, si è recato la sera del giorno suddetto, dopo un lungo vagabondaggio pei bastioni della città, nella Casa di cui Ella fa parte, ed ivi ancora si trova, inutile negarlo, nascosto, non sappiamo se a di Lei insaputa, nella camera da Lei stessa occupata.

« Dati i fini della nostra organizzazione, sarebbe per noi un dovere rassicurare quanti sono tuttora in ansia per la scomparsa del Mainardi, segnalando loro la sua presenza costì. Anche verso il Mainardi avremmo un dovere: quello di esortarlo fraternamente a venir fuori e riprendere i suoi esami, da lui abbandonati proprio mentre pareva arridergli il successo, se la chiusura della sessione fissata, come lui stesso sa, per domani, non avesse ormai tagliato fuori il suo baldanzoso tentativo di non ripetere l'anno e saltare addirittura in terza.

« Ma un più alto dovere ci resta verso qualcuno e verso noi stessi, ed è di recuperare l'originario fiore simbolico, al nome del quale la nostra organizzazione s'intitola. Detto fiore, spiccato da dita innocenti, si trova adesso, signora, a portata della sua mano, e precisamente indosso alla persona del Mainardi. Ella può compiere un'opera di giustizia sottraendolo al nominato e facendolo pervenire tra le diciassette e le diciotto di domani 15, in busta chiusa, al signor Cosimo Gulizia della 3ª B, che si troverà a riceverlo sulla soglia della Farmacia Esculapio, sita al n. 215 del Corso Grande.

« Tenga presente, signora, che siamo anche determinati, ove il nostro desiderio non venisse esaudito, ad informare la Regia Questura della permanenza di Mainardi presso di Lei. »

Il Garofano rosso.

« Brutto porco! » esclamai quando ebbi finito di leggere.

« Lo conosci? » disse lei.

« Altro che! L'ho lasciato morto per due giorni una volta, sul terreno del Matto Grosso! È un anno che impazzisce per quel garofano... »

« Cosimo Gulizia? »

« Sì, il Rana. E ha messo su una Massoneria per ottenerlo. Ama segretamente Giovanna. »

Ero furente. E lei pareva piuttosto divertita della lettera e del mio furore. Di serio disse solo:

« Ma io il garofano voglio tenermelo. »

Per questo che disse io la strinsi ai polsi e stavo per ripeterle che volevo tenesse anche me, che mi portasse via, ma prima di trovare le parole sentii che c'era un impercettibile foro di vuoto da qualche parte del mio cuore che non mi avrebbe lasciato credere nelle mie parole stesse. Attraverso quel foro sfuggiva il mio desiderio ch'essa mi portasse via come se mi sgomentasse di andarmene dalla città nella quale ero stato il ragazzo grande amico di Tarquinio e innamorato di Giovanna. Era stato bello avere amico Tarquinio, volere bene a Giovanna, e se lei era la mia favola di vita che non volevo perdere più, neanche volevo lasciarmi dietro davvero distrutta la verità della "cava", dei banchi a scuola e della montagna rosa.

Della lettera difatti mi aveva soprattutto irritato l'accenno ai miei esami perduti. Non già che in quel momento avrei proprio saputo correre a darli; eppure che la possibilità di darli e vincere fosse finita mi riempiva di delusione come se ormai quel mondo mi si negasse, e prevenisse ogni mio impulso a saltar di nuovo fuori in mezzo ad esso.

Anche Zobeida dimostrò dispiacere pei miei esami, e questo mi irritò di più, sicché per la prima volta ebbi uno scatto impaziente contro di lei.

« Che c'entri tu? » le dissi con voce di cui subito mi pentii.

« Oh niente! » disse lei. « Ma quando te ne sarai andato e io partirò, mi seccherà pensarti che ripeti l'anno per causa mia. »

« Ah così? » gridai. « E io ti dico che non ripeterò un corno. Non capisci che con la scuola l'ho finita da un pezzo? »

L'indomani, addì 15 ottobre, essa cominciò verso le otto a prepararsi per uscire.

Quando alle otto e mezzo, prima ancora che avessero mandato su il caffelatte, fu pronta, un'inquietudine di restar solo là dentro mi prese.

« Ti farai aspettare molto? » domandai.

Non le avevo chiesto perché uscisse. Ma lei mi rispose in questo senso piuttosto.

Era bellissima. Aveva l'abito verde nel quale l'avevo pensata giorni prima, d'una soffice lana come pelliccia di qualche verde animale dei boschi, con un berretto pure così e i capelli biondi incredibilmente leggeri attorno al collo. Qualcosa d'azzurro sul petto riportava indosso a lei la mia memoria di Giovanna "vestita di verde e d'azzurro", una volta di più.

« Capisci » mi disse infilandosi i guanti « quella lettera mi fa pensare che la questura può capitare da queste parti. »

E affacciatasi sulla porta gridò giù di chiamarle un taxi.

Poi, dai cassetti del tavolo, tolse la borsetta d'argento che sapevo contenere la rivoltella, due involti in carta azzurra, un terzo involto in stagnola come cioccolata, e ficcata ogni cosa nella sua grande borsa di pelle restò calma ad aspettare.

Appena l'avvertirono che scendesse pure, venne a salutarmi.

« Sarebbe meglio che tu uscissi di qui, per oggi » mi disse.

Ma io cominciai subito ad aspettare il suo ritorno e solo mi feci il bagno e la barba perché mi trovasse pulito, tornando.

Mi vestii anche, e fumai. L'inquietudine di restar solo mi aveva lasciato appena ero rimasto solo davvero. E il buonumore mi mise voglia di fare qualcosa. Se per esempio fossi andato a picchiare il Rana? Inseguii sorridendo pensieri di cose che mi capitava di fare una volta. Anche incontrare Tarquinio sarebbe stato possibile uscendo. E che gli avrei detto? Che m'ero presa la donna bionda? Chissà come sarebbe rimasto lui, che l'aveva esaltata "magnifica, magnifica!", a sapere che non era proprio quella che credeva, e che neanche se avesse avuto i soldi quel giorno avrebbe potuto prendersela!

Un preoccupato rumore di voci, dopo un insistente chiamare del telefono, attirò la mia attenzione al piano di sotto.

Erano circa le undici. Passi precipitosi batterono le scale.

Poi madama penetrò in camera trafelata.

« Fuori di qui subito, fuori di qui subito » mi gridò.

E si precipitò a frugare negli armadi.

Il "putelo" era comparso in pigiama, sorridente del sorriso degli idioti nelle circostanze gravi, dietro di lei.

« Se ne vada » mi disse misterioso come chissà cosa sapesse di me « è meglio che non trovino qui anche lei. L'hanno arrestata, poveretta, e ora certo arriveranno per la perquisizione. Le hanno trovato indosso tutta la droga che doveva vendere, ma loro non si contentano. »

Con incoerente effusione mi strinse la mano, mi batté la sua palma aperta sulla spalla, e gridò giù di farmi uscire per la "via privata".

Un minuto dopo camminavo nel sole con la montagna rosa davanti.

Un inno suonava nella città. C'era confusione di gente diretta tutta verso un punto. E io che non avevo nessun punto mio dove andare mi diressi con la folla.

XV

Tutto ad un tratto mi trovai in piena Parasanghea, e una bandiera, acuta come una lancia, passò svelta, tra le teste, una ventina di passi più avanti. Mi affrettai verso quella ma senza curiosità; ad ogni modo, giacché andava sempre più svelta, finii col correre per raggiungerla.

Era una bandiera delle scuole, del Liceo scientifico precisamente, lo vidi dal nastro, e la portavano, abbrunata, un gruppo di ragazzi che conoscevo appena di vista.

« Dove andate così di carriera? » chiesi affiancandomi.

« Al funerale » mi rispose dal centro quello che portava la bandiera, uno che nelle nostre bande era soprannominato, per via dell'alta statura e dello sguardo chiaro, lo svizzero.

Per un pezzo non chiesi altro. Sentivo solo ch'era giusto andare "al funerale" e mi abbandonai ancor più vuoto, più inesistente, al mio passo.

Poi del tutto a caso una nuova domanda mi cadde dalle labbra: « Ma quale professore è morto? ».

« Questo qui arriva da Saturno! » dissero in fondo alla fila. Un mormorio corse, nel gruppo, che portò tutti a un sorriso di malizia, e finalmente mi domandarono: « Dunque non sai nulla? ».

« Che cosa? »

« Della morta! »

« Ah, si tratta di una donna? »

Il sospetto che poteva esser morta Giovanna attraversò allora il mio animo ma senza lasciarmi niente dentro: un gelido lampo.

« Forse la Bermùda? » dissi.

« E dalli coi professori! » esclamarono. « Perché? Cosa credi che gli scolari siano immortali? Anche noi si può morire un giorno o l'altro... »

« Si capisce! » io dissi.

« Olà Mainardi! » gridarono in quel punto da qualche parte, e la mano pesante di Pelagrua venne giù sulla mia spalla.

Era da giugno che non lo vedevo.

« Vecchio furfante » disse prendendomi sottobraccio, « lo sai che sono contento di trovarti? Mi fa piacere. Sono arrivato ieri l'altro per iscrivermi e mi hanno raccontato tutto. Dicevo, e com'è che il Mainardi non si vede in giro? Quasi credevo che ti fosse capitato qualche disgrazia e invece incontro Manuele che mi racconta la tua alta fortuna. Vero poi che è bella? »

« Vero » dissi io, con un disperato sorriso.

« Ma che faccia ti sei fatto! Lo sai cosa sembri? Si direbbe che ti è successo qualcosa di brutto invece di un romanzo d'amore. Fosse successo a me sarei raggiante come Febo Elmo d'Oro. Accidenti, non capita tutti i giorni esser rapiti da una bella donna. Manuele dice ch'eri a scuola a sentir gli altri che davano gli esami, e il bidello ti chiama da parte di una signora! Qualcuno ti ha visto giù quando sei salito nella sua carrozza e dice ch'era velata e vestita da straniera... Ma tu la conoscevi, c'eri già stato prima? »

« Oh, basta! Chi se ne ricorda? » dissi io, con un gesto di stizza.

« Chi se ne ricorda? » esclamò imperterrito, il Pelagrua.

Era più grande, più uomo, col grigio delle guance rase più fittamente grigio, e spaventevole di buona salute. Non aveva più nulla di ragazzo, e nella sua giacca nera, i suoi calzoni di gabardine color nocciola, ormai divenuti logori, ci stava senza più quell'aria di correre dietro a un'eleganza adulta ch'era stata la sua antipatica caratteristica di una volta. Un volgare studente d'università, sembrava.

« Chi se ne ricorda? Che cosa vuol dire chi se ne ricorda? Che è una cosa finita, vero? e che non ci pensi neanche, e che... Non ti do torto. No, come filosofo non posso darti torto. Sono perfettamente dell'opinione dei greci antichi, in questo. Ma l'avventura non è stata una delle solite, e io vorrei sapere... »

Evidentemente voleva sapere se c'era probabilità che ne avesse lui una uguale.

« Se credi che sia stato chissà che di straordinario fai pure » dissi io con tetra disperazione.

E alzai le mani, in un istintivo gesto d'angoscia, come ad esprimere il senso di vuoto che mi desolava l'anima.

Ma le mie parole non dicevano nulla di vero. E sentivo che quel vuoto non veniva dalla fine improvvisa che aveva cancellato lei, la donna bionda, e ch'era invece un vuoto più antico, a cui sarei giunto in ogni modo appena mi fossi trovato fuori dalla casa delle mie notti di febbre e di desiderio. Era il vuoto di ogni volta che avevo lasciato lei per tornare al mio vecchio mondo di ragazzo e che ogni volta avevo creduto di riempire correndo di nuovo a lei: il vuoto dell'amicizia perduta, e del bene che non avevo detto.

« Chi è morto? » chiesi, indicando la bandiera stretti alla quale marciavamo.

Si passava attraverso il lucido largo di una piazza e non avevamo più la folla addosso. Eravamo un gruppo in mezzo al gran sole.

Pelagrua sospirò. « Eh sì, è morta poverina! »

Si andò oltre la scalinata di una chiesa, bianca come calce viva, si passò sotto le finestre ingrigliate del Monastero di Santa Rosalia, si entrò in una stradetta orientale, tra alti muri di giardini.

Fra poco saremmo svoltati nella via dove sapevo che si formavano i cortei dei funerali. Era una breve via senza marciapiedi con una piccola chiesa a metà, coronata, lungo il cornicione, da una fila di geranii. La chiesa aveva una porta a un metro e più da terra, e vi si saliva da una scaletta di legno che il custode, quando chiudeva, si portava nella sua casa di faccia. Serviva solo pei morti, come una chiesa di cimitero. Al momento di iniziare il trasporto qualcuno toglieva la scaletta, la carrozza funebre accostava e il feretro scivolava dritto sul piano di questa.

Come entrammo nella prima stradetta, quella dai giardini, vedemmo un altro gruppo che si avanzava dal fondo pure con una bandiera.

« Oh, guarda, anche l'Università ha mandato la rappresentanza! » esclamò il Pelagrua. « O non si sentono solidali col colpevole? »

Il ragazzone biondo che portava la nostra bandiera si voltò a dargli uno sguardo sferzante di sopra le spalle. E il Pelagrua rallentò il passo tirandomi per la manica.

« Aspetta, lasciali andare avanti. Non siamo del *Liceo secco* noi... »

Suonava strano il vecchio gergo del mondo scolaro sulle sue labbra adulte.

Ma io non capivo perché il ragazzone biondo gli avesse dato quello sguardo e cominciai a sentirmi irrequieto come in un brutto sogno. C'era qualche terribile significato per me in quel funerale?

Mi guardai attorno e vidi altra gente nella stradetta. Ragazzi a quattro, a cinque, che passavano come giovani corvi stridenti, e ragazze col fazzoletto in un pugno però prese sottobraccio che lanciavano lunghi lampi d'occhiate di tra le teste l'una delle altre. Passò anche un ecclesiastico gruppo nero di professori, con le scolorite pagliette dell'estate in capo e una querula professoressa dalle grosse gambe nel mezzo che continuamente si voltava a parlare di fianco e di dietro. Credo che portassero nastri da ghirlande funebri a tracolla. E sopraggiunse una terza bandiera in una piccola folla di ragazzi vestiti alla marinara poi un'ondata di liceali che non diedero alcun segno di riconoscermi; alla fine si svoltò nella via della chiesetta.

Era piena di un costernato sussurro con la giovane folla come selvaggia erba nera dappertutto.

Le lance delle bandiere dieci, quindici, spuntavano qua e là dai più densi folti di teste, il carro funebre alzava la sua groppa nel mezzo di un ammasso di rose e sembrava un fiorito elefante. Persi il Pelagrua ma mi trovavo ormai fra vecchie facce, e vidi la banda dei turchi, Manuele e i suoi, amici dell'Istituto Tecnico, amici operai delle Scuole Industriali, amici delle Società Sportive e tutti accennavano con un lieve sorriso alla mia presenza per riprendere subito il loro costernato bisbiglio lasciandomi fuori.

Dalla banda dei turchi mi gridarono: « Ehi, ci si vede dopo il funerale? ».

E Manuele mi avvicinò un momento.

« Olà, Mainardi! » mi disse. « Vogliamo stare insieme stasera? »

Come io, senza entusiasmo, accennai di sì, soggiunse: « Sembrano finiti i bei tempi! Basta non ci si veda per un po', che passi un'estate, e sembrano finiti. Sei con qualcuno. Ti lascio! ».

Da nessuno facevo in tempo a sapere chi fosse la morta e salii la scaletta di legno. L'oscurità era colma, tra le fiamme dei ceri, d'una folla bassa di ragazze. Cercai di sopra alle teste la morta e scorsi, affondato nella cassa, un volto di bambina. Ed erano venuti tutti per una bambina? Ridiscesi confuso la scaletta. Perché? Che male avevano potuto fare a una bambina?

Lo chiesi al Pelagrua che mi ritrovai davanti appena fuori. « La chiami una bambina » disse il Pelagrua.

Seppi che si trattava di Daria Cortis, una della terza, e mi meravigliai di non averla riconosciuta nell'esile volto di bimba che mi era apparso dal fondo della bara. Da viva era stata piuttosto paffuta, una ragazza come tante, rosa e gonfia di petto.

« E di che è morta? »

« Caduta. Sul campo dell'amore. Non sapevi nulla? Lui è quel tipo bruno, alto che stava sempre con me a Montalbano l'anno scorso. Studia medicina. Ma non credo che si faccia vedere in giro per un pezzo. »

« Non l'ha mica uccisa lui... »

« Capisco. Ma la storia è stata commovente. Lui l'aveva abbandonata. E lei gli ha scritto che voleva vederlo, che se non andava a trovarla si sarebbe uccisa... »

« E lui non è andato e lei si è uccisa... »

« Sicuro. E il bello è che non avevano fatto nulla, a quel che sembra. Anzi lui l'aveva abbandonata perché lei non si lasciava fare, dicono. »

Qui si riavvicinò Manuele. Il Pelagrua rimase scartato, a scambiare sommessi commenti con un gruppo di passaggio.

Ci sorridemmo, io e Manuele, mentre nella ressa si andava un po' in deriva.

« Hai sentito della morta? » disse Manuele. « L'ho visto, lui. Tutto è stato perché lui non ha voluto andare a fondo, sembra. Perché lei ha creduto che si volesse solo divertire a baciarla... Così almeno sembra... E tu con quella donna è stato bello? »

Io alzai le spalle, e Manuele si mosse di nuovo per lasciarmi. Ma prima disse: « E con Giovanna come va? ».

Di nuovo alzai le spalle, e lui, già un passo distante, disse: « Sapessi che bel tipo si è fatta! Un bel tipo proprio! Sarai il più invidiato degli uomini se ricominci con lei ».

Qui alcune ragazze che sapevo compagne di Giovanna si impigliarono in noi e senza volerlo ci divisero. Una voce chioccia chiamò: « Signor Mainardi! signor Mainardi! ».

Mi voltai. Era qualcosa che mi riportava indietro di un anno: la ragazzona che sempre andava e veniva con *lei*, dico con Giovanna, come un'ancella, da noi chiamata la *levatrice*.

« Quasi non lo riconoscevo! » mi disse, bassa, tarchiata, guardandomi di sotto in su negli occhi. « Accidenti, è diventato grande e grosso. E simpatico anche... » Rise. « Peccato » continuò « che non ha fatto altrettanti progressi nella scuola. »

« Li farò » io risposi.

« E come sta? » disse lei. La sua voce a tratti strideva di eccitazione. « Bene, naturalmente, se no non sarebbe così grande e grosso... E s'iscriverà quest'anno o pensa di fare da esterno? Che testa matta non dare gli orali, sarebbe passato senz'altro, ho visto che aveva tutti nove negli scritti! Ma com'è che non li ha dati? O è vero quello che dicono i maligni?... »

Arrossii, e fui per chiedere qualcosa, ma poi rimasi zitto. Essa rideva da tutta la sua faccia rotonda.

« Peccato! » disse. « Si sarebbe stati insieme a scuola... »

« Perché? » dissi io, senza riflettere. « Ci sarà Giovanna? »

Essa mi guardò con maliziosa aria consapevole.

« Ci pensa sempre? » disse. « Ah, caro lei, sapesse che bellezza è diventata! E come si veste bene! Che figura! Tutti si voltano quando passa! »

« Come mai non è venuta al funerale? » io dissi.

« Doveva venire » disse lei. « Ma non si trova più tanto bene con noi scolare... Prima ha detto sì, poi invece ha mandato i fiori ed è rimasta a casa. Con noi dice che si sente troppo grande... Buffo, no? Ma potrebbe essere già una signora... Del resto non mancherà molto che lo sarà, m'immagino. »

Mi guardava come assaporando l'espressione della mia faccia.

« Lei » disse « si sarà persuaso che non poteva esserci nulla di serio tra lei e la mia compagna, m'immagino. »

La sua voce qui fu perfidamente bassa. Ma insieme piena di intrigo.

E io vinsi la voglia di mandarla al diavolo, le chiesi: « Che dice? ».

Essa roteò gli occhi.

« Che dice la mia compagna? Oh! Dice strano quel ragazzo Mainardi! Ma non significa nulla, naturalmente. Lei capisce che avrà ben altro da pensare, una ragazza come Giovanna... Del resto non mi fa confidenze. E non ci si è viste che di rado, con l'estate. Ieri ci si è viste. E mi ha domandato anche di lei... Ma non so che avesse! »

Ragazze erano tornate indietro a cercarla, la strapparono via, se la portarono lontano. Di nuovo io mi trovai col Pelagrua.

E un movimento cominciò nella folla dal centro, l'elefante fiorito ondeggiò, si girò, si mise per traverso, un canto leggero di vestali diradò l'aria e ci si trovò incamminati.

Avanti procedevano i monaci con passo da salmerie, e davano al canto delle vergini una sordina profonda. Sull'asfalto della piazza risuonarono gli zoccoli di invisibili cavalli. Le lance delle bandiere luccicarono al sole attraverso tutta la Parasanghea, si discese lungo i bastioni.

« A proposito, con Tarquinio ti sei visto? » chiese il Pelagrua.

Senza che io gli rispondessi mai in modo soddisfacente mi raccontò e raccontò di Tarquinio piccole cose che non intesi troppo. E si arrivò a un piazzale alberato con intorno caffè e velieri. Di là si passava un ponte, attraverso il mare, e si arrivava ai prati dov'era il Matto Grosso.

"Il Matto Grosso!" io pensai. Mi pareva come se si dovesse andar là, su quel campo dove avevo battuto il Rana, a seppellire la ragazza.

Ma il corteo si fermò sotto il fogliame e il vecchio preside salì in mezzo alla folla e disse: « Figlioli! ».

Il fogliame era pieno di gialla brezza e si portava via le parole. Di nuovo si sentì ch'egli diceva: « Figlioli! » poi vicino a me bisbigliarono: « Piange! piange! » e l'elefante fiorito si staccò da noi, si mise a correre verso il ponte, attraversò la distesa dei velieri e, inseguito da una cavalcata di vetture, lo si vide di là, lungo la strada delle saline.

"Non c'è da seppellire niente" io pensai. E pensai che non ogni cosa fosse finita; che lei, e non sapevo chi pensando lei, era troppo buona; che io ero troppo vile; e che c'era Giovanna dopotutto. Quel giorno non era vero.

Quando mi voltai a guardare di nuovo in mezzo ai ragazzi le bandiere avevano cominciato ad andarsene.

E Pelagrua mi disse: « Vanno tutti a quel caffè. Andiamoci anche noi ».

Era un chiosco verde con una mandria di tavolini sotto un telone. Una ventina di ragazzi vi avevano preso posto ma, come vi arrivammo anche noi, altri ancora sopraggiunsero e fummo stretti da tutte le parti.

« Queste cose succedono perché il mondo è organizzato male » gridava un ragazzino dalla voce stridente.

E a quella voce io m'accorsi ch'ero tra facce vecchie, le facce dei turchi, le facce della notte passata al Liceo, le facce di tutti i giorni del mondo scolaro, e persino, dietro alle altre, la faccia del Rana.

« Ehi Alessio! » mi chiamò qualcuno.

Era Tarquinio.

E io mi sentii inchiodato a quelle facce come nel precipitare di un sogno. Mi sorrise il mio grande amico. Ma io non gli risposi: anche lui non era vero.

Malgrado il gran sole faceva freddo, la brezza cresceva dentro il fogliame e a tratti aveva fremiti nervosi di vento. Il telone del caffè, sopra le nostre teste, sbatteva allora nelle sue pieghe come una vela; e io notai che parecchi dei ragazzi indossavano i loro pastrani invernali.

« Che strano che ci sia ancora aperto questo caffè » disse Tarquinio. « È così estivo! E sembra tanto tempo che l'inverno è cominciato. Ti ricordi quel giorno dei marroni? »

Io mi ricordai anche che la *Corona di Ferro*, dove abitava, era là vicino.

Ma, come ebbe parlato, la sua faccia si ritirò di fianco alle altre e la voce del ragazzino di prima riprese il sopravvento.

« Nessuno ne ha colpa eppure è un'ingiustizia. Come se ne avessimo colpa tutti... » continuava.

Molti annuirono col capo. Avevano un'aria trafelata e qualcuno si voltava ancora a guardare dalla parte dove era scomparso l'elefante fiorito. L'idea di quella ragazza morta, che si era uccisa per amore senza essere stata sedotta, li annichiliva. Pareva che un Dio misterioso avesse visitato il genere umano. E tutti i ragazzi sentivano che il genere umano si comportava male dinanzi a questo Dio.

« La nostra società è organizzata come se i sentimenti umani non esistessero » continuava il ragazzino. « Pensate al Codice Civile. L'uomo, là dentro, non conta che in quanto è proprietario. Nella famiglia, nella vita civile, in ogni rapporto, insomma, coi nostri simili le leggi pigliano l'uomo in considerazione solo in quanto è portatore di beni... Un obbligo che regoli, che svegli, che dia consistenza ai sentimenti umani non è mai stato scritto... »

« Questo, credo, si fa » osservò una voce timida, ma persuasa di se stessa « per lasciare libero sviluppo ai sentimenti. »

Nessuno parve scosso nella sua solidarietà col ragazzino da questa giudiziosa osservazione.

E il ragazzino ebbe un gesto d'impazienza.

« Ecco l'asino di Balaam » disse. « Per lasciare libero sviluppo ai sentimenti! Quando mai si è fatto qualcosa di buono col libero sviluppo? »

Guardò gli altri, li vide attenti e continuò:

« Se, mettiamo, c'è un uomo che sente una cosa in altissimo modo, vuol dire che tutti gli uomini potrebbero sentire quella cosa in quell'altissimo modo, c'è la possibilità di sentire quella cosa in quell'altissimo modo. E perché non viene una legge che costringa gli uomini ad agire come se tutti sentissero quella cosa in quell'altissimo modo? »

Il ragazzino era magro, aveva le gote incavate e i suoi occhi minuscoli, tanto minuscoli che non si riusciva a distinguerne il colore, scintillavano come due puntini metallici. Io non l'avevo mai visto. Di dov'era venuto fuori?

« Vedete » continuò « quando c'è qualcosa di bello in un uomo bisogna che non se la tenga nascosta dentro. Che importa se c'è un uomo tanto raro? Importa l'altezza d'animo a cui egli è giunto e tutti gli uomini devono essere costretti a raggiungerla. »

Il ragazzino era mal vestito, aveva in testa un vecchio berretto.

« Il mondo si scuote e fa terremoto per nulla » disse « per avere un po' di burro sul pane. Ma che significa avere un po' di burro sul pane? Nessun affamato si agiterebbe per questo se non credesse di diventare, ottenuto il burro, migliore. »

Il ragazzino si sedette e dalla sua faccia sparì tutto quello che aveva detto. Pareva avesse sostenuto uno sforzo troppo forte per le sue fragili ossa. Ma non guardava; sorrideva tra sé; e aveva sulle ginocchia un libro attorno al quale giunse le mani.

« Io credo » osservò uno che gli stava dietro all'impiedi, « credo che hai detto molte cose giuste. Ma davvero vorresti costringere la gente ad avere un sentimento piuttosto che un altro? »

Il ragazzino si era spento ormai, però non apparve confuso

e senza voltarsi, tormentando la copertina del libro, rispose:

« Perché no? Non si costringe la gente a non rubare? »

« Ma ecco » tornò alla carica l'altro « nei rapporti, per esempio, tra uomo e donna, in che senso si dovrebbero costringere i sentimenti? »

Questo era il punto che contava risolvere pei ragazzi e tutti si tesero in viva partecipazione. Parecchi furono per parlare come se sapessero. Ma lasciarono che rispondesse il ragazzino.

« Dio mio » disse questi, alzando le spalle. « Non si tratta di agire proprio sui sentimenti. Gli avvocati dicono che non si fanno processi sui sentimenti. Gli avvocati dicono che non si fanno processi alle intenzioni... Ma quando si punisce il furto che cosa succede? Succede che il sentimento di rubare viene represso e quello di non rubare esaltato. Ora tutti i sentimenti portano, o almeno contengono la possibilità di portare a dei fatti... Dunque bisognerebbe prendere in considerazione i fatti, anche se minimi. »

« Che gatta da pelare! » bisbigliò il Pelagrua che mi stava seduto accanto.

Ma io gli detti una gomitata nel fianco. E istintivamente alzai gli occhi a cercare la faccia di Tarquinio. Lo vidi arricciare il naso. Pensai a tutto quello che sapevo avrebbe potuto dire contro gli argomenti del ragazzino. E sebbene, in qualche parte entro di me, trovassi puerili gli argomenti del ragazzino, pure sentivo ch'essi rispondevano bene o male a una mia confusa esigenza, e l'atteggiamento di Tarquinio, la sua muta disapprovazione, e tutto quello che pensavo avrebbe potuto dire in contrario, mi riuscivano antipatici.

« Ha ragione! Si potrebbe fare! » frattanto esclamavano intorno i ragazzi.

E io pensai che Tarquinio arricciava il naso perché non era più ragazzo.

« E credi » chiese uno dai calzoni corti « che si potrebbe scrivere un Codice d'Amore? »

« Perché no? » gridarono da più parti.

« Certo. »

« Un Codice d'Amore... »

E qualcuno batteva i piedi dalla gioia.

« Sì, naturalmente » disse il ragazzino e continuava a tormentare la copertina del suo libro. « Io l'ho sempre pensato. C'è tanto male nei rapporti tra uomo e donna, tanta possibilità di male, e molto di questo male viene solo da noncuranza, da indifferenza, non so come dire. Sarebbe facile scrivere una specie di Codice che rimediasse... »

Ora Tarquinio sorrideva decisamente. Stringeva gli occhi, raccoglieva il suo sguardo miope e io ebbi paura che volesse dire qualcosa di sgradevole.

« E perché non vi provate a scriverlo? » disse invece.

L'ironia che poteva esserci nelle sue parole bruciò come paglia in quel fuoco di entusiasmo.

« Oh certo! » gridarono.

« Possiamo anche provarci a buttarlo giù. »

« Ecco una matita. »

« Ecco la mia penna. »

Arrivò carta bianca da tutte le parti e uno si tenne pronto, coi gomiti larghi sul tavolino, a pigliare appunti.

« Dio mio » ricominciò il ragazzino « io credo che la cosa sia da regolarsi in modo che da una parte resti tagliata fuori ogni possibilità di false soddisfazioni, mentre dall'altra si ottenga la massima facilitazione a realizzare le vere. Bisognerebbe dunque colpire la prostituzione e il tradimento. »

« Bravo! Urrà! » gridarono i ragazzi.

« Debbo scriverlo? » chiese il ragazzo con la carta e la penna.

« Scrivi: abolire prostituzione e tradimento » suggerì un grande che gli stava dietro. « Dopo preciseremo meglio. »

E il ragazzino continuò: « Prostituzione intesa, si capisce, in tutti i sensi. Non solo quella della comune cortigiana ma anche di ogni ragazza che sposa per assicurarsi l'avvenire, di ogni volta, insomma, che il rapporto fisico viene a stabilirsi tra uomo e donna senza la sua necessità... ».

Non potei fare a meno di notare che il ragazzo evitava la parola amore.

« Prostituzione in tutti i sensi » sillabò a bassa voce, scrivendo, lo scolaro della carta; e il grande che gli stava dietro approvò mettendogli una mano sulla spalla.

Intanto il ragazzino diceva: « E il tradimento in ogni sua sfumatura. Poiché a due che abbiano raggiunto la suprema necessità di unirsi noi non opporremo nessun ostacolo, a condizione, si capisce, che esprimano, e siano in due ad esprimerla, questa loro necessità. Condannando il tradimento noi eliminiamo la possibilità di rapporti fisici occasionali, mossi da impulsi frivoli, da leggerezza di desiderio o, comunque, da passeggere simpatie sessuali: tanto la prostituzione che il tradimento vanno colpiti con la pena di morte ».

« Benissimo, con la pena di morte! » urlarono i ragazzi.

E lo scrivano sillabò: « Con la pena di morte ».

« Ora » disse il ragazzino « occorre distinguere tra uomo e donna. Noi vogliamo dare la possibilità tanto all'uomo che alla donna di realizzare, e non solo una volta, quello che ho chiamato necessità suprema. Ma all'uomo la daremo in un modo, alla donna in un altro... »

Il grande, ripiegato sulle spalle dello scrivano, dettava: « All'uomo in un modo. Alla donna in un altro ».

Tarquinio fumava, con gli occhi socchiusi, un sorriso raggrinzito agli angoli della bocca.

« E fino a quante volte » chiese uno « si ammetterà che la gente contragga una nuova unione? »

Era uno dell'Istituto Tecnico.

« Fino all'infinito » rispose il ragazzino alzando una mano. « L'importante è che ogni nuova unione non venga contratta troppo presto rispetto alla precedente. Bisogna evitare che un uomo possa prendere una seconda moglie, che una donna possa andare ad altre nozze, per impulsi frivoli. Bisogna obbligarli a pensarci due volte. Stabiliremo che non è permesso contrarre una nuova unione se almeno non sono passati alcuni anni dacché fu contratta l'unione precedente. »

« Quanti? » disse il grande dietro lo scrivano.

« Mah! » disse il ragazzino. « Possiamo mettere sette o cinque... »

« Mettiamo cinque? » disse il grande.

« Bene, cinque » disse il ragazzino.

« Dunque » sillabò lo scrivano « è condizione necessaria a contrarre una nuova unione che siano passati almeno cinque anni dalla precedente. »

« Dacché fu contratta l'unione precedente » corresse il grande.

« E se uno lo fa prima? » chiese qualcuno.

« Sarà punito con la morte » il ragazzino rispose.

« Ma perché sempre con la morte? » osservò l'asino di Balaam. « Un delitto minore, vuole pena minore. »

« No » disse con fervore il ragazzino « neanche per sogno. Qualunque sia il delitto va punito con una pena sola! Diversamente si dà spago ai cavilli degli avvocati. »

« Bravo! » gridarono i ragazzi gettando le braccia in alto. « Urrà! Non vogliamo avvocati nella nostra repubblica! Abbasso gli avvocati! »

Ma si fece avanti Tarquinio schiacciando nella tazza dove aveva bevuto un caffè il mozzicone della sigaretta.

« E così abbiamo finito? » chiese, col sorriso che gli si ramificava, su agli angoli della bocca, per tutta la sua faccia di lepre.

« Pressappoco » rispose fermo il ragazzino. « Il resto è complementare. »

Io avevo paura che Tarquinio ora volesse distruggere tutto quello che il ragazzino aveva detto, ma sentii solo che diceva:

« E a quale età si dovrebbe cominciare? »

« All'età che ognuno si merita » disse il ragazzino.

E fissava Tarquinio con occhi improvvisamente accesi, come se avesse riconosciuto il nemico della società.

Però, guardando subito in alto, verso i ragazzi all'impiedi, soggiunse: « Avrei un progetto anche in proposito. Solo non so se sarebbe poi il caso di attuarlo. È un progetto di carattere piuttosto igienico, utile insomma, non proprio necessario. Si tratterebbe di organizzare la vita sessuale dei giovani perché arrivino al matrimonio già uomini. Ed ecco: a una certa età, a sedici anni mettiamo, ogni ragazzo acquisterebbe il diritto di frequentare, abitare magari, una specie di collegio dove stringere rapporti con una donna ».

I ragazzi furono per scoppiare in un applauso ma egli li fermò con un gesto.

« Badate » disse. « Io ho parlato di pena di morte per la prostituzione. E le donne di questo collegio non sarebbero delle cortigiane. Toccherebbe ad esse scegliere i ragazzi. C'è un'età in cui l'uomo ha voglia di sottomettersi a una donna, e guai per lui, dopo, se non se la toglie. Ogni ragazzo avrebbe il diritto di abitare il collegio un giorno la settimana. »

A questo punto un ridere leggero e contento girò tutto intorno.

L'entusiasmo cominciava a rompersi in piccoli compiacimenti. E la faccia ironica di Tarquinio non faceva più tanta rabbia.

« E ogni ragazzo » continuò il ragazzino « potrebbe, naturalmente, chiedere, ogni tanto, che si tornasse a sceglierlo. »

« Ma sapete che è proprio un'idea magnifica, questa del collegio? » esclamò il Pelagrua, dandosi con una mano, di dietro la nuca, una scrollata ai capelli.

I ragazzi discutevano, ormai, con animazione aperta agli scherzi e alle battute di spirito.

Nel fogliame degli alberi il vento si era dichiarato pieno. Alzava anche fiati di polvere dalle zone non selciate della piazza. E una striscia di nuvola si allungava a raggiungere, da ponente, il sole impassibile al centro della celeste distanza.

Ma poi i ragazzi s'accorsero di non sentire più la voce del ragazzino; lo cercarono intorno e solo quando guardarono fuori del gruppo lo videro, già un pezzo lontano sulla strada in salita verso il centro della città, col suo berretto un po' di sbieco su un'orecchia, il libro sotto braccio, e che zoppicava.

« Come! Se n'è andato? » gridarono. « Chiamatelo! »

« Ehi! Ehi! »

« Chiamatelo! Chiamatelo! »

Due, tre, cinque si staccarono dal gruppo, cominciarono a correre dietro il ragazzino.

A uno volò innanzi il cappello. Un nugolo di polvere salì tra gli alberi. Infine tutti si slanciarono sulla strada, chiamando e schiamazzando, come in un gioco.

Si rimase soli, io e Tarquinio.

« Vai a casa? » mi chiese il mio grande amico.

« Mah! non so » dissi io, trasalendo all'idea della casa.

E dopo un momento di silenzio soggiunsi: « Bisognerà che mi prepari le valigie. Bisognerà che parta ».

« E per quale ragione? » disse Tarquinio.

Si alzò in piedi e, sbottonandosi la giacca, si strinse la cinghia dei pantaloni.

« Andiamo di là » disse e accennò, col suo viso appuntito di lepre, verso il mare.

Anch'io mi alzai e scendemmo la piazza, a un passo almeno di distanza l'uno dall'altro.

« E per quale ragione? » disse Tarquinio all'improvviso. « Le scuole si riaprono lunedì. E mi ha scritto tua sorella. Dice che non devi preoccuparti se non sei stato promosso e che tuo padre ha deciso di lasciarti ripetere l'anno. »

Fui per scattare, ma con voce timida, come incapace di parlare di cose che non fossero pratiche, dissi solo: « Semmai mi preparerò da esterno per la licenza! ».

Tarquinio mi venne vicino e mi prese per un braccio.

« Bene! » disse. « Così studieremo insieme. La daremo insieme questa benedetta licenza. Lo sai che non sono stato promosso neanch'io? »

« Ah sì? » dissi io ridendo. « E in che cosa ti hanno bocciato? »

Pareva che volessero tornare vecchi tempi. Una pietra, del gran cumulo che mi opprimeva, era caduta via; forse una delle più pesanti.

Ma tornammo a non parlare e si andò lungo il canale, dinanzi ai velieri, per un pezzo. In fondo c'era una baracca. Si svoltò e si scorse tutta la grande acqua del porto, verde sotto di noi, più in là come azzurro cenere, sempre più azzurra, sempre più azzurra e infine, lungo la velata lontananza delle colline dirimpetto, grigia di polvere. In gruppo attorno a un ormeggio c'erano chiatte sporche di carbone. L'aria splendeva ma di inverno, di argento. La striscia di nuvola si era distesa come una lana, sotto il sole. E il vento pareva soffiare dritto dal polo, recando odore di foche e di neve marina.

« Spero che non crederai alle sciocchezze di quel piccolo zoppo » disse Tarquinio, con voce che suonò di nuovo improvvisa.

« Quel piccolo zoppo! » esclamai. E subito soggiunsi: « Perché dici che sono sciocchezze? ».

« Ma perché sì » disse Tarquinio. « Non lo capisci che sono sciocchezze? Obbligare ad esser migliori! Che idea! Chi obbligherebbe? Sarebbe tutto dieci volte più convenzionale di oggi... »

« Questo lo so » dissi io. « Ma... »

« E quel falansterio del collegio! » disse Tarquinio.

« Lo so » dissi io. « Ma vedi, io non ho ammazzato, non ho rubato, non ho fatto alcun male che le leggi condannino, eppure mi sembra che sarebbe giusto condannarmi... Mi sembra che ho bisogno di una condanna. »

Tarquinio tutto il tempo aveva cercato di guardarmi, e ora riuscì a guardarmi, e io ebbi l'impressione che mi domandasse perdono con tutta la faccia.

« Perché non sei andato a prenderla, tu che l'aspettavi? » gli dissi io.

« Chi? » disse Tarquinio.

E io gli dissi: « Oh, non so... Ha ragione il piccolo zoppo. Ci vuole qualcosa che ci obblighi ad esser migliori... ».

« Scemo! » disse Tarquinio, sorridendo.

Io mi chiesi com'era possibile che implorasse e insieme sorridesse e fosse ironico.

« Ma sì » dissi io. « Le ho corso dietro. Mi sono così affannato a dirle il bene. E ora è come se non mi importi nulla e la questione sia altrove... »

Gli occhi di Tarquinio si abbassarono costernati. E le sue mani scomparvero dentro le tasche dei calzoni.

« Bene » egli disse. « È vita, questo. »

« Vita? » dissi io. « Che significa? La vita è anche nulla. Ed è anche vita degli altri, dopotutto. »

Qui Tarquinio tirò fuori una mano di tasca. Vidi che stringeva un fazzoletto nel pugno. « E con ciò? »

« Ci si inganna, ci si stordisce a vicenda, e si dice che è vita... Che odiosa rettorica! »

« Ma che vorresti? » disse Tarquinio, col suo fazzoletto nel pugno.

Io mi sentii confuso, com'egli fosse un estraneo.

« Non so » risposi. « Certo che lei è perduta... E io sono pieno di speranza. »

« Di speranza? » disse Tarquinio. « Che speranza? »

Attraverso la deserta distesa dell'acqua fischiò, lontanissima, la sirena di un battello. E Tarquinio parlò ironico, strinse i suoi occhi di miope. « Vedi questo? » disse.

Mi mostrò il fazzoletto. Io lo vidi macchiato di sangue non recente.

« Che significa? » gli chiesi.

E Tarquinio, come cambiando idea: « Oh nulla! Volevo solo buttarlo via! ».

Legò dentro al fazzoletto una pietra e lasciò cadere la minuscola cosa rossa nell'acqua. Allora io credetti di capire e mi portai una mano alla bocca. Ma Tarquinio mi condusse via sottobraccio. « Andiamo! » diceva. « Non deve dispiacerti se sono così con Giovanna. Dopotutto tu l'avevi solo baciata. Non hai avuto quell'altra, tu? Forse non è vero che non ti importi nulla di quell'altra. »

Appendice

Diamo in appendice il saggio di Elio Vittorini che uscì come prefazione al romanzo nell'edizione del 1948 per la « Medusa degli italiani », e che fu omesso dall'autore nelle edizioni successive.

I

Io non ho mai creduto alle prefazioni, mai, nel tempo delle mie letture, ne ho lette, ma per una volta, per questa, ecco che mi trovo costretto a credervi.

Costretto a credervi? Mi trovo costretto a scriverne una. Niente mi impegna, cioè, a mutare il mio atteggiamento di lettore, e a leggere tutte le prefazioni che non ho lette di tutti i libri che ho letti, o comunque a leggere, d'ora in poi, cominciando dalla prefazione. Ma io vedo, ora, come possa essere necessario scriverne una: a sostegno di un'opera, a giustificazione di un'opera. E dal significato che questa ha per me, scrivendola, quasi di sostituzione dell'opera stessa, vedo anche come sia necessario, per chi legge, d'appurare se una prefazione non sia più importante da leggere, per avventura, del libro al quale si riferisce.

Quanti libri, del resto, non sono che prefazioni dalla prima parola all'ultima? Quanti che abbiamo pur letto come se fossero opere, e in cui, come se fossero dimore, abbiamo lasciato abitare a lungo la nostra mente, non sono invece altro che una soglia?

Ora me ne accorgo. E non mi rammarico, accorgendomene, d'essere caduto tante volte in una specie d'inganno. Non intendo dire che siano libri ingannevoli. Piuttosto mi rallegro di avere, da essi, una prova che il nostro spirito è meno pesante di quello che pensiamo: capace di non pretendere, per suo luogo di soggiorno, una casa vera e propria, e di posare il suo capo, come un vagabondo, contro uno stipite, contro uno scalino.

II

Mi sarei messo ora a scrivere una prefazione di queste che sono accettate o vogliono essere accettate come se fossero opere? Sono molto lontano anche dall'augurarmelo. Ho voglia di sbrigarmi; e le cose che ho da dire sono tutte preconcette, quasi soltanto informazioni: e pochissime. Ma certo so che non oserei pubblicare, oggi, questo mio "romanzo" di tredici anni fa senza premettervi almeno la spiegazione del motivo per cui lo pubblico. Fu costruito, tredici anni fa, per essere abitato: con tutte le regole. Pubblicarlo è aprirlo all'uso, e dichiararlo, nello stesso tempo, inabitabile non potrebbe impedire che venisse usato. È tuttavia con speranza di riassumere il libro in più valide parole ch'io trattengo qui il lettore. E mi viene da diffidenza che procede unita a molta presunzione. L'una è obbiettiva, per la possibilità che tredici anni di distacco mi danno di valutare come il libro sia malato. L'altra è semplicemente che penso di "scrivere" meglio oggi in quattro parole che ieri in alcune centinaia di pagine. Ma se, da una parte, è solo onesto e non meritorio ch'io "non creda" a quanto ho scritto tredici anni or sono, sarà, d'altra parte, solo naturale e non peccaminoso ch'io "creda" a quanto ora posso scrivere.

Vale a dire, sarà la fede propria dello scrittore che si manifesta dinanzi al "non ancora scritto" e che ci muove a insistere. È in ogni uomo di attendersi che forse la parola, una parola, possa trasformare la sostanza di una cosa. Ed è nello scrittore di crederlo con assiduità e fermezza. È ormai nel nostro mestiere, nel nostro compito. È fede in una magia: che un aggettivo possa giungere dove non giunse, cercando la verità, la ragione; o che un avverbio possa recuperare il segreto che si è sottratto a ogni indagine. Ma è l'ottimismo che se ne va sempre per ultimo, e che dunque serve, sovente, di più lungo aiuto.

Ora, per me, un libro vecchio di tredici anni è una "cosa": non più una parola. Parola è il mio scrivere attuale, la mia prefazione. In questo debbo credere. E che da questo mi possa attendere un miracolo riguardo al valore della "cosa" fa solo parte della mia fede di scrittore.

III

Preferirei, tuttavia, aver già pubblicato il libro a suo tempo, quando in esso credevo; e aver scontato allora, al coperto della fede che avevo in esso, ognuno dei debiti di responsabilità per i quali un libro, nei rapporti col pubblico, è un'azione.

Cioè: non considero una fortuna non averlo già nella mia storia "senza prefazione", e poterlo invece avere con una prefazione che lo giustifichi. Io me ne infischio, in effetti, di giustificarlo. Non è il libro in sé che giustifico. Non l'avrei giustificato tredici anni fa, e non vi è ragione che lo giustifichi ora. Ma i tredici anni che sono trascorsi, senza che il libro sia andato al pubblico in volume, e senza che, pur restando con me stesso, sia mutato, senza che sia diventato quello che io sono diventato, senza ch'io ne abbia fatto un mio libro di ora, questo sì debbo giustificarlo. E questo non è da considerare una fortuna; è una seccatura che non avrei se il libro fosse uscito a suo tempo...

IV

Perché non lo pubblicai? Certo è anche umiltà pubblicare dopo che si è avuto l'orgoglio di scrivere. Fu per mancanza di umiltà che non pubblicai?

Ma io avevo cominciato a pubblicare. C'era a Firenze, dove allora vivevo, la rivista « Solaria », la dirigevano i miei amici Alberto Carocci e Giansiro Ferrata, e il numero uscito nel febbraio del 1933 portò la prima puntata del *Garofano rosso.* Il numero era fresco ancora in marzo, quando feci un viaggio a Milano. Se scriverò mai un'autobiografia racconterò della grande importanza ch'ebbe per me quel viaggio a Milano. Ne tornai innamorato di luoghi e nomi, del mondo stesso, come ero stato altre volte solo nella mia infanzia. Era una condizione che veniva non improvvisa, anzi era cercata, eppur risultava straordinaria, dopo cinque o sei anni durante i quali mi pareva di non aver avuto che da bambino rapporti spontanei con le cose materne della terra e guardavo perciò all'indietro, scrivendo rivolto all'indietro.

Nell'emozione di uno stato così felice io avrei, ora, potuto trovarmi molto perplesso dinanzi al mio libro. Ero quasi a metà nello scriverlo, dovevo continuare, e mi accadeva proprio ora di riprendere con le cose e col mondo il contatto alla cui mancanza, o alla cui ricerca, ora febbrile, ora incredula, m'ero sempre ispirato nel mio scrivere. In ogni racconto del mio libro chiamato *Piccola borghesia*, ch'era stato pubblicato nel 1931, non avevo avuto altro motivo di scrivere; in tutto il già scritto del *Garofano rosso* era la stessa cosa, non per altro scrivevo; e se altro, alle volte, raggiungevo era lacerazione fisica, era acutezza che acquistavo per insofferenza fisica.

Pure non fui sconcertato per quello che, accadendomi dentro, mi portava così lontano, nel mio modo di vivere, dal modo in cui sempre avevo scritto e scrivevo. Ero nei diciotto anni quando avevo cominciato, ora avevo ventiquattr'anni, e non era innaturale che per la mia anzianità di scrittore, non certo per la mia età d'uomo, di non rimanere sconcertato. Invece d'esser perplesso non fui che baldanzoso di più. Voglio dire, non mi venne che maggiore baldanza di fronte alla vita dal fatto di avere un romanzo in ponte. E il fatto di averne pubblicato il primo capitolo, il fatto di averne scritto quasi metà, il fatto di dover continuare, furono lo stesso; non me ne venne perplessità, ma ne venne baldanza come solo per una mia forza di cui acquistassi coscienza tra tutto il resto di cui stavo acquistando coscienza.

V

Naturalmente, il libro ne risentì. Vi penetrò un disordine che non c'era nei miei racconti di *Piccola borghesia*. Quei racconti erano unitarii e senza età, maturi nella direzione che seguivano; e questo, invece, mi diventava ad un tratto composito, intermittente, discontinuo; mi diventava giovanile...

Io non potevo, ora, continuare a scrivere solo *guardando all'indietro*. Ora non sapevo non guardarmi anche intorno. Vi ero attirato da piacere che vi trovavo, e da ansietà di afferrare il senso di quanto rendeva apatica l'esistenza umana come pur capivo ch'era stata e poteva tornare ad essere la mia. E poiché questo, ch'era rispondere e reagire, esser presente, essere in contatto, era dello stesso genere di quello che dapprima sapevo di aver avuto *solo nella mia infanzia*, fui portato a trasferirne l'esperienza su un tempo ricordato, *aggiungere* il mio amore di luoghi e cose alla mia memoria di luoghi e cose, Milano alla Sicilia, l'anno 1933 agli anni tra il '20 e il '24, e continuare il mio scrivere con un semplice passaggio dallo spirito del "rivolto indietro" a una finzione un po' sbrigativa di "rivolto indietro".

Anche la mia sensibilità alle influenze letterarie, che aveva sempre tenuto una direzione, ora ne prese parecchie. Cioè:

non avevo più autori miei. Come di nuovo nella libertà, ero di nuovo nell'improvvisazione. Ero un'altra volta da formarmi.

Ma non ne avevo che baldanza, posso ripeterlo, anche di trovarmi su un piano di disordine, anche di essere un'altra volta da formarmi; e fu con baldanza che consegnai agli amici di « Solaria » ciascuna delle puntate successive alla prima.

Fu baldanza anche di umiltà? Fu, comunque, pubblicare. Io non ebbi, allora, il minimo impulso a nascondere la mano con la quale avevo scritto. Ma la terza puntata provocò il sequestro del numero di « Solaria » che la conteneva; non andò, essa stessa, al pubblico, e fece sì che tutte le altre, fino all'ultima, andassero al pubblico profondamente mutilate dalla censura preventiva di un funzionario fiorentino.

Per questo ora il libro *risulta* non pubblicato. Non perché io *non l'abbia* pubblicato. Anzi, alcuni mesi dopo l'ultima puntata di « Solaria », mirando a metterlo fuori in volume, riscrissi in modo che non dessero più "noia alla censura" tutte le parti non pubblicate e ritoccai le pubblicate in conseguenza, per tenere il più possibile un tono e un linguaggio uniformi. L'editore Mondadori me lo prese, io mi impegnai con lui, e il dattiloscritto fu spedito a Roma a cercarvi il permesso di pubblicazione. Passò un altro anno, si giunse al '37, il permesso non veniva, e si giunse a un giorno del '38 in cui il dattiloscritto tornò definitivamente bocciato. Io allora ero dietro a *Conversazione in Sicilia*; la rivista « Letteratura », che a Firenze continuava « Solaria », me ne aveva pubblicato, di tre mesi in tre mesi, già tre puntate; e non mi curai più di *Garofano rosso*.

VI

Ora il "mio" libro io l'avevo, o pensavo di averlo, in *Conversazione*. Io non ho mai aspirato "ai" libri; aspiro "al" libro; scrivo perché credo in "una" verità da dire; e se torno a scrivere non è perché mi accorga di "altre" verità che si possono aggiungere, e dire "in più", dire "inoltre", ma perché qualcosa che continua a mutare nella verità mi sembra esigere che non si smetta mai di ricominciare a dirla. Uno non scrive per arricchire il mondo della cognizione di qualche "altra" cosa. Fosse così, quale condizione sarebbe più felice della nostra? Noi potremmo anche non scrivere. Saremmo "liberi". Potremmo scrivere o non scrivere, e dare o non dare la nostra parola. Invece non possiamo che scriver bene o scriver male. Possiamo anche mentire. Ma non possiamo mai scegliere tra scrivere e non scrivere. C'è su di noi un impegno che non ce lo consente. Ci viene da tutti gli uomini, impegno che rende terribile la nostra vocazione, ed è questo che noi si esercita con ogni libro nel ricominciare a dire la verità proprio con ogni libro, con ogni scritto, ripeterla ogni giorno non in qualche altra sua consistenza ma in qualche altro suo aspetto che la varia, che la rinnova, e nel ripeterla darla ogni volta (o tentare di darla) tutta intera, ogni volta (per il minimo che ne cambia) in una nuova figura, come se non potesse esservi al mondo che un libro solo. Altro che arricchire il mondo! C'è una questione di vita o morte nel giro del nostro mestiere. Si tratta di non lasciare che la verità appaia morta. Essa è presente tra noi per la continuità delle nostre correzioni, delle nostre aggiunte, delle nostre ripetizioni, e il giorno in cui ci si fermasse, anche solo il tempo di una generazione, addio: non la poesia o la filosofia sarebbero morte, ma la verità stessa non avrebbe più posto nella nostra vita. Invano, allora, ci volteremmo indietro, cercando la sua figura nei testi degli ultimi che scrissero: in testi che fossero, mettiamo, divenuti sacri; noi vedremmo soltanto che quella figura non è più vera, e che, per la nostra assenza di una volta, non abbiamo più né possiamo più avere una sua vera figura. Piuttosto è da preferire, come tante volte accaduto, che noi si cada, per una generazione, nel più cieco errore, e che si scrivano orrori, che si rinneghino con sgorbi i più illustri geroglifici dei nostri padri e le loro più elevate parole. Ma fermarsi no! La verità, voglio dire, non rischia niente a passare per un periodo di abbiezione: non il suo avvenire e nemmeno la sua gioventù. Né occorre che proceda sempre riconosciuta. Quello che non deve mai venir meno è il nostro sforzo di intrattenerla, comunque, tra noi uomini. E anche l'errore può essere questo sforzo. Anche l'abiura e l'apostasia. Anche l'arcadia. Ma se mancasse, per un tempo, questo nostro sforzo, noi avremmo perduto ogni bisogno di averla. L'avremmo vista com'è da morta sulla faccia dei nostri ultimi antenati; e non vederne che questo, il caduto, il finito, senza poter sentire insieme com'è in noi la sua vita ci renderebbe *annoiati* di essa, e indifferenti ad averla ancora, a cercarla ancora.

VII

Ma era dall'autunno del '35 che io non avrei potuto riconoscere più come "mia", e insomma come "vera", nessuna delle ragioni per le quali avevo scritto il *Garofano rosso*. La facoltà di contatto, diciamo passionale, che avevo riacquistata, col marzo del '33, s'era estesa a poco a poco verso ogni aspetto del mondo esterno, e ormai potevo "appassionarmi" anche agli avvenimenti politici sentendo come offese a me stesso le offese del fascismo contro il mondo. Raccontare di questo sarebbe materia per un centinaio di pagine d'autobiografia, e sarebbe un utile raccontare, sarebbe raccontare di cose che riguardano lo sviluppo morale di gran parte della mia generazione. Solo che qui non ho spazio e tempo per farlo. Qui non posso che limitarmi a segnalazioni sommarie. Ricordato dunque che *Conversazione* fu cominciata nell'inverno '36-'37 (e che il numero dell'inverno '37 di « Letteratura » ne reca la prima puntata), voglio solo precisare che io m'ero accorto di non avere più nel *Garofano rosso* un libro "mio" nell'atto stesso in cui lo ritoccavo per la censura.

Lo ritoccavo, lo correggevo, ed era come correggere il libro di un altro che fosse vissuto in un altro tempo. Né provavo interesse a renderlo, con le correzioni, un po' più mio. Quello che io ero diventato non trovava nel libro alcun appiglio per manifestarsi. Tutto del libro mi riusciva di ostacolo a correggerlo nel senso di "quello che ero diventato"; e più della sua vicenda, dei suoi personaggi, delle idee e degli affetti osservati nei suoi personaggi, mi erano d'ostacolo il modo cui avevo creduto di dover attenermi nel rappresentare la sua vicenda, il realismo psicologico di cui mi ero servito per descriverne i personaggi, l'angolo visuale da cui mi ero sforzato di osservare idee ed affetti nei personaggi, insomma il suo linguaggio.

Questo era un linguaggio che sembrava obbligatorio imparare per scrivere romanzi. Costituiva una tradizione di un secolo che si aggiornava più o meno ad ogni nuovo romanziere, in Italia e fuori. Uno aveva modo di apportarvi variazioni che rispondessero alla propria sensibilità di scrittore, specie alla propria sensibilità fisica di scrittore, ma praticamente doveva rispettarne la struttura e non veniva chiamato romanziere che se ne rispettava la struttura. Ottimo per raccogliere i dati *espliciti* di una realtà, e per collegarli *esplicitamente* tra loro, per mostrarli *esplicitamente* nei conflitti loro, risulta oggi inadeguato per un tipo di rappresentazione nel quale si voglia esprimere un sentimento complessivo o un'idea complessiva, un'idea riassuntiva di speranze o insofferenze degli uomini in genere, tanto più se segrete. Risulta, dico oggi, linguaggio unicamente di studio. O di divagazione impressionistica entro temi di studio. È divenuto tale che deve dare in pensieri e parole di personaggi, in caratteristiche individuali, insomma in forme esplicite e raziocinanti, anche quanto di implicito e non caratterizzabile si muove nello scrittore come movimento in genere dell'uomo, della specie umana, delle sue generazioni storiche. Cioè non riesce ad essere *musica* e ad afferrare la realtà come insieme anche di parti e di elementi in via di formazione. Non può afferrarla che allo stesso modo in cui l'afferra ogni linguaggio concettuale: nella sua evidenza più meccanica; e ormai non più che *dove l'ha già afferrata, dovunque ha già l'abitudine di afferrarla, dovunque, in un secolo, ha tentato varie volte di afferrarla e l'ha infine afferrata.* Si è, in un secolo, impregnato talmente della realtà che ha continuato a voler conoscere, da esserne ormai saturo e non poter rappresentare una realtà diversa da quella di cui è impregnato, o non riducibile a quella di cui è impregnato. È come se ormai fosse un linguaggio ideografico. Non risponde più, vale a dire, al compito proprio di un linguaggio poetico: il quale è di conoscere e di lavorare per conoscere quanto, della verità, non si arriva a conoscere col linguaggio dei concetti.

VIII

Io lo vidi, quell'autunno del '35, da come mi era impossibile correggere il *Garofano rosso* nel senso di "quello che ero diventato". Corressi dunque nel senso stesso in cui avevo scritto. E questo mi aiutò a passar sopra ai molti difetti, le molte incongruenze e la molta goffaggine che pur notavo, riguardo alla sua estetica, nel libro.

Ma anche mi portò ad accorgermi che restavo scrittore, che non avrei saputo smettere di scrivere, e che avevo bisogno di scrivere in modo da poter manifestarmi com'ero diventato, e da poter dire quello che avevo da dire.

Tutto l'inverno '35-'36, e poi tutta la primavera '36, e l'estate '36, e quei giorni di luglio '36 coi primi giorni delle notizie dalla Spagna, e l'agosto '36 sempre con la Spagna, settembre e

Spagna, ottobre e Spagna, novembre con Cina e Spagna fino alle pagine con fanfare di Cina e Spagna da cui cominciò *Conversazione*, io cercai in me stesso e intorno a me stesso in qual modo avrei potuto svoltare verso uno scrivere che mi permettesse di dire la cosa che avevo da dire. Naturalmente non presumo che poi *Conversazione* sia stato aver trovato. Semmai presumerei che è stato effettuare la ricerca. Ma quel mio assillo di un anno mi fu d'occasione per capire diverse cose intorno al romanzo.

IX

Le occasioni per capirle erano in ogni fatto della mia esistenza di ogni giorno, nei miei rapporti d'ogni giorno con gli uomini, nei miei rapporti diretti con la realtà in cui vivevo, e anche in quelli con le rappresentazioni della realtà in genere che si hanno attraverso le molte forme d'arte: mentre la possibilità di capirle mi era data dalla mia esperienza particolare di scrittore, e dai racconti che avevo pur scritto, dal *Garofano* che avevo pur scritto, nonché da un piccolo libro, *Viaggio in Sardegna*, che mi pareva significativo avessi scritto (un mese di fine '32) con un vivo piacere di scriverlo e cioè con abbandono perfetto alla cosa da dire.

Ricordo, ad esempio (per tenermi entro un campo strettamente estetico), il paragone che mi accadde di fare tra romanzo e opera lirica (tra il modo dell'uno di riferirsi alla realtà e il modo dell'altra di riferirvisi), dopo una sera ch'ebbi la fortuna di assistere a una rappresentazione della *Traviata*.

Era la prima volta nella mia vita che assistevo all'esecuzione di un melodramma. Era anche, in quei giorni, un modo speciale di assistervi, col cuore gonfio di attesa per Teruel, per i combattimenti nei ghiacci spagnoli delle montagne intorno a Teruel, come immagino che i contemporanei di Verdi siano stati gonfi di Risorgimento nell'ascoltare tanta sua musica, e come Verdi lo era stato componendola. Ma l'opera in se stessa, con tutto questo di odierno da cui la vedevo e ascoltavo, mi fu d'occasione per rendermi conto che il melodramma ha la possibilità, negata al romanzo, di esprimere nel suo complesso qualche grande sentimento generale, di natura imprecisabile, e non proprio di pertinenza della vicenda, dei personaggi, degli affetti rilevati nei personaggi.

È per via della musica? La musica è nel melodramma quello che *qualcosa* deve pur essere nel romanzo. Perché al romanzo dovrebbe mancare questo che il melodramma ha nella musica?

Io li paragono, romanzo e melodramma, nel composito che entrambi sono; e debbo dire che mentre il melodramma è in grado di risolvere *poeticamente* tutti i suoi problemi di raffigurazione scenica di un'azione realistica, il romanzo non è ancora in grado di risolvere poeticamente tutti i problemi suoi di rappresentazione romanzesca del mondo. Il melodramma può tenere soggetti alla musica e accettabili secondo musica persino i gesti dei personaggi o le loro reazioni psichiche. Invece il romanzo non ha ancora, o non più, *qualcosa* che sappia tenere soggetti a se stessa e accettabili secondo se stessa i singoli elementi di realtà che studia e raffigura. Il primo può andare, per questo, oltre i riferimenti realistici della sua vicenda sino a farli suonare dei significati di una realtà maggiore. E invece il secondo, quale almeno è oggi nei conformisti del realismo romanzesco, non riesce a produrre significati che sorpassino, senza diventare filosofia, il proprio impegno con una realtà minore.

X

Vediamo da che cosa, nell'articolazione del suo linguaggio, proceda la grande possibilità del melodramma.

Naturalmente chiamo suo linguaggio quello che risulta dall'azione e dalla musica insieme, come linguaggio unitario del musicista. Ed ecco, per spiegarmi nel modo più semplice e profano, che un'azione, mettiamo, di partenza, o anzi di fuga, noi non la vediamo smentita (in rapporto alle nostre cognizioni generali del partire o fuggire) dal lungo cantare "partiam, partiamo" d'un coro di partenti che non se ne vanno mai.

Il linguaggio del melodramma, cioè, ci impedisce di rilevare (se non è col buon senso della cretineria) l'apparente inverosimiglianza, e ci porta, al contrario, a vedere la rapidità della partenza, e magari la sua precipitazione, il suo dramma o la sua commedia, proprio in quell'indugio.

Ma portarci a vedere una realtà al di sopra dei nostri dati di confronto, e anzi dopo di aver annullati in noi i dati di confronto, è restar libero da questa stessa realtà particolare che ci porta a vedere, da questo dramma particolare o particolare commedia, ed è portarci ad afferrare il senso di una realtà maggiore, è costante possibilità di esprimere un massimo reale, e massimo drammatico o massimo comico, in ogni minimo di drammatico, in ogni minimo di comico, in ogni minimo di reale.

XI

Io appunto di questa possibilità del melodramma avevo ora bisogno se volevo scrivere un libro. Mi veniva dalla situazione speciale in cui mi trovavo di dover dire senza dichiarare. Ma ritengo che sia nell'essenza del fatto artistico di riuscire a dire in linguaggio proprio senza nulla dichiarare, al contempo, in altro linguaggio.

Che cosa significa che il melodramma abbia una simile possibilità, e il romanzo, qual è oggi, non l'abbia?

Il melodramma è partito da semplice musica come il romanzo è partito da semplice poesia. Il primo ha preso, per formarsi, da *altro* che non era musica, come il secondo, per formarsi, ha preso da altro che non era poesia. Ma il primo è rimasto musica, e il secondo non è rimasto completamente poesia. Il primo ha assimilato e riassorbito in musica, riespresso in musica, tutti i suoi componenti che non erano già musica. Il secondo non ha riassorbito in poesia e riespresso in poesia tutti i suoi componenti che non erano già poesia. Il primo ha unificato e il secondo ha separato.

È col romanzo che, nello scrivere figurativo, avviene la separazione tra prosa e poesia. Direi che, col romanzo, non la poesia si arricchisce d'altro e moltiplica d'altro, ma che quest'altro (l'antica prosa degli studi) si arricchisca più o meno di poesia.

Nasce, col romanzo, una seconda specie di prosa in luogo di una nuova forma di poesia?

XII

Pur è uno scrivere figurativo.

E io credo che la sua tendenza naturale, da quando è nato, sia di portare *altre cose* ad essere poesia nel modo stesso che il melodramma porta *altre cose* ad essere musica; ma che vi sia riuscito solo fino a un certo stadio della sua evoluzione; che non abbia mai raggiunto una maturità nel suo sforzo di riuscirvi; e che sia deviato, nell'atto in cui sembrava raggiungerla, per avere in altro un'età adulta.

Credo si possa precisare che il romanzo sia giunto, in senso di poesia, a un corrispettivo dello stadio raggiunto dal melodramma col *Don Giovanni* di Mozart. Direi dunque che fino a Puskin, a Gogol, a Mérimée e allo stesso Stendhal il romanzo si evolve lungo la sua strada di linguaggio poetico che costringe *altre cose* ad essere poesia. Ma coi grandi romanzieri dell'Ottocento, che avrebbero dovuto essere i Giuseppe Verdi del romanzo, comincia uno scompenso tra le *altre cose* e la poesia per cui, se in essi si ha una salvezza di puro equilibrio, quasi subito dopo di essi (dopo Flaubert, dopo Hardy, dopo Conrad) il linguaggio romanzesco ha perduto il suo slancio di linguaggio poetico e ripiega su forme di linguaggio decisamente intellettuale, da studio, oppure si frantuma in oscillazioni, spesso intrecciate, verso una poesia che risulterà troppo momentanea, o incompleta, o gratuita, e verso uno studio che sarà spesso arbitrario.

XIII

Oggi abbiamo nei francesi l'aspetto più compiuto del grado di intellettualizzazione cui si è spinto un linguaggio che pur si era andato formando in senso di sviluppo poetico. Lo abbiamo anche, in un senso sì popolare ma di giornalismo, nella maggior parte dei russi che si dicono social-realisti (con eccezioni magnifiche quale, ad esempio, quella di Lavrenev, nel *Settimo compagno*, oppure di Olesha). Ma nei francesi è evidente da parecchie diecine di anni che si lavora al romanzo come a una varietà di linguaggio saggistico.

Non per colpa di Voltaire o Diderot, intendiamoci. Il racconto filosofico di Voltaire è anzi tra le prove migliori di come il linguaggio romanzesco potesse piegare la filosofia ad essere poesia. E *Jacques le fataliste* è uno dei non molti capolavori in cui si veda la meccanica delle idee trascinata dalla forza della poesia ad assumere figure che direi corrispettive di quella che la musica può trascinare ad assumere, nel melodramma, persino i più automatici movimenti del mondo fisico, non senza il consenso incantato mio e delle platee.

Gli inglesi oggi seguono i francesi, dopo la grande lotta andata a vuoto di Joyce, e dopo non aver capito niente di T. F. Powys. Gli ultimi americani, richiamandosi a Henry James, si spostano essi pure sul terreno del romanzo saggistico con recensioni di personaggi invece di personaggi, recensioni di sentimenti invece di sentimenti, e recensioni di realtà, recensioni di vita... Era tuttavia sugli americani che puntavamo le nostre speranze d'una ripresa del genere in senso di sviluppo poetico del suo linguaggio. Faulkner da una parte e da un'altra Hemingway, il piccolo Saroyan da un suo angolo e alcuni altri piccoli dai loro angoli, sembrava che gli americani avessero un'inclinazione di massa a riscuotere il romanzo dall'intellettualismo e ricondurlo a sottovento della poesia. Lo indicava il gusto loro della ripetizione, la loro baldanza giovanile nel dialogo, il loro procedere ad orecchio della vita e non a riflessione sulla vita... C'era molto di loro per cui lo sembrava e per cui, in un certo senso, lo era. Né si pensava che quell'anima persa di Henry James fosse stato americano o che lo fosse un tipo di romanziere-trattatista come Dreiser. Si pensava piuttosto ch'era stata americana la meravigliosa lezione di Melville. Così si pensava che attraverso l'aiuto della freschezza americana si sarebbe forse entrati in una maturità poetica e in una tradizione poetica del romanzo.

Ma non era questo. Era ancora adolescenza. Era che i citati americani si muovevano ancor lungo la felice linea adolescente dell'epopea popolare. Ed è che, dovunque siamo sulla strada giusta, ci ritroviamo a un punto che nel melodramma è Rossini o Donizetti, e a un punto che, nello sforzo di diventare il punto grandioso di Verdi, sfugge velocemente per dei zig-zag di recitativo fin dove possiamo distinguere ad occhi chiusi tra romanzo e poesia, tra Sartre e Paul Eluard, tra Sartre e Dylan Thomas, ma non tra romanzo e conferenza.

XIV

Io non credo che questa mia posizione d'accusa contro il romanzo sia un fatto di rancore per l'incapacità di cui ho dato prova a me stesso scrivendo, nel senso dell'estetica romanzesca oggi tradizionale, il *Garofano rosso.*

Certo potrebbe esserlo. E certo non ho da dir nulla per convincere che non lo sia chiunque non veda la cosa com'io la vedo. Si scrivono romanzi che sono buone opere, e che hanno un'efficacia, che toccano un segno o un altro, anche nel linguaggio ch'io non ho saputo parlare con coerenza, con serietà, con sincerità o almeno con pieno piacere di parlarlo, attraverso le pagine (specie la seconda metà) di *Garofano rosso*. Basterebbe ricordare il buon libro che è *Le sorelle Materassi* di Palazzeschi, o il buon libro che è *La Romana* di Moravia, o il buon libro che è quello dei *Poveri amanti* di Vasco Pratolini... Per un *Garofano rosso* andato male, vi sono parecchie ciambelle riuscite col buco, le quali giustificherebbero la perseveranza nel genere.

Ma io penso a D. H. Lawrence. Aveva stupende possibilità di romanziere, e non ha un solo romanzo (se si esclude il giovanile e non ancora suo proprio *Sons and Lovers*) che non ci appaia stravolto dal fallimento. Non si ha in Lawrence la tragedia di uno che non arriva a far funzionare nel romanzo "quale si pensa che dev'essere" i propri mezzi da romanzo "quale potrebbe essere"? E Lawrence non costituisce l'unico caso illustre di impotenza procurata, nella storia del romanzo moderno.

D'altra parte, a prescindere da correnti storiche di nuovo apporto come l'americana di prima della II guerra mondiale, esistono casi isolati, di piccoli e di grandi, che, pur nel corso della tradizione europea, ci mostrano che cosa di bello può essere il romanzo se sa essere poesia. Abbiamo il piccolo Alain-Fournier... O, da noi, Romano Bilenchi. E abbiamo la grandezza di Kafka. Abbiamo la grandezza di Proust. Pensare la congerie di *altre cose* che Proust ha portato, facendo romanzo, ad essere completamente e soltanto poesia. Forse Proust potremmo considerarlo una specie di Verdi del romanzo, se non fosse così senza nessuno dietro e intorno a sé. Sono molto più in qua di dove si perse il fiume, questi isolati. E sono come tratti abbaglianti nell'aperto, qualcuno piccolo, qualcuno grande, di un fiume che scorra, per il resto, sotterraneo. No, io non posso ammettere che sia rancore represso la mia posizione d'accusa!

XV

Fu per questo modo di pensare che, mandato definitivamente al diavolo *Garofano rosso*, mi riuscì di scrivere *Conversazione*?

Sarebbe stato molto semplice. E sarebbe molto facile fare lo scrittore se, in un caso com'era il mio, fosse bastato pensare quanto ho detto.

C'era piuttosto ch'io avevo bisogno di essere, anche scrivendo, "quello ch'ero diventato", e avevo bisogno di dire una certa cosa che solo a dirla come dice le cose la musica, e come le dice il melodramma, come le dice la poesia, si poteva arrischiare, nel regno fascista d'Italia, di dirla in faccia al pubblico, e in faccia al re, e in faccia al duce...

Fu dal mio bisogno che venne il mio pensare, come il mio bisogno era venuto dalla mia vita d'allora, e dal bene che volevo sempre di più alle cose della terra, agli uomini, ai cari compagni uomini che conoscevo, e ai compagni uomini che non conoscevo, a quelli che sapevo chiamarsi Vasco, Giansiro, Romano, Eusebio, Battista, Sandro, e a quelli che non sapevo ancora come si chiamassero, e ai bambini ch'erano i miei ragazzi, ai bambini che non erano i miei propri ragazzi, e a una donna che non era, purtroppo, la mia donna, mentre c'erano mezzi uomini che non avrei voluto fossero tra gli uomini, e mezze donne che avrei voluto non fossero donne per nessun uomo. *Más hombre*, io pensavo. Avevo creduto di distinguere queste due parole spagnole da quello ch'era la guerra di Spagna, e ch'era la notte con amici operai ascoltando Radio Madrid, Radio Valencia, Radio Barcellona; e non era, in fondo che *más hombre* il mio pensare: non altro che *más hombre*, non di più articolato e più ragionato che *más hombre*, eppure non di meno squillato che *más hombre*, tamburo e *más hombre*, canto di gallo e *más hombre*, e lagrime e speranza come *más hombre*. Che cosa vuol dire *más hombre*? Immagino voglia dire, se l'espressione esiste, "più uomo", ma nella mia storia è esistita, certo esiste nel libro che fu poi *Conversazione*, e il mio modo di pensare intorno al romanzo e ai romanzieri che ho spifferato nelle pagine qui sopra è un modo che *ora* so spiegare, dopo aver scritto degli altri libri e continuato a pensare, anche quest'ultimo anno, *más hombre*, e inoltre continuato a correre dovunque si dia un buon vecchio melodramma.

Cioè: non per questo modo di pensare mi riuscì di scrivere *Conversazione*, ma per essere riuscito a scrivere *Conversazione* ed essere riuscito a scrivere il *Sempione* posso ora scrivere di quello che, sul romanzo e noi romanzieri, cominciai a pensare, quell'anno '36, e posso ora pensarlo.

XVI

In ogni caso, era anche perché avevo scritto *Garofano* che mi riuscì di scrivere *Conversazione*. Ma anche perché avevo scritto il *Viaggio in Sardegna*...

Garofano era un libro su cui avevo, tra l'altro, sudato molto. Era un risultato improprio per il suo scopo letterario. Era tuttavia, per me, aver studiato una realtà e degli uomini, e aver imparato come la realtà si studia e come gli uomini si studiano.

Certo avevo preso di sottogamba un tale studio. In qualche piccolo punto di me potevo essermi disperato dello scolaraccio che ero. Pur avevo imparato, e s'ero stato un ragazzaccio, e se avevo scritto senza piacere di scrivere, o senza sempre un pieno piacere di scrivere, e se *Garofano rosso* era un libro segnato dal non piacere di scriverlo nello sforzo stizzito di equilibrio, di premeditazione, di commisurazione ch'era il mio studio, pur sapevo di aver scritto un paio d'anni prima tutto intero un libro, per quanto piccolo e non più molto significativo, con un pieno piacere di scriverlo. Quello è il *Viaggio in Sardegna*, e c'era, e che ci fosse voleva dire ch'io potevo scrivere con piacere di scrivere se solo avessi trovato, scrivendo, la persuasione di metter fuori, in un modo o in un altro, tutta la cosa che ora avevo dentro.

Riuscire a scrivere è certo riuscire ad avere il piacere di scrivere. È non avere diffidenze col proprio scrivere. È non avere da preoccuparsi di fare i conti e fare il ragioniere con le cose di cui si scrive. È potersi abbandonare alla cosa che si ha dentro, e a tutto il suo sole ma insieme a tutta la sua ombra.

Non dico, naturalmente, che il segreto di scrivere consista nel procurarsi le condizioni per scrivere con piacere. Si tratta di un problema un po' più complicato. Si tratta anche di intendersi sulla parola "piacere".

A me accadeva, comunque, di aver già scritto quel mio *Viaggio in Sardegna* con "piacere", sebbene nei limiti molto stretti della piccola cosa che allora avevo dentro; e così mi è accaduto di scrivere con piacere *Conversazione*, e poi di scrivere con piacere il *Sempione strizza l'occhio al Frejus*: ad un tempo per la possibilità che già avevo di un "piacere" nello scrivere e per tutto quanto avevo imparato scrivendo con "non piacere" il *Garofano*.

XVII

Un segreto per scrivere, se può esservene uno, consiste anche nell'aver scritto libri come questo *Garofano*. Uno può capire che il *Garofano* non è un vero libro, e che invece *Conversazione* è un libro vero e buon libro, e capire che cosa occorra per fare un buon libro e come occorra farlo e via di seguito... Ma si fa qualcosa anche a scrivere *Garofano*; si studia; s'impara; si addiziona, sottrae, moltiplica e divide; si tirano righe; si pesa; si bilancia; e infine ci si trova che qualcosa si è messo dentro per la prossima volta. Perciò nel segreto c'è anche di non mettersi in mente che, quando uno ha scritto una *Conversazione*, si debba aver finito per sempre di scrivere nel senso di *Garofano rosso*, con lo sforzo e il non piacere che è scrivere nel senso di *Garofano rosso*.

Uno è aiutato, fortunatamente, dall'idea che forse riuscirà a fare un libro che sia *Garofano*, da una parte, come volontà di costruzione, e più o meno *Conversazione*, da un'altra, come risultato. *Uomini e No*, difatti, non mi sono vietato di scriverlo, pur scrivendolo nella stessa condizione d'impegno premeditato in cui scrissi il *Garofano*, e pur accorgendomi che scriverlo era per me quasi la stessa solfa, cioè lo stesso non piacere, lo stesso patteggiare anche con cose estranee alla mia esperienza, lo stesso tipo di sforzo. Poi ho potuto scrivere il *Sempione* che io considero più buono di *Conversazione* e il mio libro migliore, per quanto meno ricco, con quel suo unico motivo. La critica dice di no; cambierà parere col tempo; ma non è per stizza contro la critica che qui dico il parere mio in proposito. Ne parlo per dire che in esso non c'è e non ci voleva essere anche l'impegno a congegnare; e che, se mi dà una seconda prova della mia possibilità di riuscire solo quando non rivolgo dentro di me nulla di premeditato, dovrei tagliar corto davvero con quello che mi resta delle mie ambizioni da *Garofano*.

Invece il libro che ora sto scrivendo è pieno di calcoli e cupidigie ancora da *Garofano*, e ancora è un libro che mi costa sudori freddi di studio. Nella speranza che sia, malgrado tutto, un risultato come *Conversazione* o *Sempione*? Il desiderio che più conosco, mentre lo scrivo, è di aver finito ed esserne fuori, per riprendere il pieno sole del piacere di scrivere in una continuazione, che già pregusto, del *Sempione*. Ma intanto avrò rispettato, una terza volta, quello che dico rientrare nel segreto, se segreto c'è: e non rifiutato, una terza volta, di scrivere nel senso del *Garofano rosso.*

XVIII

Ora mi domando:

Che razza di prefazione al *Garofano rosso* è questa che potrebbe tanto meglio esserlo alla *Conversazione in Sicilia* o al mio libro in corso?

Mi sono già preoccupato di spiegare che non per volontà mia non pubblicai il *Garofano* in volume. Non riuscito ad essere libro a suo tempo, poi *Garofano* non poteva, nel suo rapporto con me stesso, esserlo più.

E perché, tuttavia, ora accade che lo pubblichi?

Il dattiloscritto era rimasto, al suo ritorno da Roma, negli archivi di Mondadori, e una di queste mattine Mondadori mi fa sapere che i suoi archivi non sono bruciati durante la guerra.

« Rallegramenti » io rispondo.

Ma Mondadori me li ricambia. « Questo significa » mi spiega, « che ora potremo stampare il suo *Garofano.* Il contratto è sempre valido e l'ostacolo che ne impediva l'esecuzione è venuto meno. »

« Un momento » io lo prego.

A me ora non può bastare che non vi siano più ragioni per non pubblicare il *Garofano.* Mi occorre che vi sia una ragione per pubblicarlo. E non certo il fatto che mi sia stato utile scriverlo, a suo tempo, può essere una ragione per pubblicarlo ora. Né certo può esserlo il fatto, pubblicandolo, integro ai fini della critica la mia storia di scrittore. Bisogna bene che abbia una ragione per tutti, per il pubblico.

Ma questa ragione c'è, e anche abbastanza importante: una che va oltre i miei interessi personali. Il libro può dire poco di me stesso. Il mio successivo sviluppo di persona umana e di scrittore può averlo reso inutile, in tal senso. I miei libri successivi possono aver annullato, con il loro risultato, tutto quello che il *Garofano* rappresenta come "mio" libro, "mia" ricerca della verità, e "mia" realizzazione letteraria. Ma un libro non è soltanto "mio" o "tuo", né rappresenta solo il "mio" contributo alla verità, il "mio" sforzo di ricerca della verità e la "mia" capacità di realizzazione letteraria. Un libro è un riflesso più o meno diretto, e più o meno contorto, più o meno alterato, della verità obbiettiva, e molto in un libro, anche all'insaputa dello scrittore, specie in un libro mancato, può essere verità rimasta grezza. Nei miei libri successivi io non l'ho ripresa, dunque non l'ho consumata, ed essa è ancora nel vecchio manoscritto come ve la lasciai. Non mi appartiene, eppure appartiene.

A chi appartiene? Alla società alla quale io appartengo; alla generazione alla quale io appartengo... Anche dove sono "mio" e il mio libro è "mio", dove il mio libro è diventato « realtà letteraria » io appartengo alla mia società e alla mia generazione. Ma dove non sono "mio", e il mio libro non è diventato realtà letteraria (e la mia ricerca di verità non è diventata verità letteraria), un libro è come se fosse stato scritto impersonalmente, da tutti coloro che hanno avuto o conosciuto o comunque sfiorato la mia stessa esperienza, vale a dire è un documento, e io farei maggior violenza a non lasciarlo pubblicare di quanto Mondadori non sembri ne faccia a me col suo diritto contrattuale di pubblicarlo.

XIX

Di che cosa, e in quale misura, e fino a qual punto, il *Garofano* è documento?

Qui la prefazione deve diventare un po' guida. Il lettore va avvertito che il libro voleva essere un romanzo, e ch'egli, dunque, non deve prendere le cose alla lettera. Molto troverà, leggendo, che gli sembrerà falso: ad esempio i rapporti tra il ragazzo protagonista e la donna di malaffare (ma non esattamente prostituta) della casa di tolleranza. In tal caso dovrà cercare di distinguere quanto in effetti è falso (la donna) da quanto non lo è (l'idea che se ne forma il ragazzo e il modo in cui si comporta con lei il ragazzo stesso). Ma in generale può respingere come falso tutto quello che gli suona falso.

Si capisce, bisogna che sappia riconoscere il suono del falso. Vi è un suono acuto che si rischia di prendere per suono di falso mentre è solo di frettolosa concentrazione del reale. Il discorso del ragazzino senza nome nelle ultime pagine del libro, dopo l'episodio del funerale, è appunto un caso di concentrazione un po' sbrigativa del reale e non un caso di falso. Le sue parole riproducono, come in realtà non poteva accadere, alcune tra le più confuse e assurde, eppur generose, aspirazioni della gioventù del mio tempo.

Inoltre c'è un diffuso elemento di *impostura* con il quale bisogna che il lettore sappia fare i conti. Io avevo venticinque anni, al tempo in cui scrissi il *Garofano*; o meglio al tempo in cui lo cominciai. Avevo ancora il gusto di imbrogliare le carte e darla a bere. Così, sotto scusa di finzione artistica, cercavo di imporre un me stesso che non corrispondeva a me stesso e una mia storia che non corrispondeva alla mia storia. Questo sarebbe poco male: non contenendo altro rischio che di portare a intendere per autobiografia un insieme di elementi che sono osservati o immaginati. Ma, dandomi per studente liceale, mentre ho conosciuto la scuola nelle tecniche, e attribuendomi origini borghesi mentre tutti i parenti con i quali ho avuto da fare erano dei poveri diavoli operai, contadini o piccolissimi impiegati, io confondo le caratteristiche di un ambiente con quelle di un altro, la mentalità di un ambiente con quella di un altro, la vitalità di un ambiente con quella di un altro: e il lettore bisogna che lo sappia per aver modo, considerando il libro un documento, di trarne conseguenze esatte.

Infine vi sono alterazioni non spontanee, dovute al fatto ch'io ero preoccupato, ritoccando il libro, nel '35, di renderlo il più possibile accetto alla censura. Più di un riferimento alla spavalderia cosiddetta fascista è stato perciò attenuato, e più di un motivo per cui noi ragazzi si poteva aderire al fascismo è stato alleggerito o soppresso. Reintegrare oggi, quali erano, questi elementi non mi sarebbe possibile. Non possiedo il libro che nella versione in cui fu sottoposto alla censura. E la versione delle puntate che apparvero in «Solaria» è, in tal senso, anche meno significativa: *lavorata* dalla censura più di quanto io non abbia *lavorato* tutto l'insieme per la censura. Dovrei reintegrare a memoria? Sarebbe riscrivere, e io assolutamente non voglio che il libro rechi il minimo segno della mia mano di ora.

Piuttosto osserverò, ancora ad avvertimento, che il libro non riuscì a passare perché la censura del '35-'36 (come già quella del '33-'34) non voleva nemmeno accenni a ragioni d'esser fascista che non fossero le ufficiali, e ad entusiasmi giovanili per l'aspetto delittuoso che pur aveva avuto (e ora si trovava sul punto di avere in Etiopia e in Spagna) il fascismo, cioè per il suo aspetto sanguinario, per il suo aspetto violento, o per il suo aspetto rumorosamente spavaldo che, agli occhi di noi ragazzi, significava purtroppo aspetto vivo.

Ora il fascismo era lo Stato, voleva essere legalitario, ed esigeva ipocrisia. Ogni cosa che lo riguardasse non doveva venir fuori che come allo Stato conveniva.

XX

Il principale valore documentario del libro è tuttavia nel contributo che può dare a una storia dell'Italia sotto il fascismo e ad una caratterizzazione dell'attrattiva che un movimento fascista in generale, attraverso malintesi spontanei o procurati, può esercitare sui giovani. In quest'ultimo senso il libro ha un valore documentario non solo per l'Italia.

Si parla dal ricordo d'infanzia che viene, nelle prime pagine, attribuito al ragazzo protagonista. È ricordo d'un desiderio, conosciuto nella primissima infanzia, di *uccidere* qualcuno. L'esistenza successiva del protagonista e l'educazione ricevuta non lo hanno eliminato, o lo hanno semplicemente represso. A sedici anni egli è ancora posseduto da una vaga impressione che, per affermare se stesso, "entrare nella vita degli adulti", essere riconosciuto uomo, occorra "forse" uccidere qualcuno o, comunque, versare sangue.

Tutti i ragazzi intorno a lui si comportano come se fossero, tutti, posseduti più o meno, e più o meno vagamente, dalla stessa impressione. C'è in loro, verso il mondo costituito, una diffidenza che li accomuna e un atteggiamento di rivolta non preciso ma costante per cui sono portati a credersi rivoluzionari e sono pronti a simpatizzare con qualunque movimento politico *appaia* loro rivoluzionario. Hanno sentito parlare di socialismo, hanno sentito parlare di comunismo, e vedono intanto il fascismo. Sono i giorni del delitto Matteotti, e i tempi, in Sicila, del *soldino*. Il fascismo ha ucciso Matteotti: vale a dire ha ucciso, come ciascuno di essi ha l'impressione d'aver bisogno di fare, qualcuno. Agli occhi loro, che vedono gli altri partiti non uccidere, il fascismo è forza, e come forza è vita, e come vita è rivoluzionario. Ma hanno sentito parlare, ripeto, di socialismo, e di rivoluzioni comuniste per il socialismo. Ne sanno quanto basta per pensare che ogni mutamento rivoluzionario del mondo debba avvenire in senso socialista. Il mondo che loro vorrebbero è come s'immaginano che lo voglia il socialismo. Così le ragioni confessate per le quali aderiscono al fascismo e fanno chiasso dentro al fascismo derivano, nella maggioranza, dall'idea che il fascismo non possa non avere un contenuto socialista.

Ne nasce in loro, coi dubbi che pur conservano sulla possibilità di un tale contenuto nel fascismo, una condizione di *ambivalenza*. Essi sono disposti al socialismo e al fascismo nello stesso tempo. E l'*ambivalenza* del loro animo favorisce, naturalmente, l'affermazione italiana del fascismo. È sempre tanto più facile lasciarsi prendere da una corrente che resistervi.

XXI

Un ultimo avvertimento.

Lo stato d'animo giovanile rispetto al fascismo non è analizzato nel libro in modo da riflettere storicamente qual esso fu al sorgere della dittatura. Vi si combinano convinzioni che si erano formate, tra i giovani, più tardi, e illusioni molto comuni proprio negli anni in cui scrivevo il libro, il '33 e il '34. Anzi, i giudizi espliciti su fascismo e comunismo messi in bocca al ragazzo Tarquinio, l'amico *più grande* del ragazzo protagonista, sono tipici di quegli anni. Ricorrevano di continuo nella stampa dei G. U. F. e persino in qualche settimanale di Federazione. Doveva essere la posizione che prese la stampa ufficiale nei riguardi degli avvenimenti viennesi di febbraio '34, a darci la prima smentita per noi efficace circa il nostro granchio.

Con questo ritengo di aver detto abbastanza e avvertito abbastanza per rendere la prefazione anche quale il libro la richiedeva. Il resto, se esorbita, spero tuttavia non stanchi o non metta fuori strada. Mai più scriverò prefazioni o note. Lo si accetti in conto definitivo per ogni altro mio libro.

Milano, dicembre 1947.

Elio Vittorini

Indice

OSCAR CLASSICI MODERNI

Pirandello, Il fu Mattia Pascal
Christie, Dieci piccoli indiani
Kafka, Il processo
Chiara, Il piatto piange
Fitzgerald, Il grande Gatsby
Forster, Passaggio in India
Bernanos, Diario di un curato di campagna
Mann Th., La morte a Venezia - Tristano - Tonio Kröger
Svevo, La coscienza di Zeno
Joyce, Gente di Dublino
Asimov, Tutti i miei robot
García Márquez, Cent'anni di solitudine
Silone, Fontamara
Hesse, Narciso e Boccadoro
Woolf, La signora Dalloway
Bradbury, Fahrenheit 451
Bassani, Il giardino dei Finzi-Contini
Mitchell, Via col vento
Orwell, 1984
Kerouac, Sulla strada
Hemingway, Il vecchio e il mare
Pirandello, Sei personaggi in cerca d'autore - Enrico IV
Remarque, Niente di nuovo sul fronte occidentale
Buzzati, Il deserto dei Tartari
Vittorini, Uomini e no
Palazzeschi, Sorelle Materassi
Greene, Il potere e la gloria
Deledda, Canne al vento
Böll, Opinioni di un clown
Lawrence D.H., L'amante di Lady Chatterley
Sartre, La morte nell'anima
Faulkner, Luce d'agosto
D'Annunzio, Il Piacere
Tobino, Le libere donne di Magliano
Bellow, Herzog
Huxley, Il mondo nuovo - Ritorno al mondo nuovo
Joyce, Ulisse
Malaparte, La pelle
Montale, Ossi di seppia
Bulgakov, Il Maestro e Margherita
Saint-Exupéry, Volo di notte

Quasimodo, Ed è subito sera
Hamsun, Fame
Pratolini, Cronaca familiare
Bellonci, Segreti dei Gonzaga
Proust, Un amore di Swann
Beauvoir, Il sangue degli altri
Ungaretti, Vita d'un uomo. 106 poesie 1914-1960
Masters, Antologia di Spoon River
Golding, Il Signore delle Mosche
Alain-Fournier, Il grande amico
Saba, Poesie scelte
Musil, I turbamenti del giovane Törless
Svevo, Una vita
Mauriac, La farisea
Freud, Totem e tabù
Nietzsche, Così parlò Zarathustra
Buzzati, La boutique del mistero
Strindberg, Il figlio della serva
Shaw, Pigmalione
Hesse, Racconti
Schnitzler, Il dottor Gräsler medico termale
D'Annunzio, Le novelle della Pescara
Gibran, Il Profeta - Il Giardino del Profeta
Orwell, Omaggio alla Catalogna
Updike, Corri, coniglio
Bernari, Tre operai
Kafka, La metamorfosi
Hemingway, I quarantanove racconti
Silone, Il segreto di Luca
Mann Th., I Buddenbrook
Svevo, Senilità
Woolf, Gita al Faro
Flaiano, Tempo di uccidere
Bacchelli, Il diavolo al Pontelungo
García Márquez, L'amore ai tempi del colera
Borgese, Rubè
Zweig, Il mondo di ieri
Miller, Paradiso perduto
Calvino, Marcovaldo
D'Arrigo, Horcynus Orca
Mishima, L'età verde
Schnitzler, La signorina Else
Orwell, La fattoria degli animali
Gide, I sotterranei del Vaticano
Romano, Nei mari estremi
Naipaul, Alla curva del fiume
Buzzati, Sessanta racconti
Steinbeck, La valle dell'Eden
Radiguet, Il diavolo in corpo
Piovene, Le stelle fredde
Solženicyn, Arcipelago Gulag
Tozzi, Con gli occhi chiusi
Bulgakov, Cuore di cane
Duras, L'amore
Slataper, Il mio Carso
Malaparte, Kaputt
Tobino, Per le antiche scale
Panzini, Il padrone sono me!
Andrić, Il ponte sulla Drina
Buck, La buona terra
Manzini, Ritratto in piedi
Döblin, Giganti
Bellow, Il re della pioggia
Rilke, I quaderni di Malte Laurids Brigge

Kawabata, La casa delle belle addormentate
García Lorca, Lamento per Ignazio Sánchez Mejías e altre poesie
Silone, Vino e pane
Kafka, America
Majakovskij, A piena voce. Poesie e poemi
Woolf, Orlando
Hemingway, Per chi suona la campana
Machado, Poesie scelte
Sereni, Diario d'Algeria
Styron, La scelta di Sophie
Koestler, Buio a mezzogiorno
Pratolini, Cronache di poveri amanti
Leavitt, Ballo di famiglia
Carver, Cattedrale
Fromm, Avere o essere?
Bonaviri, Il sarto della stradalunga
Wilder, Il ponte di San Luis Rey
Miller, Tropico del Cancro
Ginsberg, La caduta dell'America
Apollinaire, Alcool - Calligrammi
Joyce, Dedalus
Bassani, Gli occhiali d'oro
Doctorow, Ragtime
Bacchelli, Il mulino del Po
Zanzotto, Poesie
Hesse, Il lupo della steppa
Mann, Doctor Faustus
Vittorini, Il garofano rosso
Caldwell, Il bastardo
Maugham, Schiavo d'amore
Lawrence, Figli e amanti
Pratolini, Le ragazze di Sanfrediano
Palazzeschi, Il Codice di Perelà
Styron, Le confessioni di Nat Turner
Forster, Camera con vista
Mann H., Il professor Unrat (L'angelo azzurro)
Pound, Cantos scelti
Lewis C.S., Le lettere di Berlicche
Monod, Il caso e la necessità
Gandhi, Antiche come le montagne
Bontempelli, La vita intensa - La vita operosa
Hesse, Il giuoco delle perle di vetro
Gozzano, I colloqui
La Capria, Ferito a morte
Bevilacqua, La califfa
Miller, Tropico del Capricorno
Hammett, Spari nella notte
Bradbury, Cronache marziane
Roth, Lamento di Portnoy
Saroyan, Che ve ne sembra dell'America
AA.VV., Racconti fantastici argentini
Yourcenar, Care memorie
Pavese, La bella estate
Byatt, Possessione

OSCAR CLASSICI

Maupassant, Racconti fantastici
Baudelaire, I fiori del male
Austen, Orgoglio e pregiudizio
Goldoni, Il teatro comico - Memorie italiane
Verga, Mastro don Gesualdo
Verga, Tutte le novelle
Goffredo di Strasburgo, Tristano
Leopardi, Zibaldone di pensieri
Wilde, Il ritratto di Dorian Gray
Shakespeare, Macbeth
Goldoni, La locandiera
Calvino (a cura di), Racconti fantastici dell'Ottocento
Verga, I Malavoglia
Poe, Le avventure di Gordon Pym
Chrétien de Troyes, I Romanzi Cortesi
Carducci, Poesie scelte
Melville, Taipi
Manzoni, Storia della colonna infame
De Amicis, Cuore
Fogazzaro, Piccolo mondo moderno
Fogazzaro, Malombra
Maupassant, Una vita
Manzoni, Poesie
Dostoevskij, Il sosia
Petrarca, Canzoniere
Wilde, De profundis
Fogazzaro, Il Santo
Stevenson, Lo strano caso del dottor Jekyll e del signor Hyde
Alighieri, Vita Nuova e Rime
Poe, Racconti del terrore
Poe, Racconti del grottesco
Poe, Racconti di enigmi
Malory, Storia di Re Artù e dei suoi cavalieri
Alighieri, Inferno
Alighieri, Purgatorio
Alighieri, Paradiso
Flaubert, Salambò
Pellico, Le mie prigioni
Fogazzaro, Piccolo mondo antico
Verga, Eros
Melville, Moby Dick
Parini, Il giorno

Goldoni, Il campiello - Gl'innamorati
Gogol', Racconti di Pietroburgo
Foscolo, Ultime lettere di Jacopo Ortis
Chaucer, I racconti di Canterbury
Shakespeare, Coriolano
Hoffmann, L'uomo di sabbia e altri racconti
Wilde, Il fantasma di Canterville
Molière, Il tartufo - Il malato immaginario
Alfieri, Vita
Dostoevskij, L'adolescente
Dostoevskij, I demoni
Leopardi, Canti
Dostoevskij, Memorie dal sottosuolo
Manzoni, Tragedie
Foscolo, Sepolcri - Odi - Sonetti
Hugo, I miserabili
Balzac, La Commedia umana
Dostoevskij, Umiliati e offesi
Tolstòj, I Cosacchi
Conrad, Tifone
Voltaire, Candido
Leopardi, Operette morali
Alfieri, Tragedie
Polibio, Storie
Shakespeare, Amleto
Verga, Il marito di Elena
Capuana, Giacinta
Turgenev, Padri e figli
Tarchetti, Fosca
Erodoto, Storie
AA.VV., I romanzi della Tavola Rotonda
Dumas A. (figlio), La signora delle camelie
AA.VV., Racconti neri della Scapigliatura
Goethe, I dolori del giovane Werther
Boccaccio, Decameron
Shakespeare, Riccardo III
Stendhal, La Certosa di Parma
Laclos, Le amicizie pericolose
Tucidide, La guerra del Peloponneso
Verga, Tutto il teatro
Tolstòj, Anna Karenina
Tolstòj, Guerra e pace
Shakespeare, Re Lear
James H., Giro di vite
Dostoevskij, L'eterno marito
Manzoni, I promessi sposi
Flaubert, Tre racconti
Shakespeare, Misura per misura
Boccaccio, Caccia di Diana - Filostrato
Wilde, L'importanza di essere onesto
Alighieri, De vulgari eloquentia
Stendhal, Il Rosso e il Nero
Shakespeare, Enrico V
Polo, Il Milione
Swift, I viaggi di Gulliver
Stendhal, L'amore
Shakespeare, Romeo e Giulietta
Dickens, Racconti di Natale
Medici, Canzoniere
Racine, Fedra
AA.VV., Poeti del Dolce Stil Novo
Stendhal, Cronache italiane

Shakespeare, La tempesta
De Sanctis, Storia della letteratura italiana
Campanella, La città del sole e altri scritti
Kipling, Capitani coraggiosi
Machiavelli, La Mandragola - Belfagor - Lettere
Capuana, Il marchese di Roccaverdina
Dickens, Grandi speranze
Shakespeare, Giulio Cesare
Beaumarchais, La trilogia di Figaro
Verga, Storia di una capinera
Tolstòj, Resurrezione
Guinizzelli, Poesie
Castiglione, Il cortegiano
Shakespeare, La dodicesima notte
Ibsen, Casa di bambola
Beccaria, Dei delitti e delle pene
Sterne, Viaggio sentimentale
De Roberto, I Viceré
Shakespeare, Enrico IV
Vico, Princìpi di scienza nuova
Erasmo da Rotterdam, Elogio della follia
Shakespeare, Otello
Čechov, Teatro
Boccaccio, Teseida
Petrarca, De vita solitaria
Melville, Bartleby
Shakespeare, Come vi piace
Lutero, Lieder e prose
Grimmelshausen, L'avventuroso Simplicissimus
Marlowe, Il Dottor Faust
Balzac, La donna di trent'anni
Baudelaire, Lo spleen di Parigi
James H., Washington Square
Shakespeare, Il racconto d'inverno
Hardy, Tess dei d'Uberville
Wordsworth, Il preludio
Boccaccio, Esposizioni sopra la Comedia di Dante
Dostoevskij, Le notti bianche
Flaubert, L'educazione sentimentale
Schiller, I masnadieri
Shakespeare, Pene d'amor perdute
Goethe, La vocazione teatrale di Wilhelm Meister
Leopardi, Lettere
Pascoli, Il ritorno a San Mauro
Maupassant, Forte come la morte
AA.VV., Poesia latina medievale
Goldoni, I rusteghi - Sior Todero brontolon
Goldoni, Trilogia della villeggiatura
Goldoni, Le baruffe chiozzotte - Il ventaglio
Goldoni, Il servitore di due padroni - La vedova scaltra
Stevenson, Il signore di Ballantrae
Flaubert, Bouvard e Pécuchet
Eliot, Il mulino sulla Floss
Tolstòj, I racconti di Sebastopoli
De Marchi, Demetrio Pianelli
Della Casa, Galateo ovvero de' costumi
Dostoevskij, I fratelli Karamazov
Shakespeare, Sonetti
Dostoevskij, Povera gente
Shakespeare, Riccardo II

Diderot, I gioielli indiscreti

De Sade, Justine

Tolstoj, Chadži-Muràt

De Roberto, L'Imperio

Shakespeare, Tito Andronico

Stevenson, Nei mari del Sud

Maupassant, Pierre e Jean

Bruno, Il candelaio

Kipling, Kim

Donne, Liriche sacre e profane - Anatomia del mondo - Duello della morte

AA.VV., Il Corano

Rimbaud, Una stagione in inferno - Illuminazioni

Shakespeare, I due gentiluomini di Verona

Puškin, La figlia del capitano

Blake, Visioni

Nievo, Novelliere campagnuolo

James H., Il carteggio Aspern

Diderot, Jacques il fatalista

Schiller, Maria Stuart

Stifter, Pietre colorate

Poe, Il corvo e altre poesie

Coleridge, La ballata del vecchio marinaio

Sant'Agostino, Confessioni

Verlaine, Romanze senza parole

AA.VV., Racconti gotici

Yeats, Poesie

Whitman, Foglie d'erba

Teresa d'Ávila, Libro della mia vita

Boito, Senso e altri racconti

Pulci, Morgante

AA.VV., Innario cistercense

Las Casas, Brevissima relazione della distruzione delle Indie

Lèrmontov, Un eroe del nostro tempo

AA.VV., I Salmi

Paolo Diacono, Storia dei Longobardi

Shakespeare, Antonio e Cleopatra

Shelley M., Frankenstein (con videocassetta)

Zola, Nanà

Foscolo, Le Grazie

Hugo, Novantatré

Goethe, Racconti

Eliot, Middlemarch

Kipling, Ballate delle baracche

Čechov, La steppa e altri racconti

James H., L'Americano

Lewis M.G., Il Monaco

Bruno, La cena de le ceneri

Shelley P.B., Poesie

Ambrogio, Inni

Origene, La preghiera

Melville, Poesie di guerra e di mare

Ibsen, Spettri

Manzoni, I promessi sposi

Rostand, Cirano di Bergerac

Cervantes, Novelle esemplari

Shakespeare, Molto rumore per nulla

Čechov, Il duello

Stevenson, Gli intrattenimenti delle notti sull'isola

Čechov, La corsia n. 6 e altri racconti

Puškin, Viaggio d'inverno e altre poesie

Novalis, Inni alla notte - Canti spirituali

Monti, Iliade di Omero

Flaubert, La prima educazione sentimentale

France, Taide

Croce - Banchieri, Bertoldo e Bertoldino - Cacasenno

Kierkegaard, Don Giovanni

Turgenev, Rudin

Novalis, Enrico di Ofterdingen

Shakespeare, Vita e morte di Re Giovanni

Baffo, Poesie

Flaubert, Attraverso i campi e lungo i greti

Giuseppe Flavio, Guerra giudaica

Wilde, Ballata del carcere e altre poesie

Defoe, Roxana

Meister Eckhart, Prediche

Hardy, Intrusi nella notte

Čechov, Il monaco nero

Quevedo Y Villegas, Il furfante

De Sade, Lettere da Vincennes e dalla Bastiglia

Shakespeare, Troilo e Cressida

Hugo, I lavoratori del mare

Grillparzer, Il povero musicante - Il convento presso Sendomir

Austen, Northanger Abbey

Brontë C., Jane Eyre

Pascoli, Poemi Conviviali

Goldsmith, Il vicario di Wakefield

AA.VV., Le mille e una notte

Clausewitz, Della guerra

AA.VV., Antologia di scrittori garibaldini

Čechov, L'omicidio e altri racconti

Trilussa, Poesie scelte

Burkhardt, Considerazioni sulla storia universale

De Sade, La filosofia nel boudoir

La Motte-Fouqué, Ondina

Čechov, La mia vita e altri racconti

Grimm, Fiabe

Čechov, La signora con il cagnolino

Stoker, Dracula

Arnim, Isabella d'Egitto

Voltaire, Lettere filosofiche

Bernardin de Saint-Pierre, Paul e Virginie

Tolstòj, La tormenta e altri racconti

Hölderlin, Scritti di estetica

Balzac, La cugina Bette

Turgenev, Nido di nobili

Keats, Poesie

Alighieri, Il Fiore - Detto d'Amore

Zarathushtra, Inni di Zarathushtra

Musset, La confessione di un figlio del secolo

Kierkegaard, La malattia mortale

AA.VV., Antologia dei poeti parnassiani

Hoffmann, La principessa Brambilla

La Bibbia Concordata

Antico Testamento

vol. I - Pentateuco
vol. II - Libri storici I
vol. III - Libri storici II
vol. IV - Libri poetici I
vol. V - Libri poetici II
vol. VI - Libri profetici I
vol. VII - Libri profetici II

Nuovo Testamento
vol. VIII - Vangeli
vol. IX - Atti degli Apostoli e Lettere di San Paolo
vol. X - Altre Lettere e Apocalisse
AA.VV., Fiabe romantiche tedesche
Andersen, Fiabe
Hawthorne, La lettera scarlatta
Verlaine, Les hommes d'aujourd'hui
Tolstòj, Lucerna e altri racconti
Abba, Da Quarto al Volturno
Balzac, Béatrix
AA.VV., La saga degli uomini delle Orcadi
Pascoli, Poesie vol. I
AA.VV., Manas
Gaskell, Mary Barton
Boccaccio, Ninfale fiesolano
Gogol', Le anime morte
Vélez de Guevara, Il diavolo zoppo
Rodenbach, Bruges la morta
Dostoevskij, Saggi
Brentano, Fiabe
AA.VV., Haiku
AA.VV., La saga di Egill
Schopenhauer, Aforismi sulla saggezza del vivere
Góngora, Sonetti
AA.VV., La saga di Njàll
Conrad, Lord Jim
Pascoli, Poesie vol. II
Shelley M., L'ultimo uomo
Brontë E., Poesie
Kleist, Michael Kohlhaas
Tolstòj, Polikuška
De Maistre, Viaggio intorno alla mia camera
Stevenson, Poesie
Pascoli, Poesie vol. III
AA.VV., Lirici della Scapigliatura
Manzoni, Osservazioni sulla morale cattolica
Tolstòj, I quattro libri russi di lettura
Balzac, I segreti della principessa di Cadignan
Balzac, La falsa amante
Conrad, Vittoria
Radcliffe, I misteri di Udolpho
Laforgue, Poesie e prose
Spaziani (a cura di), Pierre de Ronsard fra gli astri della Pléiade
Rétif de la Bretonne, Le notti rivoluzionarie
Tolstòj, Racconti popolari
Pindemonte, Odissea di Omero
Leopardi, Canzoni
AA.VV., Upanisad
Pascoli, Poesie vol. IV
Melville, Benito Cereno - Daniel Orme - Billy Budd
Michelangelo, Rime
Conrad, Il negro del "Narciso"
Shakespeare, Sogno di una notte di mezza estate
Chuang-Tzu, Il vero libro di Nan-hua
Conrad, Con gli occhi dell'Occidente
Boccaccio, Filocolo
Jean Paul, Sogni e visioni
Hugo, L'ultimo giorno di un condannato a morte
Tolstòj, La morte di Ivan Il'ič
Leskov, L'angelo sigillato - L'ebreo in Russia

«Il garofano rosso»
di Elio Vittorini
Oscar classici moderni
Arnoldo Mondadori Editore

Questo volume è stato stampato
presso Mondadori Printing S.p.A.
Stabilimento NSM - Cles (TN)
Stampato in Italia - Printed in Italy

49253
2001